쥐식인
블루스

쥐식인 블루스

@김다은 단편소설집

작가

작가의 말

쥐구멍 안에는 그 무엇(!)이 있다

슬로우슬로우 퀵퀵, 슬로우슬로우 퀵퀵! 발을 땅에서 뗄까 말까 뗄까 말까.

스포츠 댄스를 시작한지 일 년하고도 몇 주가 더 지났다. 왈츠와 자이브를 섭렵하고, 이제는 탱고 스텝도 제법 밟을 줄 안다, 슬로우슬로우 퀵퀵. 그러면 블루스는? 이건 좀 애매하다. 왜냐하면 블루스라는 춤에는 꼼수가 있기 때문이다. 블루blue라는 단어에는 '슬픈'이라는 뜻이 있어 블루스Blues는 슬픈 노래, 즉 애가哀歌를 의미한다. 더 정확하게, 블루스는 흑인들의 절망과 고통을 담은 신음소리에 가까운 노래다. 블루스에 맞춰 춤을 출 수는 있어도 블루스를 출 수는 없다.

그러니까 블루스라는 춤은 아예 없다. 아니 블루스라는 춤은 있다. 한국에만 있다. 남녀가 껴안은 채 '장미빛 스카프' 류의 진하게 늘어지는 음악을 깔고 발만 떼면 다 블루스다. 형식도 없고 제약도 없다. 오로지 남녀가 안고 천천히 돌아간다는 조건만 있으면 된다. 유사한 춤으로는 미국 남부 농촌에서 시작되어 대중화 된 슬로우 리듬 댄스라는 것이 있다. 말 그대로 매우 느린 리듬으로 추는 춤이다. 그런데 슬로우 리듬 댄스는 정해진 스텝이 있다. 결론적으로 '블루스는 이성과 접촉하고 싶은 열망에서 나온 한국 특유의 변형 춤' 이 아닐까 싶다.

 이 책은 쥐식인들이 블루스라는 한국 특유의 변형 춤을 추는 이야기다. 쥐식인은 소위 석사 박사 등 가방끈이 긴 자만을 의미하지는 않는다. 쥐식인은 현실의 가장 작은 귀퉁이에, 홀로, 자유와 열정을 지키기 위해 자신만의 고유 영역을 마련한 자들이다. 자신만의 온전한 독립된 세계를 유지해주는 쥐구멍, 그 쥐구멍에 빠진 혹은 들어가 있는 사람들은 누구나 다 쥐식인이다.

 자신만의 세계를 키워나가기 위해서는 쥐구멍에 머물러야한다. 속성상 쥐구멍 안에 있어야만 키워지는 세계이다. 쥐구멍 안쪽에는 예술이나 학문 혹은 자신의 열정을 쏟아 붓게 하는 그 무엇(!)이 있다. 하지만 쥐구멍 안에서만 머물 수 없다. 왜냐하면 쥐구멍 안에는 언제나 고독과 배고픔이 있기 때문이다. 고독은 기꺼운 선택이라 할지라도 배고픔은 어쩔 것인가. 쥐구멍은 무의식의 심연은 열어주지만 벼나 보리를 쑥쑥 키워주는 생산력을 지닌 풍요로운 땅은 아니다. 자급자족할 수 없다. 먹거리는 바깥 세계에 나가서 가져와야 한다. 얻어 와야 한다. 몰래 물고 와야 한다. 뭐라고? 당당하지 못하다고? 당당하게 가져올 수 있다. 눈에 띄면 빗자루나 집게로 사정없이 얻어맞고 최후에는 쥐약이라도 먹을 각오로 당당하게 가져올 수 있다. 쥐구멍에 사는 자들의 운명이다.

서양에는 남녀가 서로 껴안을 수 있는 춤이 참으로 많다. 왈츠, 자이브, 룸바, 살사, 탱고, 기타등등 기타등등. 사교라는 이름으로 만남과 접촉의 욕망을 공식적으로 보란 듯이 즐길 수 있다. 하지만 우리는, 강강술래처럼, 동성끼리 손잡고 둥글게 돌아가니 이성에 대한 접촉의 노선이 전혀 없었다. 최소한의 접촉과 최소한의 욕망의 배고픔을 채울 방법이 필요했을 것이다. 어떻게든 이성 가까이 다가갈 방법을 생각했을 것이다. 서양 춤을 보고 힌트를 얻어 흉내를 내기 시작했을 것이다. 제대로 가르쳐 줄 사람도 없으니 스텝과 리듬은 무시하고… 무드있는 음악을 깔고…서로 엉거주춤 껴안은 채 발을 조금씩 움직였을 것이다. 뭐, 그렇게 시작된 것이 아니었을까. 블루스라는 이름이 왜 붙었는지는 알 수 없지만, 한국식 블루스가 어설픈 욕망을 향한 슬픈 몸짓이라는 데는 의심의 여지가 없다.

그래서 쥐식인들도 블루스라는 춤을 출 수 밖에 없었을 것이다. 쥐구멍과 바깥 세계는, 보수적인 사회속의 남자와 여자처럼, 서로 접점 찾기가 매우 어려운 곳이다. 그래서 세상 안으로 온전히 들어가지는 못해도 그냥 손이라도 잡아볼, 서로 어깨라도 맞닿아볼 요량으로 블루스를 생각하게 된 것이다. 스텝도 필요 없고 박자도 필요 없다. 슬로우슬로우 퀵퀵, 슬로우슬로우 퀵퀵. 킥킥!(아 참, 이것은 탱고 스텝이지), 발을 땅에서 뗄까 말까 뗄까 말까. 세상 바깥으로 나갈까 말까 나갈까 말까. 세상 바깥에는 음식창고와 식탁과 거대한 세계가 있다. 심지어 명예와 돈과 권력도 있다. 그 세계는, 다시 쥐구멍으로 돌아갈 수 없도록 쥐식인을 상하게 만들거나, 쥐식인을 완전히 부정하거나, 쥐식인을 영원히 제거할 수도 있다. 위험천만한 곳이다. 그렇지만 슬로우슬로우 퀵퀵, 나갈까 말까 나갈까 말까.

쥐식인들의 블루스가 슬픈 것은 쥐구멍 밖의 음식을 가져와야하는 수고로움과 위험천만이 아니다. 쥐구멍의 어둠과 외로움 속에서, 그 무엇(!)이 제대로 숙성되고 있는지 부패하고 있는지 알 수가 없다는 것이다. 언제나 주의를 놓쳐서는 안 된다. 그, 그런데, 아무리 폼 나게 우아해지려고 해도 꼬리가 밟히고, 스텝이 엉키고, 민망하고, 결국 쥐구멍으로 허겁지겁 도… 도망오고. 그 사이 비워놓은 쥐구멍은 온기가 식어가고, 죽어라 열정으로 지켜내던 그 무엇(!)은 방치된 채 시들시들 생명력을 잃어가고……슬로우슬로우 퀵퀵, 슬로우슬로우 퀵퀵. 어떻게 버티나. 어떻게 더 잘 버티나, 그러나 어느 순간, 그 끈질긴 버팀에서 벗어나서 스스로 자유로워지는 순간이 오지 않을까. 쥐구멍의 자유와 혁명이 오지 않을까. 정말 오지 않을까. 하지만 아직은 엄청난 집중력으로 그 무엇(!)을 들여다보고 온몸으로 돌봐주어야 할 때다.

   쥐구멍 안의 그 무엇이
     숙성하고 발효되어 바깥 세계를 향해 폭발할 때까지!

       혹은

쥐구멍 안에서 그 무엇이
   부패하고 사그라져 존재를 상실할 때까지!

2012년 10월 4일
소설가 김다은

차례

작가의 말 __ 5

쥐식인 1 __ 15
— 쥐식인

쥐식인 2 __ 45
— 첫 번째 펭귄의 블루스

쥐식인 3 __ 89
— 셰익스피어 작품에 나타난 무nothing에 대하여

쥐식인 4 __ 119
— 마담

쥐식인 5 __ 149
— 가장 전망이 좋은 집

쥐식인 6 __ 185
— 푸른 나르시스

쥐식인 7 __ 215
— 세상에 존재하지 않는 것

쥐식인 8 __ 253
— 쥐식인의 외출

해설 어느 가난한 예술가의 초상 혹은 자본의 이면_김석준 __ 273

쥐식인 1

쥐식인

 누군가가 내 방문 앞으로 쓱쓱 다가오고 있어. 음… 조심…조심, 방 안의 기척을 살피더니 내 존재 따위는 개의치 않겠다는 듯 지나쳐 가버리는군. 문밖의 누군가가 내 방문을 열어젖혀 주기를 내심 바라면서 귀를 기울이고 있었던 것은 아니야. 도리어 나는 내 마음의 귀에 집중하고 있었는데, 탄수화물이나 지방 등 몸에 꼭 필요한 성분이 부족한 상태에서 약간의 미열과 함께 바깥의 움직임이 조금 예민하게 느껴졌을 뿐이지. 도대체 이들은 언제 내 방에 들어온 것일까? 정체를 알 수 없는 박스들과 비닐 뭉치 사이를 헤치며 돌아와 나는 방 깊숙이 웅크리고 다시 앉았어. 저들이나 나나 방에 퍼지르고 있지만, 언젠가 쓰일 날이 있겠지.

지금 듣고 있는 한 인디밴드 가수의 CD만 해도 그래. 어찌어찌 내 방에 흘러 들어와서 참으로 오랫동안 '언더'로 있다가, 드디어 뿌연 빛을 뿜어내는 천장의 전구에 닿을 듯 천상의 소리를 질러대고 있잖아. 오늘따라 이 CD가 선택된 것은 심상치 않은 제목 때문이었지. '우울의 쓴맛'. 주변에 널려있는 잎사귀와 먹이거리가 몸에 유해한지를 알아내기 위해 발달한 감각이 쓴맛이라는군. 자신의 생명을 지키기 위해 지니게 된 유전자가 쓴맛이라고. 그러고 보니 어릴 때 어머니가 곧잘 '쓴 나물' 같은 것을 상에 올리시곤 했는데, 최근에는 쓴 것을 별로 먹어보지 못한 것 같아. 여태 너무 달콤한 것만 먹은 것은 아닐까. 아니 난, 난 며칠 전부터 단 것은 고사하고, 짠 것이건 매운 것이건 아무 것도 먹지 못했어. 아! 배고파, 정말이지 배가 고파.

아! 낮인지 밤중인지 헷갈려. 쉬고 있는 데도, 쉬지 않고 지칠 줄 모르는 무엇인가가 내 안에서 솟구치고 있어. 방문을 열고 내가 뛰쳐나가지 못하는 이유가 이 때문일까. 내 스스로 이 골방에 갇혀 버린 정확한 이유를 저들은 알기나 하는 것일까? 시초는 며칠 전 아침에 일어난 그 사건이라고밖에 말할 수 없겠지. 밤새 글 쓴답시고 버티고 있다가 종이 눈사태와 함께 새벽에 잠들었던, 다른 날과 별반 다를 바 없던 다음 날 아침에 일어난 일말이지. 눈을 뜨기 직전, 나는 사지가 바위에 묶인 프로메테우스처럼 꼼짝할 수 없을만큼 피곤을 느끼고 있었지. 하지만 곧 여동생이 와서 잠을 깨우면서 아침밥을 먹으라고 채근할 것을 예상하고 있었으니, 정신은 멀쩡했던 모양이야. 여기까지는 매일 아침 되풀이되는 상황이었지.

하지만 그날 아침에는 뭔가 달랐지. 시간이 상당히 지났는데도 내 방문 앞은 정적에 휩싸여 있었지. 여동생의 귀여운 발소리가 귀신같이 사라져 버린 거지. 들은 척도 안 하거나 게슴츠레 눈을 비비며 알았다고 대답하고 돌아누울 것을 뻔히 알면서도, 여동생만은 밥 먹으라고 깨우러 오는 것을 여태 한 번도 거른 적이 없었거든. 순진한 여동생은 내가 여느 백수와는 다르다는 것을 잘 알고 있었고, 자신의 이상적인 남성상에게 여태 내조를 아끼지 않았었거든. 무슨 조화일까. 여동생은 아예 내 방문 근처에 얼씬도 하지 않는 기색이었지. 나는 무거운 몸에도 불구하고 침대에서 몸을 일으켜 세웠어. 2년 내내 되풀이되던 삶의 순환성이 깨진 탓이었을까. 나는 침대에서 내려와 옷을 주섬주섬 입은 후, 뭔가 잘못 돌아가고 있는 상황을 바로 잡아야할 것 같은 심정으로 방문을 열고 나갔지.

순간, 눈에 들어온 것은 식탁에 돌아앉은 아버지의 넓적한 등과 낭패와 반가움이 뒤섞인 여동생의 눈빛이었지. 말없이 조심스럽게 싱크대 쪽으로 가는 어머니나 슬그머니 고개를 숙이는 누나의 모습으로 봐서, 전체적으로 나를 반기는 분위기는 아니었지. 어머니가 고봉처럼 하얀 쌀밥을 담아 와서 내 앞에 놓는 와중에도 무거운 침묵이 식탁을 내리누르고 있었지. 이 경직된 분위기는 내가 방에서 나오기 전부터 형성된 것이었기에, 얼핏 여동생의 성적이나 휴대전화 요금이 문제가 되었을지도 모르겠다는 생각이 들었지. 나는 식탁의 평안과 편안함을 되찾아 줄 양으로 태연하게 숟가락을 잡았지. **소설이 밥 먹여 주니?** 나의 눈이 아버지의 눈과 찰나처럼 엉켰다가 비켜나갔지. 질린 얼굴로 두 남자를 바라보는 어머니와 고개를 멈칫 드는 누나의 모습이 곁눈으로 들어왔지. 여동생이 아버지의 눈치를 슬금슬금 보더니 "시나리오 작가가 밥과 김치를 구걸하다가…,"라며 입을 떼더니, 사태를 파악하라는 듯 나에게 눈치를 주며 "굶어 죽었대"라며 말을 끝맺더군.

내 밥그릇 속에는 제삿밥처럼 숟가락이 가운데 꽂혀 있었어. 우리 집 식탁 위에 어두운 그림자를 드리웠던 원흉이 한 젊은 시나리오 작가였던 모양이야. 최근 신문 텔레비전 등 외부 소식과 거의 단절된 채 산 탓에 모르고 있었는데, 어젯밤에 성동이 전화를 걸어와서 이 때문에 세상이 떠들썩하다고 말해주더군. 젊은 시나리오 작가는 자신의 월세 방에서 홀로 숨진 채 발견되었는데, 문제는 그가 이웃집 문에다가 "그동안 신세 많이 졌습니다. 남은 밥과 김치가 있으면 저희 집 문 좀 두들겨 주세요."라고 적어 놓았다는 거지. 성동의 목소리는 매우 흥분한 상태였지만, 난 솔직히 무덤덤하게 받아들였어. 잘 알지도 못하는 사람이었고, 또 죽은 자가 진실을 밝힐 수 없는 상황에서 아사라고 일방적으로 몰아가는 것이 왠지 석연치 않았으니까. 정말 아사라는 것이 밝혀질 때까지 나는 그를 가엾게 여기지도 그의 죽음에 의해 영향을 받지도 않을 생각이었지.

한데, 그 시나리오 작가의 죽음이 엉뚱하게도 아버지에게 강력하게 영향을 미쳤던 모양이야. 아버지는 그 젊은 시나리오 작가의 죽음을 통해 아들의 미래를 보고만 거야. 요즘은 영화가 대세니 시나리오 작가가 어떠냐며 은근히 장르 바꾸기를 종용했던 아버지였는데, 믿었던 시나리오 작가까지 그런 비참한 삶을 산다는 것에 아버지는 아예 나의 미래의 밑구멍을 봐 버린 것이지. 밥벌이라고는 쥐꼬리도 없는 생활을 한지가 벌써 햇수로 2년이 넘어가고 있었거든. 아버지는 그 기대가 무너져 아에 허탈과 분노에 사로잡히신 듯 했어. 아버지의 분노는 여동생이 차마 나를 깨우러 오지 못하는, 밥을 먹으라고 말할 수 없는 상황을 만들었던 것 같아. 식탁 풍경은 얼음처럼 굳어 있었지.

그때 거실의 쾌종 시계가 땡하고 울렸지. 마법이라도 풀린 듯 누나가 갑자기 활달해지더니, 출근 시간 늦겠다며 아버지를 종용하기 시작했어. 아버지는 숟가락을 탁 놓으시고 식탁에서 물러나셨지. 누나는 거실에 걸쳐둔 스카프와 핸드백을 챙겨들며 아버지에게 애교 비슷한 몸짓을 하며 뭐라고 속삭이기도 했지. 아버지는 못 이기는 척 누나와 함께 구두를 꿰차고 나가시더란 말이지. 식탁에는 나와 어머니와 여동생이 남아 있었지. 죄지은 사람처럼 앉아 있던 여동생마저 스타킹의 올이 전부 나가 신을 것이 없다고 투덜대며 슬그머니 자리를 뜨고 말았지. 숟가락은 여전히 제삿밥처럼 손도 대지 않고 놓여 있었고, 국이 천천히 식어가고 있었지. 나는 밥숟갈 한술 떠보지 못한 채, 식탁에서 일어나고 말았지.

내가 주섬주섬 현관에서 운동화를 챙겨 신자 어머니가 물었어. 밥 안 먹고 나갈거야? 나는 얼른 대답하지 못했어. 배가 고프긴 했지만 상처 입은 자존심만큼 쓰린 것은 아니었거든. 어머니도 내 마음을 이해하는지 더 이상 권유를 하지 않았지. 그럼, 봉이 데리고 산책이라도 하고 오렴. 어머니는 봉아, 봉아하고 애견을 불렀지. 봉이는 어슬렁거리며 현관 앞으로 다가와 어머니 다리에 얼굴을 비벼댔어. 봉이는 나와 외출할 기미를 보이지 않았어. 어머니가 자꾸만 나와 같이 봉이를 내보려고 하자, 이놈의 똥개가 일부러 다리를 절룩거리기 시작하는 거야. 나는 말없이 집을 나섰어.

하늘에는 어두운 구름이 버섯처럼 피어 있어 금방이라도 빗방울이 떨어질 듯 했지. 우산도 없어 비를 맞지 않으려면 서둘러야했지만, 스스로 침대에서 일어나 밥을 먹으러 나간 내 행동에 대해 끊임없이 생각하는 사이, 아, 여기가 어디야, 나는 낯선 곳에 이방인처럼 서 있었던 거야. 내 목적지는 성동의 숙소 겸 연습실이 있는 홍대 앞이었거든. 전철은 어디에도 보이지 않고, 버스들은 내가 전혀 방향을 알 수 없는 곳으로 간다고 적혀 있더군. 어떤 버스든지 잡아타고

가다가 눈에 익은 장소에서 다시 갈아타야만 할 것 같았는데, 유감스럽게도 그것도 여의치가 않아보였지. 내 바지 주머니에 든 돈이 그렇게 이리저리 낭비하기에 충분하지 않았거든. 딱, 천 원짜리 한 장과 동전 두 개가 전부였으니까.

처음에는 여동생의 태도 변화에서 온 반작용이라고 생각했지. 지겹게 따라다닐 때는 눈길도 주지 않다가 이쪽에서 마음을 접으면 그제야 적극적으로 다가오는 여자애들처럼, 아침마다 나타나 밥을 먹어달라고 부탁하던 여동생이 나타나지 않자 갑자기 내가 여동생의 애정에 새로운 자각을 하게 됐다고 말이지. 게다가 스스로 일어나 밥을 먹으러 나가면서 앞으로는 여동생이 번거롭게 깨우러 오지 않게 조금 더 일찍 일어나야겠다는 결심을 했으니, 나도 철이 드나보다고 여겼지. 작품을 쓰더라도, 일상으로 돌아가 가족의 삶의 리듬에 맞추어주고, 밥 정도는 같이 먹어야겠다고 생각을 하며 방문을 열고 나갈 때만해도 내가 조금 대견하기까지 했거든.

김밥 한 줄이 1,200원이면 사 먹을 수 있지만 1,500원이면……김밥집과 길을 동시에 찾아 헤매며 걷다보니, 눈에 익은 길모퉁이에 도달하게 되었지. 모처럼만에 나온 외출이 얼마나 색달랐던지, 홍대 앞 하얀 길들이 긴 우동가락처럼 늘어지고 길어지더군. 다른 때 같으면 아침은커녕 아직 일어나지도 않았을 때였는데, 아침 한 끼 굶었다고 그렇게 허기가 지는 것은 이해할 수 없는 일이었어. 부잣집 자식은 항상 냉장고에 그득하게 음식이 차있으니 배고픈 줄 모르지만, 가난한 집 자식은 언제 굶을지 몰라 항상 배고픔에 시달린다고 들었어. 아마 여태 굳게 지녔던 믿음이 깨어져서 그랬던 것 같아. 아버지로부터 밥을 항상 제공받을 수 있으리라고 여겼던 믿음. 밥을 처음 거절당한 존재가 자각한 허기였을 거야.

이 같이 톡톡 튀는 가는 비가 쏟아질 때쯤, 나는 미술학원 간판들이 즐비한 건물의 가파르고 칙칙한 지하계단을 한 칸 한 칸 내려서고 있었어. 창고 연습실의 문을 열고 들어가자 좁은 무대 위에 넘치듯 여자들이 서 있고, 성동이 어디 있는지 금방 눈에 들어오지 않았지. 연습이 끝나면 성동을 찾아왔다고 말할 참으로 앉아서 기다리기로 했어. 성동이 연극 배우가 될 꿈을 처음 이야기했을 때, 나도 소설가의 꿈을 이야기했었지. 이런 창고에서 자신의 선택을 계속 실현해 나가고 있는 성동일 생각하자 어지럽던 마음이 조금씩 가라앉았지. 내 자화상을 보는 기분이랄까. 연극 연습생들이 내 등장에 더 열심히 대사에 몰두하는 듯 느껴졌던 것은 내 착각일수도 있어. 표정들이 점점 진지해졌고, 여태 누구에게도 보여주지 못해 억눌려 있던 재능들이 목구멍을 통해 절규처럼 쏟아져 나오더니, 나에게로 쏟아졌지.

눈여겨보니 무대 위에는 노모와 7명의 딸이 서 있더라고. 칠순을 넘긴 어머니가 뜻밖의 임신을 했는데, 또 딸인 것 같아 낳아야할지 말지 고민하는 스토리 같았어. 그제야 나는 성동이 그 무대 위에 있다는 것을 알아차렸지. 여자 배역이 모자랐는지 손수건을 머리에 둘러쓴 성동은 다섯 번째 딸 역할을 맡고 있었지. 성동은 이미 나를 알아보고 나름 이쪽을 주시하며 있었던 모양이야. 결론은 낳아야 한다는 것으로 마무리되면서, 연극은 끝났지. 괜히 왔다는 생각이 왜 들었는지 몰라. 무대 위의 눈동자들이 한 사람의 관객을 일제히 주시하고 있었지만, 나는 그들에게 형식적인 박수조차 칠 수 없었어. 사람들은 나의 무반응에 약간 당황한 느낌이었지만, 이내 내 소심함과 수줍음을 알아차리고 가벼운 목례로 동료의 친구를 맞이했지.

가능한 빨리 그 창고에서 빠져나가고 싶었지만, 성동은 같이 갈 데가 있다며 기다리라고 하더니 한순간 사라져버렸어. 게다가 노모 역의 여자는 한 관객의 반응을 끝내 포기하지 않더란 말이지. 나는 결국 솜씨없이 대답하고 말았지.

놀랄 정도였다고. 그랬더니 노모는 얼굴을 빛내면서 처음부터 봤으면 더 좋았을 것이라고 확신하더군. 사람들에게서 빠져나오기 위해 성동이 인사를 하는 모습이 보였는데, 장의차 뒤나 따라갈 사람처럼 검은 양복을 쭉 빼입고 나온 거야. 성동이 내 쪽으로 다가올수록 나는 초조해졌어. 그가 진심으로 연극에 대한 내 의견을 물어볼 것이 뻔했거든. 나는 약간 초조하게 해줘야 할 말을 열심히 찾기 시작했어. 조금 내용이 진부하지만 볼 만 했어. 딸아이를 구별해서 낳느냐 마느냐 하는 것은 시류에 맞지 않는 주제 같아. 네 캐릭터를 잘 살릴 수 있는 역할을 맡아야 하지 않겠니? 무대에 올릴 정도는 아닌 것 같아. 아니면 앞으로도 반응을 크게 기대하지 않는 것이 좋겠어. 이런 연극이 너의 꿈이었니?

  상기된 표정으로 다가온 성동은 입을 달싹거렸는데 (아마 '연극 괜찮았니?' 라고 물으려고 했을거야. 왜냐하면 나도 끊임없이 물었으니까. 소설 괜찮았어?), 나는 연극에 대한 평가를 들고 나올 수 없게, 내 쪽에서 앞질러 질문을 먼저 던졌지.

  죽은 시나리오 작가와 잘 아는 사이라고 했지. 정말 굶어 죽은 것 맞아?

성동은 잠깐 생각에 잠기듯 하더니, 약간 풀이 죽은 대답을 해왔지. 그렇기도 하고 그렇지 않기도 하고, 하지만 결론적으로는 그래. 영양실조에 아사로 죽은 것은 아니지만, 영양실조와 아사의 감정에 사로잡혀 죽은 것은 사실인 것 같아. 그 차이가 뭔데? 나는 되물었지. 실제로 밥과 김치 때문에 죽은 것은 아니고, 밥과 김치를 먹고 싶다는 생각 때문에 죽은 것 같다는 말이야. 나는 석연찮아 다시 물었어. 밥과 김치를 충분히 먹을 수 있었으면, 아예 그런 생각이 들지 않았겠지. 성동도 자신의 논리가 맞지 않는다고 느끼는지 신중하게 대답을 찾고 있었지. 그 친구는 지병인 갑상샘기능항진증을 앓고 있었대. 그런데 그 병에 걸리면 끊임없이 무엇인가 먹고 싶다는 허기증에 시달리게 된다는 거야. 가보면 알겠지. 나랑 같이 문상가자.

한차례 소나기가 지나갔는지 땅바닥은 눈물 젖은 얼굴처럼 번져 있었지. 알지도 못하는 사람의 영안실을 찾아간다는 일이 멋쩍고, 당연히 마음에 내키지 않았지. 옷차림도 그렇고, 젖은 머리는 곱슬기가 살아올라 그 행색이 보지 않아도 뻔했고, 아침에 당한 수모가 퀭한 눈에 어떤 식으로건 흔적을 남기고 있을 테니까. 성동은 옛날처럼 나의 이런 울적하고 초라한 마음의 상태를 전혀 알아차리지 못했고, 대신에 문상가기를 미적거리는 나를 이해할 수 없다는 혼탁한 눈빛으로 쳐다보더니, 친구의 친구는 친구이며 더구나 같은 예술가로서 외면할 일이 아니라는 식으로 나의 자발적 동행을 강요했지.

이슈가 되다보니 기자들은 물론이고, 각 분야의 예술가들이 끊임없이 찾아들고 정치인까지 합세하여 영안실은 난리법석이었지. 성동은 차례가 오자 참으로 듬직하고 어른스럽게 영정 앞에 엎드렸지. 나는 한쪽에 비껴나 성동의 인사 절차가 빨리 끝나기만을 기다렸어. 코가 이미 영안실 식당에서 풍겨 나오는 음식 냄새를 맡고 위에서부터 그 냄새를 빨아들이듯 하더라니까. 누군가의 안내로 우리는 식당으로 이동했는데, 정작 식당 안은 한산한 편이었지. 사실 식당에 들러 밥을 먹기에는 여러 가지 감정이 교차할 수밖에 없는 상황에서, 대부분 그 난감한 상황을 피해버린 듯 했어.

우리는 마치 펭귄들처럼 모여 앉아 있는 한 무리의 학생들 옆에 자리를 잡았어. 그들은 조심스럽게 시나리오 작가의 죽음의 후속담을 하고 있더군. '예술가의 80%가 한 달에 백 만원 미만의 돈으로 살아간다'는 이야기며, '보험을 들려고 했더니 시인은 폐병이나 우울증도 많고 위험직종이니 보험료가 훨씬 비싸서 가입도 할 수 없다' 등. 어디선가 이미 들은 내용이었지. 마치 자신들의 의견처럼 말하고 있지만, 실상은 언론에 이미 나온 것을 입으로 옮겨놓은 것들 뿐이었지. 예술가의 열악한 형편에 대해 이야기할 때마다 들고 나오는 단골메뉴.

영안실의 음식은 주문 없이 재깍 정해진 식단이 차려지게 마련이지. 그런데 말이지. 우리 식탁에 음식이 차려지는 사이에, 옆 식탁 젊은 학생들의 대화에 작은 변화가 생긴 듯 했어. "왜 그래?" 누군가의 약간 격앙되고 날 세운 목소리가 터져 나왔고, 식당안의 사람들이 멈칫한 상태에서 일제히 그쪽으로 고개를 돌렸지. 순식간에 분위기가 전혀 달라져 버렸거든. 옆 식탁에서 한 여학생이 눈물을 줄줄 흘리며 중얼거리고 있었어. 나는 이 밥 먹을 수 없어. 윽, 성동은 등에 칼에 맞은 듯 알 수 없는 소리를 내며 몸을 움츠리더군. 어떻게 여기서 우리가 입안에 밥을 떠 넣을 수 있느냐 말이야! 그러자 노래의 후렴처럼 다들 작게 따라하더란 말이지. 나도! 나도! 여학생의 조용하고도 비정한 선언 앞에서 아무도 숟가락을 들지 못했지. 아니 들었던 숟가락도 슬그머니 도로 놓는 사태가 발생하고 있었지. 눈앞에는, 당면 가닥이 풀어진 육계장, 색색의 잡채, 네모난 묵무침, 하얀 공기 밥이 그림처럼 놓여 있었지. 나는 그들에게 당장에게도 큰소리로 말해주고 싶었지. 친구들이 밥을 굶는 모습을 보면 죽어서도 억장이 무너져 내리지 않겠니. 도리어 잘 먹는 모습을 보여주는 것이 마지막 가는 자에 대한 도리 아니겠어. 장례식장에서 그런 비성숙한 모습은 좋지 않아. 먹고 싶지 않으면 조용히 입을 다물고 있으면 되는 거야. '밥'을 빙자한 네 이기적인 슬픔의 표현 때문에, 또 굶을 수밖에 없는 다른 예술인들이 있다는 것을 알기나 해. 나와 성동은 민망한 눈으로 서로를 바라보았지. 서로 상대의 위장을 내시경처럼 훤히 들여다보는 기분이었으니까. 병원으로 오는 도중에도 나는 그의 뱃속에서 빈창자가 접히면서 나오는 소리를 두 번이나 들었으니까. 성동은 좁은 무대 위 말 많고 정기 센 여자들 속에서 큰소리로 여러 번 대사 연습을 한 뒤였으니, 얼마나 많은 에너지를 소모했겠어. 내가 병원에 함께 가기를 망설였을 때도, 성동은 그렇게 말했으니까. 영안실에 가서 공짜 밥이라도 얻어먹자.

  먹자, 그래 우리라도 먹자. 그렇게 말하고 싶었지만 성일도 나도 손끝 하나 꼼짝하지 못했어. 그날따라 밥 한 끼 먹는 것이 왜 그렇게 어려웠는지 몰라. 상 위의 노릇노릇한 전들이 나비처럼 움직이는 것 같았어. 이 많은 음식을 먹지 않고 내버리는 것이 죽은 시나리오 작가의 진정한 바람일까. 도리어 그를 욕되게 하는 것은 아닐까. 나는 행동으로 그런 뜻을 밝히고 싶었지만, 그때까지는 체면이 배고픔보다 강했던 모양이야. 사실 옆에 앉은 무리는 밥이 전혀 문제가 되지 않는 부유한 부류처럼 보였어. 영안실에서 빠져 나가면, 오래간만에 만난 선후배들이 서로 위로한답시고 호텔이나 고급 식당에 가서 칼질을 해도 좋을만큼 능력 있어 보였거든. 음식으로 다가가려고 손끝이 부르르 떨리고, 얼굴의 근육이 흔들리는 것 같았어. 내 생애 그렇게 위가 무엇을 간절히 원하는 것을 처음으로 느꼈지. 한순간 위에서 울컥 쓴맛이 올라왔어. 쓴맛!

아! 순간 나는 놀라운 상태에 도달했던 것 같아. 내가 왜 여태 소설가로 성공하지 못했는지 그 이유를 섬광처럼 깨닫게 된 거야. 너무나 간단하면서도 중요한 것을! 나에게 간절한 것, 인간에게 간절한 것을 여태 비켜 나갔던 거야. 겉멋이 들어 이런저런 소재를 가지고 와서 씨름을 했지만, 사실 내 자신에게도 별 절박하지 않은 내용이었거든. 이렇게 간절하게 원하는 것을 소설로 써본 적이 없었던 거야. 배고픔에 대한 소설 부류 말이지. 여태 한국소설이건 외국소설이건 배고픔에 대한 소설은 별로 본 적이 없는 것 같아. 섹스에 관해서는 질펀하게 많은 책들이 널렸지. 질병에 관해서는 까뮈의 『페스트』, 전쟁에 관해서는 톨스토이의 『전쟁과 평화』, 자연재해에 관해서는 르클레지오의 『홍수』, 종교에 관해서는 댄 브라운의 『다빈치코드』가 있잖아. 맞아, 인구의 십분의 일에 해당하는 사람들이 굶주림으로 죽어간다는 아이티 출신의 한 작가도 배고픔에 관한 예술작품이 없다고 한탄했지만, 그 자신도 그 문제를 본격적으로 다룬 소설은 쓰지 않았던 것 같아. 아아, 그 많은 예술가들이 배고픔처럼 중요하고도 본질적인 문제를 고민하지 않았다니!

여태 내가 소설가로 등단하지 못한 것이나, 성일의 연극이 왜 그렇게 무의미하다고 여겨졌는지 비로소 납득할 수 있더란 말이지. 비로소 쓴맛이 무엇인지, 쓴맛이 살아남을 수 있는 생존의 방법을 알려준다는 노랫말이 이해가 되는 듯 했지. 그 다음 순간 더 놀라운 일이 일어났지. 배고픔에 대한 소설을 쓸 생각을 하자, 감쪽같이 허기가 사라지는 듯 했어. 소설을 위해서라도 앞으로 며칠은 더 굶어야할 것 같았지. 젊은 시나리오 작가의 죽음에 대한 예의나 아버지의 분노에 대한 예의가 아니라, 내 소설에 대한 예의로 당분간은 정말이지 아무 것도 먹지 않을 수 있을 것 같았어. 굶는 아사과정의 어두운 통로를 관통하고 나면 눈부시게 빛이 가득한 내 소설의 세계가 열릴 것 같았어. 그렇게 진정한 소설의 세계에 뛰어들어 마음껏 내 생각을 펼칠 수 있을 것 같았어. 순간, 손가락 하나가 상위에서 얼핏 지나가는 것을 보았어. 생쥐가 지나가는 줄 알았지. 그것은 미처 젓가락을 쥐지 못한 성동의 손가락이었어. 무의식적으로 과일에 손을 뻗어버린 거지. 성동은 옆 식탁의 학생들처럼 입에 음식을 넣지 않으려는 이성적 판단은 하고 있었으나, 욕망과 식욕은 그 이성을 넘어서 이미 손을 뻗게 만들어버렸던 거야. 나는 못 본척했지. 일단 음식을 맛본 성동은 손을 멈출 수가 없었던지, 허급지급 과일을 집어 우걱우걱 씹어 먹더란 말이지. 옆의 학생들은 우리가 시체라도 뜯어먹는 듯 황당한 눈과 질겁한 표정으로 바라보았지. 나는 내 새로운 소설 주인공을 관대하게 바라보고 있었지. 배고픔이 체면이나 이성을 이기는 본능적인 인간 말이지. 나는 손가락 하나 까닥하지 않았어.

돌아오면서, 영안실의 식당에서 음식을 먹어 치운 자와 끝까지 먹지 않은 자 사이는 서먹한 상태가 되어 있었지. 성동에게, 나는 배고픔에 대한 소설을 쓸 생각이라고 말했지. 성동은 신경질적이고 자존심을 다친 예민한 눈으로 나를 힐끗 쳐다보더니, 비웃음 섞인 어조로 말했지. 영화나 연극도 마찬가지겠지만, 소설이 왜 배고픔을 소재로 다루지 않는지를 알아? 나는 정곡을 찔린 사람처럼 잠시 성동의 얼굴을 바라보았어. 성동은 내 소설의 끝을 아는 것처럼 진지했거든. 왜? 배부른 사람들은 배고픔에 대해 알고 싶어 하지 않기 때문에 네 소설책을 사지 않을 것이고, 배고픈 사람들은 책 살 돈이 없기 때문에 네 소설책을 사지 않을 것이니까. 내가 할 말을 찾지 못하고 있자, 성동은 얼굴이 벌개질 정도로 분개한 듯 말했지. 하지만 섹스는 달라. 섹스는 부자나 가난한 자나 모두 환장을 하고, 이를 위해서라면 있는 것 다 털어서 투자하거든. 앞으로 먹고 살려면, 섹스에 관한 연극을 무대에 올려야겠어. 나와 성동은 갈림길에서 서로 서먹하게 멀어져갔지. 집으로 돌아오면서 성동이 정말 시나리오 작가와 아는 사이였을지 의구심이 솟구쳤지. 하지만 덕분에, 돌아가면 진짜 소설을 쓸 수 있을 것 같은 감정에 고무되어 나는 중얼거렸지. 고맙다, 성동아. 나는 쥐구멍같은 내 방에 돌아가서 배고픔이 위장을 후벼 파는, 그래서 주인공뿐만 아니라 책을 읽는 독자까지도 위가 뒤틀리고 비틀리는 진정한 배고픔의 체험소설을 쓸 생각이었거든. 그 누구도 감히 따라잡을 수 없는 진정한 배고픔의 바이블을 쓸 계획이었지.

 사흘 밤이 지났으니 나흘 째 아침이 다가온 것이 분명해. 여동생은 물론 그 누구도 그날 이후로 한 번도 아침에 나를 깨우러 오지 않았어. 그런데 이상한 일이 아닐 수 없어. 문도 커튼도 꼭꼭 닫힌 방 안의 상태에서, 어떻게 밖의 소리가 눈에 보이듯 죄다 들리는 걸까? 화장실문 여닫는 소리, 부엌의 식탁의자 끄는 소리, 여동생이 급하게 물건을 찾으면서 뛰어다니는 소리, 어머니가 누나를 부르는 소리, 그리고 식기 부딪는 소리, 프라이팬이 끓는 소리 그리고…… 아! 고추장이 육질에 골고루 배인 매운……매운 닭볶음! 이른 아침에 매운 닭볶음을 만들다니, 아버지는 콜레스테롤의 이유로 누나와 여동생은 다이어트나 미용의 이유로 손도 잘 대지 않는 음식인데. 그렇다고 당신이 드시려고 어머니가 아침부터 닭을 달달 볶고 계시지는 않을 거야. 음식 향내가 고열에 사로잡힌 것처럼 나를 어지럽게 흔들고 있어.

방 안에서 내가 배고픔과 싸우고 있을 때, 방 밖에서 가족은 식탁으로 나를 불러내려고 열심히 전략을 세우고 있는 모양이야. 어머니 혼자의 생각은 아니고, 가족의 합작품일 거야. 내가 지금 가장 원하는 것이 무엇인지 그들은 잘 알고 있는거야. 먹는 것, 맵고 튼튼한 육질의 닭볶음, 내가 가장 좋아하는 음식! 저들은 내가 영원히 굶을 수 없다는 것, 그래서 가능한 그 시간을 줄여 항복시키려고 꾀와 궁리를 동원해 유혹의 냄새를 피우고 있는 거야.……아, 한 입만 먹어 봤으면! 아니, 이 말은 내가 한 말이 아니고, 내 소설 주인공이 한 말이야. 그는 지금 가족의 강력한 미끼에 조금 흔들리고 있지만 결코 그에 넘어가지는 않거든. 그가 이렇게 골방에서 버티고 있는 이유는 저들이 생각하듯 알량한 자존심 때문이 아니야. 거꾸로 …… 음식 때문에 자존심을 잃은 인간이 되기 위해서야. 그렇다면 당장 방에서 뛰쳐나가면 되잖아. 아니, 내가 말하는 음식 때문에 자존심을 잃은 인간이라는 것이 바깥의 유혹자들이 생각하는 그런 인간이 아니라는데 문제가 있어.

영양분 공급이 되지 않으니 머리 회전이 때로 잘되지 않지만……, 내 소설은 잘 진행되고 있어. 항상 잠을 깨워주던 여동생이 처음으로 잠을 깨우러 오지 않자, 약간 당황한 오빠가 스스로 아침밥을 먹으러 나가는 부분부터 시작되고 있지. 그런데 그 전날 밤 그는 한 젊은 시나리오 작가가 아사와 영양실조로 죽었다는 이야기를 듣게 되었지. 그는 여태 백수처럼 살아오면서도 부모의 밥을 얻어먹고 사는데 별로 불편함을 느끼지 않았기에, 그 죽음이 별로 와닿지 않았지. 도리어 시간에 맞추어 먹어주어야 하니 귀찮은 일이라고 치부했을 정도이니까. 하지만 그날 밤, 그는 자신에게서 이상한 징후를 발견했던 것 같아. 그는 비교적 보기 좋게 말라 날카로운 작가의 분위기를 유지하고 있었는데, 밤에 뭘 먹는 습관 같은 것은 없었기 때문이었지. 밥이건 과자 쪼가리건 라면이건 밤참하고는 거리가 먼 인간이었지. 잠든 가족들 몰래 창문을 열어놓고 피워대는 줄담배가 밤에 먹는 것의 거의 전부였을 거야. 그런데 어찌된 일인지 그날 밤따라 그는 신체에 변화를 느꼈던 것 같아. 처음에는 위가 간질거리는 것을 느꼈고, 위산이 과다하게 분비되는 느낌이 들었으며, 머리보다 위가 더 강하게 작동하고 있는 느낌을 받았지. 몸의 중심뿐만 아니라 생각의 중심이 점점 위로 이동하는 느낌을 받았던 거야. 점심도 잘 챙겨먹었고 다른 날과 다를 바 없는 밤이었지만, 그날 그는 다른 날과 다른 것을 원하고 있었던 것 같아. 밥과 김치 등속 말이야. 하지만 습관대로 밤참을 먹지 않고 그는 새벽에 곯아 떨어졌어. 그러니까 그가 다음 날 아침에 스스로 일어난 것은 바로 시나리오 작가의 죽음이 그에게 일깨워준 위의 본능 때문이었던 것 같아. 곡기에 대한 강렬한 욕망이 여동생이 깨우지 않아도 새벽에 밀려오는 잠을 밀어내고, 그를 침대 밖으로도 밀어냈던 것이지.

그날 아침은 가족이 원하지 않는 순간에 그가 식탁에 나갔지만, 이번에는 저들이 원해도 그는 식탁에 나가지 않을 거야. 특히 저들이 원하는 모습으로 그는 자신을 드러내지 않을 거야. 특히 여동생 앞에서 그런 참담한 모습으로 조롱당하지는 않을 거야. 저들은 그를 자극할 목적으로 어느 때보다 더 소란스럽게 밥을 먹는 것 같아. 두런두런 다정한 이야기 투와 수저 부딪는 소리가 환청처럼 들리는 것 같아. 저들은 나를 부를까 말까, 그를 식탁에 초대할까 말까 서로 상의하고 있는 것 같아. 저들이 나를 부르러오면 나는 설득당하고 싶지 않아. 못 이기는 척 연기하면서 나가고 싶지도 않아. 누구에게 이끌려 음식접시에 손을 대고 싶지도 않아. 하얀 접시에 담긴 붉은 닭볶음이 날개처럼 퍼덕거려. 하지만 내가 지금 진짜 추구하는 것은 그런 것이 아냐.

수모의 '밥' 사건 이후, 내 삶은 참 많이 달라졌지. 예전에는 매일 글을 쓰긴 했지만, 글만 쓰려고 하면 몸이 피곤하고 여기저기 아픈 것 같아 집중하기가 어려웠거든. 그런데 이제는 소설 쓰는 머리와 밥을 기다리는 위장의 싸움으로 압축되니, 집중력이 매우 높아진 것 같아. 세상만사에 신경 쓰고 싶지 않던 예전과 달리, 모든 신경이 세상을 향해 얼마나 적극적으로 뻗치며 작동하고 있는지 몰라. 과거가 후회스럽다거나 자신이 보잘 것 없다는 생각을 가질 여유도, 미래가 온통 비관적으로 느껴져 차라리 죽는 게 낫다고 느낄 틈새도 없어졌어. 이렇게 먹고자 하는 욕망이 강한데, 어떻게 죽음 따위를 생각할 수 있겠어.

누군가 방문 앞에서 한동안 안의 기척을 살피는 듯하더니, 별 관심 없다는 듯 위장하며 지나가버렸어. 속이 미쓱거리고 위가 닳아 구멍이라도 생기고 있는 듯 통증이 느껴져. 이럴 경우 위장의 아픔이 고스란히 느껴지게 내버려두면 돼. 그 고통을 잊으려고 머리가 다시 작동하기 시작할거니까. 코는 여전히 바깥에서 풍겨오는 냄새를 마약처럼 깊게 흡입하고 있어. 그러자 여러 가지 소리가 내 안에서 들려오기 시작했어. '저런, 가여워라' '요즘이 어떤 세상인데 굶어 죽느냐' '나가서 아르바이트라도 하지 굶어죽다니 그것이 예술가의 자세냐' '재능 있다고 무책임하게 자기 밥도 책임지지 못하고 자존심 하나로 버티느냐' 누가 누구에게 하는 소리일까. 이는 젊은 시나리오 작가가 죽었을 때 사람들이 했던 소리 같기도 하고, 사람들이 내 소설 속 주인공에게 하는 말 같기도 하고, 사람들이 나에게 혹은 내가 나에게 하는 소리 같기도 해.

　나는 벌떡 일어나 문 쪽으로 걸어갔어. 무의식중에 손이 문에 가닿는 순간, 화장실로 조르르 달려가는 귀여운 발자국 소리와 여러 개의 발자국 소리가 어지럽게 움직이기 시작했어. 식사가……다 끝난 것이지. 나는 결국 문을 열지 않았고, 가족 중의 누구도 내 방문을 열지 않았지. 이번 싸움도 무승부야. 문을 사이에 두고, 밖에는 식탁과 가족과 세상이 대치하고 있고, 안에는 배고픔과 나홀로와 소설이 대치한 채 말이야. 문밖의 가족은 나를 골방에서 끌어내어 세상으로 나가게 만들 심산인거야. 죽은 시나리오 작가처럼 사랑하는 아들이 혹은 사랑하는 오빠가 천천히 영양실조에 걸려 죽어가게 만들 수는 없으니까. 잔인하지만, 이제 공짜 밥의 시효가 끝났음을 철저하게 알려주고, 더 이상 소설을 쓰지 않겠다고 항복할 때까지 결코 흔들리지 않기로 합의한 거야. 그들처럼 일상의 삶을 살면서, 일류학교 나온 졸업생답게 대기업은 아니더라도 번듯한 중소기업에 양복 입고 매일 출근하겠다고 내가 선언할 때까지 저들은 한통속으로 지독한 인내심과 사랑으로 기다릴거야. 가난한 예술세계에서 나를 건져내기 위해 그들은 이번 마지막 기회를 결코 놓치지 않으려 할 거야.

나는 지금 저들이 원하는 상태로 천천히 변하고 있지. 배고픔 때문에 언제 문밖으로 뛰쳐나갈지 모르는, 굶어서 자존심이 무너져 내린, 오로지 밥을 위해 어떤 것이든지 버릴 수 있는 인간. 저들은 승리를 예감하며 미리 출 춤의 스텝을 밟고 있을 거야. 그런데 말이지. 내가 저 방문을 여는 순간에 저들은 뭔가 잘못되었다는 사실을 깨닫게 될 거야. 저들은 내가 화려한 세상의 삶과 기쁨으로부터 추방당한 채 골방에서 아무 소용도 없는 소설 속에서 허비당하다가 마침내 먹을 것을 위해 두 손을 들고 나온 것이라고, 마침내 픽션세계에서 현실세계로 나가기 위해 문을 열었다고 생각하겠지.

하지만 내가 문을 연다면, 전혀 다른 상황이 펼쳐질 거야. 소설이 밥 먹여주니? 아니요. 여태 일용할 양식을 먹여준 것은 아버지예요. 내가 소설을 포기했다고 환호하던 가족은 곧 황당한 상황에 직면하게 될 거야. 내가 문을 박차고 나가면, 아니 모든 에너지가 다 소진된 상태에서 문을 간신히 열고 기어나가게 될 때쯤이면, 나는 화려하고 배부른 식탁은 원하지도 않을 거야. 운이 좋다면 나는 완벽하게 시나리오 작가의 허기증에 도달해 있을 거야. 운이 더 좋다면, 갑상샘기능항진증에 걸린 환자처럼 끝없는 배고픔의 인자를 몸에 지닌 상태가 되어 있을 거야. 쓴 맛처럼, 내 영혼과 예술가의 생명력을 유지시켜 줄 DNA! 내가 쥐구멍에서 빠져나간다면 가족이 기대하듯이 내가 소설을 포기해서가 아니라, 도리어 소설의 마지막 문장이 준비되었기 때문일 거야. 그래서 마침내 내가 쥐구멍에서 빠져나갔을 때는, 아버지가 자신의 방문에서 내 소설의 마지막 문장을 읽어보게 될 거야.

"그동안 감사했습니다. 밥이나 김치 남는 것 있으면 제 방문 좀 두들겨 주세요."

쥐식인 2

첫 번째 펭귄의 블루스

 펭귄들은 일제히 걷기 시작했다. 뒤뚱뒤뚱, 떼를 지어 한 방향으로 내달았다. 열정과 희망이 가득한 걸음걸이였다. 우르르 다 함께 움직이면서도 서로가 서로를 앞서려고 했다. 드디어 바닷물이 넘실대는 낮은 바위 절벽 앞에 도착했다. 이제 바다 속으로 뛰어드는 일만 남았다. 펭귄들은 금방이라도 뛰어내릴 듯 보였지만, 제자리걸음이었다. 다들 바다를 내려다볼 뿐 한결같이 망설이고 있었다.

 펭귄들의 생태계에 관한 한 외국 프로그램을 시청하면서, 나는 영어에 'First Penguin'이라는 표현이 있음을 상기했다. 바다로 뛰어들 용기를 가진 첫 번째 펭귄을 일컫는다. 펭귄들은 먹이를 찾으러 집단으로 바다로 가지만 정작 바다로 들어가는 순간에는 모두 멈칫한다. 바다에는 자신들의 먹이가 되어줄 작은 고기들도 있지만, 마찬가지로 자신들이 먹이가 되고 말 물개나 바다표범도 살고 있기 때문이다. 생명을 빼앗거나 생명을 빼앗기거나, 바다는 생사가 걸린 팽팽한 긴장과 모험의 공간이다.

드디어 한 펭귄이 용감하게 수직으로 낙하한다. 풍덩, 바다 속으로 빠진 후 유선을 그리며 바닷물과 합류한다. 마치 그것이 신호이기라도 한 듯, 다른 펭귄들이 바다 속으로 일제히 뛰어내린다. 수직의 낙하는 물속에서 다시 유선으로 변한다. 수십 수백 마리의 직선과 곡선의 교차가 일어난다. 축제를 벌이듯 떼 지어 혹은 따로 따로 물을 만끽한다. 세차게 떠밀리면서도 바다 속을 솜씨 좋게 헤엄치고 있다. 최초의 펭귄인 듯 놈이 덥석 먹이를 물었다. 다행히 그들을 위협하는 거대한 생물은 아직 보이지 않는다. 바다물결은 거대한 리듬처럼 흐르고 펭귄들은 그 위에서 검은 음표들처럼 헤엄치고 있다. 뒤뚱뒤뚱, 육지에서 어설프고 통통했던 펭귄들은 바닷물 속에서 수초들처럼 매끄럽고 가볍게 유영하고 있다. 생명이 충만한 기쁨 가득한 춤이다.

춤! 우리 춤즐모는 앞으로 어떻게 될까. 우리도 다 함께 춤의 바다로 뛰어들 수 있을까. 춤즐모는 '춤을 즐기는 교수들의 모임'이다. 만들어 진 지 이미 6개월이 지났지만, 한 번도 춤을 춰 본 적이 없는 모임이다. 모임이 만들어진 계기는 폭우에 의해 내려앉은 학교 뒤 작은 언덕의 붉은 흙더미들에 의해 테니스장이 초토화 되고 난 뒤였다. 테니스 중독에 걸려 있던 교수들이 다른 학교 혹은 교외 테니스장을 물색하던 중에, 테니스엘보에 걸린 한 교수가 이 기회에 부드러운 다른 운동을 배워보겠다고 나서면서 벌어진 일이었다. 춤이 어떻겠느냐는 우연히 뱉어낸 농담이 이 기회에 스포츠 댄스를 배워보자는 의견을 유도해 냈고, 여태 무뚝뚝하고 과묵했던 남자 교수들을 수다스러울 정도로 적극적인 토론에 휘말리게 하더니, 결국 당시 그 자리에 있던 나를 포함한 여섯 명의 교수가 만장일치로 찬성하여 만든 모임이다. 끼 있는 여교수 두세 명 더 끌어들여 춤을 배워보자며, 작정하고 모임 이름까지 정하게 되었다.

먼저 물 좋은(!) 댄스 스포츠 교습소들을 찾는 데까지는 별로 문제가 없었다. 교습소의 위치와 강습비를 알아왔을 때, 교수들은 저마다 자신의 집에서 가까운 곳으로 정하고 싶어 했다. 연구실에서 교내 테니스 코트장까지 왔다갔다 하던 교수들이 스포츠 댄스를 배우기 위해 외부로 매일 외출한다는 것이 낯설 수밖에 없었다. 사람들의 눈에 띄지 않는 교습소가 좋을 것이라는 의견이 힘을 얻으면서, 교수들은 장소와 거리에 대한 합의를 가까스로 이루어 냈다.

두 번째 난관은 뒤늦게 행해진 교수식의 심리적인 검점이었다. 교수들이 무리지어 댄스교습소에 다니면 자칫 사회적 물의를 일으킬 수도 있다는 염려가 터져 나왔다. 하지만 요즘 스포츠 댄스는 말 그대로 스포츠라는 반박이 나왔고, 국민 MC 유재석도 TV에서 여자 무용수와 공개적으로 춤을 추고, 딸에게 당당한 모습을 보여주기 위해 여자 탤런트 누구누구도 남자 무용수와 공개적으로 오디션 프로그램에 나오는 것을 보았다고들 입을 모았다. 결국, 춤만 제대로 배우고 딴짓하지 않으면 문제가 없을 것으로 의견이 모아지면서 끼 있는 여교수들을 끌어들이자던 애초의 계획은 철회되었다. 하지만 끝까지 외부 시선의 염려에서 벗어나지 못한 Z 교수가 아예 춤 선생을 학교로 불러서 배우자는 해결책을 내놓았다. 그래서 춤즐모는 학교 본부에 테니스 중단으로 금단증상을 겪고 있는 교수들의 건강을 위해 실내 스포츠를 할 장소를 내놓을 것을 요청했다. 우리는 스포츠 댄스에서

'댄스'보다 '스포츠'를 매우 강조했고, 그것이 잘 먹혀든 것인지 생각보다 쉽게 승낙을 얻어냈다.

그 다음은 학교에 올 춤 선생을 구하는 문제가 대두되었다. 춤 선생은 이리저리 거의 3주에 걸쳐 알아보고 제대로 구한 것 같은데, 이번에는 또 돈이 문제가 되었다. 학교에서 교습을 따로 받으려고 하자 예상했던 것보다 두세 배로 돈이 올라갔다. 학교에서 공짜로 테니스를 치던 교수들은 돈을 주면서 뭔가를 배워야 하는 현실에 왠지 손해를 보는 듯한 느낌인 모양이었다. 나만해도 경제적인 부담이 없다고 말할 수 없었다. 우리는 S 교수를 앞세워 춤 선생과 가격 네고를 했고, 그나마 받아들일 정도의 가격으로 안착이 되었다. 이제 춤 배우는 것을 시작만 하면 되는 것 같았다.

그런데 다시 강습 시간이 문제가 되었다. 춤은 선생에서부터 교수들 모두가 정확한 시간에 모여야만 시작이 가능한 모양이었다. 교수들이 조금 늦게 도착하면 춤 선생이 따로 개인 교습을 할 수도 없고, 그렇다고 일부 빠뜨리고 배운 부분만 춤을 출 수도 없는 노릇이니 정확한 시간에 교수들이 모두 모여야 한다는 것이었다. 테니스는 두 사람만 시간이 맞으면 되는 운동인데 반해, 춤은 많은 것이 달랐다. 여느 때보다 조율하기 어려운 것이 시간이었다. 방학인데도 외부 강연이 있다, 보직 때문에 회의가 있다, 아이를 학원까지 데려다주는 시간이다, 학생들과 실험하는 시간이다, 그 어느 것 하나 포기할 수 없는 시간들이었다. 게다가 간신히 교수들이 시간을 맞추어 연락하면 춤 선생이 불가하다는 식이었다. 짜증스러운 여정이 지속되었고 도무지 합의가 이루어지지 않았다. 그러다보니 시간이 맞지 않으면 빠지겠다는 식의 교수가 한둘 생기기 시작했고, 결국 여러 개월이 지났지만 춤은 시작도 하지 못하고 있었다.

First Penguin!

춤즐모의 교수들은 바다를 앞에 두고도 뛰어들지 못하는 펭귄들 같았다. 지식인들을 햄릿형 인간이라고 한다. 생각을 실행에 옮기지 못하고 끊임없이 망설이고 주저하고 머뭇거리는 것이다. 나는 소파에서 벌떡 일어났다. 누가 첫 번째 펭귄이 될 것인가. '춤을 즐기는 교수들의 모임'이라는 이름까지 정해 놓고, 아예 춤은 시작도 하지 못하는 교수들의 우유부단한 모습이 우스꽝스럽다 못해 한심해 보일 정도였다. 그만큼 찾고 네고하고 선택하고 결정을 했으면 실행에 옮겨야 하는 것이다. 내가 먼저 춤의 바다로 먼저 뛰어들리라. 내가 뛰어들면 모두 따라서 뛰어들 것이다. 말만 있고 행동하지 못하는 교수들, 그 직업의 한계를 내가 먼저 깨어 보리라, 바다 속으로 뛰어들어 보리라, 춤의 바다 속으로!

그렇게 뭔가에 홀린 듯 용기백배하여 나는 댄스교습소를 찾아갔다. 그나마 춤즐모에서 파악해놓은 댄스교습소들 중의 하나로 아파트에서 차로 20분 거리에 있는 홍대 부근이었다. 아무래도 아파트 부근이나 직장 부근은 피하는 것이 좋다고 판단했던 것이다. 이런저런 공식적인 서류를 제출해야하는 문화센터도 마찬가지이다. 그렇다고 동네 안의 교습소로 가서 동네 아줌마들과 뒤엉켜 인간관계를 복잡하게 만들 필요도 없었다. 이런저런 뜨내기들이 섞여들어, 서로의 신분을 밝히지 않아도 되는 나름 회색지역의 강습소를 선택한 것이다.

교습소에 들어가니, 한 부부가 사방에 거울이 달려 있는 소강당에서 서로 포즈를 맞추고 있는 듯했다. 고개를 더 돌려야 된다는 둥, 턱을 더 들어야 된다는 둥, 서로 의견을 맞추고 있었다. 나를 보고도 서로 안고 있는 포즈를 풀지 않았고, 자신들의 포즈 확인 작업이 끝나고 나서야 인사를 해왔다.

"스포츠 댄스 배우러 오신 것이면 잘 찾아오신 거예요. 여기 옛날에 국가대표 선수들도 길러낸 곳이에요."

"수요일과 금요일, 1주일에 두 번 스포츠 댄스를 가르쳐 준다고 바깥에 현수막이 걸려 있던데요."

"수금반은 다음 주부터 탱고가 시작된다고 들었는데, 등록하시고 싶으시면 원장님을 만나보세요. 우리는 아침 반 강습생이에요."

"따라갈 수 있을까요? 저는 워낙 몸치라서."

여자는 활짝 웃으며 앞에 서 있는 늙수그레한 남자를 쳐다보았다.

"이 양반은 어땠게요. 하지만 1년 정도 하고 나니까 사람이 달라졌어요."

"부부이신가 봐요?"

"네."

춤을 복습하고 있던 부부의 모습은 내심 긴장하고 있던 나를 안심시켰다. 남편 몰래 아내 몰래 춤을 배울 것이라는 고정관념이 순식간에 깨졌다. 나는 아내에게도 춤즐모의 회원들에게도 알리지 않았다. 의도적으로 숨긴 것은 아니었다. 첫 번째 펭귄처럼 과감하게 뛰어든다고 나머지 문제가 해결되는 것이 아니었다. 이것 봐, 내가 춤의 바다로 뛰어드니, 너희들도 내 뒤를 따라와. 이렇게 살신성인해도, 나를 믿고 춤바다로 뛰어들 교수가 몇 명이나 될까. 그들은 춤의 ㅊ자도 모르는 나를 믿고 행동하지 않을 것이다. 그들을 뛰어들게 만들려면 펭귄과 달리 좀더 치밀한 준비가 필요하다. 춤바다로 뛰어들어 그곳을 탐색한 후에, 얼마나 큰 기쁨과 위험 요소가 있는지 확인한 후에, 회원들에게 알려줄 생각이었다. 교수들이 모두 같이 스포츠 댄스를 배우게 되었다고 하면 아내도 쉽게 용인할 것이다.

나는 원장실로 안내되었다. 생각보다 평범한 외모의 나름 노련해 보이는 원장이 앉아 있었다.

"잘 오셨습니다. 여기 오신 이상 더 이상 나이를 먹지 않게 해드리지요. 점점 젊어지게 해드릴 순 없지만 더 늙지 않게는 해드릴 수 있어요."

내가 그곳에 간 것은 속물들처럼 젊어지기 위해서가 아니라 행동하는 지식인의 모습을 되찾기 위해서이다. 생각을 따라 춤추는 지식인이 되고 싶었다. 물론 젊음도 되찾으면 금상첨화일 것이다.

"그런데 직업을 물어봐도 되겠습니까? 분위기로 봐서는 작가처럼 보이기도 하고."

주변 사람들이 눈치채지 못하게 나는 나름 은밀하게 위장을 한 상태였다. 일부러 손대지 않은 수염이 아래턱을 점령해 날카롭고 지적인 이미지가 두루뭉실 모호해졌고, 2~3년 전 처박아 둔 회색 안경도 꺼내 썼다. 가족이나 춤즐모 회원을 우연히 길거리에서 맞닥뜨려도 그들은 나를 곧바로 알아보지 못할 것이다. 방학이라 머리도 커트를 한번 걸렀더니 분위기가 더 어중간하고 애매한 상태였다. 이 어중간하고 애매한 상태를 원장은 작가 분위기라고 칭했다. 운수업이라고 말하려던 미리 준비된 멘트를 포기하고, 나는 대답했다.

"작가라기보다⋯⋯ 글을 써보려고 노력하고 있는 중입니다."

"내 눈이 틀림없군요. 시를 쓰시나요?"

"습작을 많이 하고 있긴 하지만⋯⋯ 저, 블루스도 가르쳐 주시나요?"

이왕 배우는 김에 파트너와 같이 출 수 있는 춤도 배워두면 좋을 것 같았다.

"블루스? 우리나라 사람들이 '블루스'라는 표현을 자주 사용하는데, 그런 춤은 없다고 보는 것이 좋습니다. 다른 나라에서 슬로우 리듬 댄스slow rythem dance라고 하는 춤을 그렇게 부르는 것으로 알고 있습니다."

어른들의 사교춤은 블루스가 대명사라고 여기고 있었다. 고딩 대딩에서 남녀가 서로 껴안을 수 있는 것은 오로지 블루스 타임이다. 아예 블루스라는 춤이 없다니! 그러고 보니 무조건 남녀가 서로 껴안고 발을 조금씩 옮기면 그것을 블루스라고 했던 것 같다. 원장은 '블루'가 '슬픈'이라는 뜻이 있어 애가哀歌를 의미한다고 했다. 돌이켜보니 '블루스'는 주로 흑인의 외로움을 읊은 기타 연주곡을 지칭하던 영어 단어였다. 그렇다면 블루스는 춤이라기보다 남녀가 서로 밀착해보려는 한 슬픈 동작의 형태였을까.

처음으로 댄스교습소에 나간 날은 금요일이었다. 원장은 나를 작가라고 소개했다. 유통업이라고 하면 회사의 이름이라든지 위치를 물어올 것이 뻔했기 때문에 차라리 잘된 일이었다. 시인이라면 거처도 가족도 없이 떠도는 사람이 많다고 들었다. 김삿갓처럼 자유로운 인간처럼 보이면 신분을 들킬 필요도 없는 것이다. 20여명은 담백한 박수로 나를 환영했다. 여자를 밝히는 눈이 벌건 남자들과 요염한 여자가 서로를 은밀하게 희롱할지도 모른다고 생각했던 그곳에는, 대학생 및 직장인 몇 명과 중년 남녀 몇 명과 70대에 가까운 노인까지, 마치 마을회관에 각 세대의 대표자를 모은 듯이 모여 있었다. 수금반은 초급반이어서 그들도 오늘 처음 만난 것이었다. 붓글씨를 배우러 온 사람들처럼 분위기는 한 눈에도 건전하고 담백했다.

행동하는 지식인은 그렇게 탱고의 세계로 빠져들었다. 나는 여태 탱고를 스페인 춤으로 알고 있었다. 한데 탱고는 1880년 무렵 아르헨티나 부에노스아이레스의 하층민 지역에서 생겨났다고 했다. 스페인은 탱고가 아니라 플라멩고로 유명하다고 했다. 탱고와 플로멩고가 같은 춤이 아닌 모양이었다. 잘못 알고 있다는 사실을 알지 못하면서 잘 알고 있다고 믿고 있는 경우가 종종 있다. 원장은 탱고가 처음부터 이렇게 교양을 갖춘 사람들의 춤이 아니었다고 말했다. 탱고가 처음 등장할 때의 명칭은 '바일리 꼰 꼬르떼baile con corte', 그것은 '멈추지 않는 춤'이라는 뜻이었다. 그 후 명명된 탱고라는 용어의 기원은 아프리카로 여겨지며 '특별한 공간'을 의미한다고.

나는 댄스교습소에서 탱고 자세와 스텝을 익히기 시작했다. 팔을 어깨 높이로 올리고, 남자는 고개를 오른쪽으로 여자는 왼쪽으로 비틀어야 한다. 뒷걸음치듯 왼쪽으로 슬로우슬로우 킥킥을 한다. 몸의 방향을 확 돌린다. 고개도 확 돌아간다. 슬로우슬로우 킥킥. 이 특이한 리듬이 4분의 2박자란다. 우리는 보통 4분의 3박자 하나둘셋, 하나둘셋에 익숙해 있는 편이다. 아니면 조금 더 느린 왈츠의 4분의 4박자 하나둘셋넷, 하나둘셋넷. 그런데 4분의 2박자는 슬로우슬로우 킥킥, 슬로우슬로우 킥킥! 발을 땅에서 뗄 듯 말 듯, 다시 슬로우슬로우 킥킥. 스텝을 밟을수록 때처럼 쌓여 있던 피곤함과 나른함이 사라지면서 조금씩 몸이 가볍게 느껴졌다. 슬로우슬로우 킥킥, 소생하는 기분이 이럴까. 킥킥 웃음이 입에서 배어나왔다.

나는 혼자 춤바다에 먼저 뛰어든 것이 대견스러웠다. 비로소 무리들에게서 벗어나서 앞서 바다로 뛰어든 첫 번째 펭귄이 된 것이다. 교수들이나 학생들이나 항상 어울리는 사람과 묶여 다니는 경우가 많다. 우리는 스스로 자유를 포기하고 기꺼이 묶음의 노예가 되어 캠퍼스를 돌아다닌다. 테니스 무리도 그 중의 하나였다. 나는 학생들에게 때로 하이에나처럼 먹이를 찾아 혼자 어슬렁거리라고 한다. 어슬렁거리며 혼자 캠퍼스를 쏘다녀야, 하늘도 보고, 마음속 생각에 귀도 기울이고, 도서관에 가서 책에 전념할 수 있는 것이다. 묶음으로 다니면 캠퍼스를 걸어도 대화하느라고 학교 풍경을 제대로 보기도 힘들고 마음의 소리를 들을 시간도 여유도 없다. 심지어 도서관에 묶음으로 가면, 커피를 마셔도 같이 마셔야 하니 모든 독서의 흐름이 깨어져 버리는 것이다. 나는 이렇게 홀로 춤을 배우러 온 것이 자유처럼 느껴졌다. 리더는 용감하게 뛰어들 수도 있어야하고 혼자 외롭게 버티는 힘도 있어야 한다.

 탱고는 혼자 추는 춤이 아니다. 이 기본 동작을 끝내고 나면 파트너와 춤을 추게 될 것이다. 나는 곁눈으로 여자들을 살펴보았지만 전체적으로 평범한 편이다. 유감스러울 것은 없다. 내가 춤을 과대평가했거나 과소평가했는지도 모른다. 대학생쯤으로 보이는 젊은 여자가 두 명 있다. 내가 대학생들에게 단련된 후각을 가지고 있듯이, 대학생들도 교수들에 대한 단련된 후각이 있을 것이다. 내가 재직하고 있는 학교의 학생들이 아니더라도 대학생들은 연합이니 동아리니 연결되어 있는 경우가 많다. 되도록 가까이하지 않는 것이 상책이다. 안기에 부담스러운 뚱뚱한 아주머니들도 여러 명 보였다. 안고 추면 괜찮을 듯한 여자는 두 명으로 축소되었다.

 슬로우슬로우 킥킥, 슬로우슬로우 킥킥, 슬로우하면서 발을 내밀 때는 방심한 듯 슬그머니 스텝을 밟지만, 킥킥할 때는 몸의 스타카토가 매몰차고 사정없다. 갑작스런 몸의 동작 변화가 칼의 휘두름처럼 날카롭고 단호하다. 이렇게 저렇게 천천히 다가가서 킥킥 칼로 찌르듯 공격하면 된다.

다시 슬로우슬로우 킥킥, 슬로우슬로우 킥킥. 나는 슬로우리Slowly 그 교습소에 적응해가고 있었다.

탱고가 탄생할 당시에 부에노스아이레스의 남성들은 목이 긴 부츠에 쇠발톱spur을 달고 가우초gaucho라는 바지를 입었다. 여성은 풍성한 스커트를 입었다고 했다. 지금 댄스 교습소의 남자들은 쇠발톱 대신 허리에 열쇠를 달고 있거나 보통 정장 바지를 입고 있었다. 화려하기로는 여성 쪽이 당연 우세했다. 여자들은 보라색 빨간색 검정색 나름 춤복을 이미 준비한 상태였다. 과거 긴 부츠에 쇠발톱을 달고 가우초 바지를 입은 복장이나 풍성한 스커트로 춤을 추려고 애쓰는 과정에 자연스럽게 만들어진 동작들이 지금 우리가 배우고 있는 기막힌 스텝들이라고 했다.

머리를 좌우로 재빨리 흔드는 헤드액션Head Action, 둘이 같은 곳을 보는 프롬나드 포지션Promenade Position, 그리고 어쩌구 동작은 잊어버렸고 라인 프롬나드 샷세Line Promenade Chasse 등등.

춤즐모는 스포츠 댄스보다 언제 테니스장이 고쳐질 것인가에 대해 더 관심을 기울이고 있었다. S 교수는 빨리 테니스장을 고쳐달라고 학교를 들쑤시고 다녔다. 가장 친한 Y

교수가 내 감색 와이셔츠와 바지가 춤추기에 좋은 복장 같다고 언급했을 때, 춤을 배운다는 말을 그에게만이라도 할까하고 입이 근질거렸다. 사실 나는 저녁에 춤을 배우기 위해 가장 센스있게 입은 상태였다. 하지만 결국 그 말을 입밖에 내지 않은 것은 춤즐모 회원들이 여태 숨기고 있던 속마음을 하나 둘 드러내기 시작했기 때문이다. 춤을 배우는 사회적인 인식에 대한 부담감, 아내에게 허락을 받거나 아니면 말하지 않고 몰래 배워야하는데 대한 심리적인 후퇴, 그리고 자신이 진작 춤을 잘 배울 수 있을지에 대한 자신감 없음 등을 토로했다. 춤을 배운다는 과감한 선택을 하기에는 자신이 너무 늙었다고 하소연하는 교수도 있었다.

드디어 파트너와 함께 스텝을 밟는 날이다. 원장은 앞에 선 사람과 무조건 짝을 하라고 했다. 비슷한 나이나 분위기를 가진 사람과 짝을 맞추거나 원하는 사람끼리 짝을 하라는 것이 아니라, 무조건 가장 가까운 사람과 짝을 하라고 한다. 나는 엉겁결에 머리털이 부숭부숭하게 빠져나간 중년의 여자와 파트너가 되었다. 나도 이렇게 늙어 보일까. 내 머리도 숱이 빠져 나가 듬성듬성해진지 오래되었다. 게다가 앞쪽은 괜찮은데 뒤쪽은 잘 보이지는 않지만 더 심각한 듯 했다. 여자나 나나 둘다 초보여서 서로 미안해하며 스텝을 밟았다. 그러고 보니 늙은 여자도 그 정중함이 매력이 있었다. 슬로우슬로우 킥킥, 슬로우슬로우 킥킥, 두 사람은 서로 떨어지며 킥킥 웃었다. 여자는 나름 배려도 있었다.

"작가님 잘 추시네요."

가르치는 직업을 가진 사람들은 역으로 배우는 방법도 잘 알고 있다. 원장이 춤동작을 설명할 때 어디에 포인트가 있는지 빠르게 파악하기 때문이다. 시키는 대로 그대로 잘 따라가면 된다. 학생들도 교수를 신뢰하고 그대로 따라오면 된다. 하지만 그렇게 현명한 학생은 많지 않다. 전혀 딴짓을 잘한다. 젊음이니까 그럴 수 있다. 나이가 들면 딴짓을 하는 것조차 용기가 필요하다. 춤을 배우기로 한 것은 그 딴짓에 속한다. 몸에 땀이 나기 시작하니 건강에도 좋겠지. 이참에 뱃살이라도 빠지면 좋을 것이다. 다시 파트너를 바꾸란다. 아, 그런 시스템이구나. 정해진 파트너가 아니라 돌아가면서 파트너를 하는 것이다.

이번에 품에 들어온 여자는 잡자마자 탄력이 느껴졌다. 내가 후보로 삼은 두 여자 중의 한 여자였다. 나머지 한 여자는 오늘 나타나지 않았다. 나는 여자를 안고 스텝을 밟았다. 슬로우슬로우 킥킥, 슬로우슬로우 킥킥. 여자는 센스가 있었다. 가까이에서 보니 얼굴선이 굵어 억센 면이 없지 않았으나, 그것을 상쇄할 부드러운 피부색이며 찰랑이는 단발머리가 있었다. 앞서 부숭부숭 머리털보다는 찰랑찰랑 머리털이 매력이 있는 것은 사실이다. 뭐, 그렇다고 여자에게 사심을 가진 것은 아니다. 그냥 그렇다는 것이다. 슬로우슬로우 킥킥.

댄스교습소를 몇 번 드나들다보니, 남자들은 대부분 자신들의 직업을 밝혀서 서로 알고 있는 것 같았다. 그중에는 방송인도 있었고, 공무원도 있었고, 자동차 세일즈 맨도 있었고, 사우나를 운영하는 주인도 있었고, 맥주집에서 아르바이트 하는 대학생도 있었다. 나는 그들의 직업이 너무나 서민적이라는 데 놀라지 않을 수 없었다. 댄스를 배우러 다니는 남자는 연예인의 기질을 가지고 타고난 끼를 주체하지 못할 것이라는 고정관념을 가지고 있었다. 어림 반 푼어치도 없는 생각이었던 것이다. 같은 반 회원 중에는 머리가 허연 70대의 노인도 있었는데, 관절염으로 다리의 움직임이 원활하지 않는데도 허부적허부적 스텝을 밟는 모습이 존경스러울 지경이었다.

여자들은 되도록 자신들에 대해 말하지 않는 것 같았다. 식당 주인이라고 공공연하게 밝힌 한 중년 부인을 빼고는 다른 여자들의 직업은 알 수가 없었다. 어제 대학생이라고 여겼던 여자가 다른 날은 직장인처럼 성숙해 보이기도 하고, 주부처럼 보였던 여자가 어느 날은 사무실 직원처럼 보이기도 하고, 여자들은 워낙 변신에 능한 족속이다 보니 전혀 종잡을 수가 없었다. 찰랑찰랑 머리털도 마찬가지였다. 그녀는 나이가 40대 초반은 된 듯 했으나 단정한 단발머리에 키가 크고 자신감이 있어 대학원생처럼 보이기도 했다. 탱고는 파트너끼리 서로 다른 방향을 바라보고 춤을 추므로, 나는 왼쪽으로 고개를 비틀고 있는 단발머리의 오른쪽 귓등에 대고 속삭였다.

"무엇이든지 배운다는 것은 쉽지가 않지요?"

여자는 내 말을 듣지 못한 것처럼 어떤 대꾸도 하지 않는다. 성실하게 춤을 배우는 자세로 나를 무시한다. 자존심 센 여자가 마치 치근덕거리는 남자에게 들어는 줘도 대답은 전혀 하지 않는 식이다. 어라? 나는 그 여자의 태도에 약간 빈정이 상했다. 아무리 신분을 숨겼다 해도 내 몸 안에서 뿜어져 나오는 지적 매력이나 감수성이 느껴지지 않는다는 말인가. 내 인생의 축적된 내공을 이렇게 함부로 무시하거나 얕잡아볼 수 있단 말인가. 그런데 그녀는 어쩔 수 없는 파트너 정도로 나를 대우했다. 슬로우슬로우 킥킥, 슬로우슬로우 킥킥, 나는 킥킥 찌르듯 공격하는 스텝에서 더 강하게 남성처럼 그녀를 끌거나 밀고 갔다. 그녀도 잘 따라왔다. 슬로우슬로우 킥킥, 슬로우슬로우 킥킥.

아내는 내가 땀으로 젖어 돌아오는 날에도 별로 의심을 하지 않는 눈치였다. 그 이전에도 테니스를 매일 치다시피 해서 젖은 속옷을 가지고 돌아왔기 때문이다. 요즘은 매일이 아니라 일주일에 한두 번 정도이니 도리어 젖은 옷 빨래가 줄어든 상황이었다. 아내는 젖은 속옷보다도 내가 최근 챙겨입는 외출복을 의심하는 눈치였다. 아무래도 춤을 추려면 나름 신축성 있고 센스가 있는 옷이 필요했다. 그러다보니 예전에 입지 않던 옷들을 뒤져 입기 시작했고, 안 하던 옷 투정까지 하게 된 것이다. 아내는 내 변화에 나름 주시하고 있는 듯했다. 과거 매일 테니스를 칠 때와 달리 요즘은 일주일에 두 번만 춤을 추고 곧장 돌아오니 귀가 시간도 빨랐고, 아내에게 미안한 마음에 집안일도 더 잘 거들어 주고 있으니, 의심을 겉으로 드러내고 닦달을 하지 못하고 있는 듯했다. 그런데 하루는 아내가 아예 작정을 하고 물었다.

"얼굴색이 어디서 신나게 춤이라도 추고 온 얼굴이에요."

순간 가슴이 쿵하고 내려앉았으나 아내가 상황을 알고 물어보는 것은 아니었다. 내가 아내와 살면서 터득한 것으로 여자들은 본래 이런 종족이다. 자신이 알지도 모르는 사이에 본능적으로 무슨 일이 일어나고 있는지 알고 있는 경우가 있었다. 나는 아무렇지 않게 대답한다.

"어떻게 알았지? 요즘 나 춤바람이 났어. 혹시 뒤라도 밟은 것 아냐?"

내가 너무 정색을 하고 대답하자, 아내는 약간 피하는 기색으로 부엌으로 들어가 버렸다. 괜한 말을 꺼낸 듯한 태도였다. 나도 왠지 진실의 현장을 들킨 것처럼 당황스러웠다. 알고 물은 것인지 넘겨짚은 것인지, 그 어느 것이건 마음이 편하지 않았다. 나는 농담을 가장한 진담을 했지만, 아내는 내 진담을 농담으로 받아들인 모양이었다. 저녁 식탁에서 아내가 더 이상 추궁하지 않는 것이 다행이었다. 식사가 끝나갈 즈음, 아내는 나를 떠볼 생각인지 이렇게 말을 흘렸던 것이다.

"정말 춤 생각 있으면 한 번 알아나 봐요. 요즘 스포츠 댄스는 많이들 한대요. 나도 건강을 지킬 방법을 찾긴 찾아야 할 것 같은데."

이제 모이기만 하면, 춤즐모는 건강타령이었다. 하루에

몇 시간씩 테니스를 치던 사람들이 거의 운동을 하지 않으니 신체에 변화가 온 것이다. 음식량 조절이 되지 않으면서 몇 킬로씩 살이 불어났다는 것이 대부분의 호소 증상이었다. 허리가 굵어지고 몸도 뻐근하다고 했다. 스트레스가 쌓이는지 뒷골도 당기고 팔다리도 욱신거린다고 했다. 심지어 X 교수는 눈이 흐릿해서 글자가 잘 보이지 않는다고 했다. 피곤해서 그러려니 했지만, 한 달 두 달이 지나도 마찬가지라는 것이다. 테니스를 치지 않아서가 아니라 노안이 온 것이라고 해도 그는 믿지 않았다. 이리저리 날아오는 테니스공을 살피던 눈이 더 이상 그 짓을 하지 않자 급속도로 시력을 잃어가는 것이라고 했다. 교수들은 감기건 설사건 다양한 신체적 변화를 테니스 중단과 연관지었다. 심지어 기억력이 사라져가서 수업 시간에 학생들의 이름을 제대로 부를 수 없는 것도 테니스 금단증상이라고 했다. 나만 제대로 몸무게를 유지하고 있는 것 같았다.

"혜미 씨!"

단발머리 여자의 이름은 김혜미라고 했다. 강습이 끝나자, 사람들이 강당 옆의 그늘진 발코니에 다들 모이자고 했다. 수박을 함께 먹고 가자는 것이다. 나는 사람들과 함께하는 자리를 되도록 피해 왔으나, 땀을 흘리며 한 시간 반

동안 춤을 추고 난 다음이라 목이 탔고 물기 흐르는 싱싱한 수박에 대한 유혹을 떨쳐버리기가 어려웠다. 게다가 김혜미가 수박을 사왔다고 하니, 그녀에 대한 이야기가 많아질 것이고, 그러면 최소한 그녀에 대해 조금 더 알 수 있을 것 같았다. 남자들은 좋아라하며 커다란 수박을 냉장고에서 꺼내 와서 툭툭 썰기 시작했다. 김혜미에 대한 감사의 말이 여러 번 오갔다. 김혜미는 아랫사람들에게 먹을 것을 제공한 기업주가 그것을 잘 먹는지 감독하듯 냉철한 눈으로 사람들을 주시했다. 얼굴에는 별 감정의 변화가 없었다. 사람들은 아주 신나하며 발갛게 익은 수박조각을 들고 먹기 시작했다. 내 앞에도 수박접시가 놓였다.

"여름 댄스파티는 어디서 해요?"

사람들의 대화가 내가 알지 못하는 행사로 옮겨가고 있었다. 원장의 모든 강습생들이 함께 모여 노는 댄스파티라고 했다. 나는 수금 저녁반에 속해 있지만, 월화반, 목토반, 또 새벽반, 오전반, 오후반의 모든 강습생들을 합하면 한 이백 명 정도가 된다고 했다. 파티에는 통상 이 숫자의 반 정도가 참가하는 모양이었다. 참가조건은 참가비와 파티에 어울리는 정장을 차려입는 것. 다른 반 사람들은 춤을 배운 지가 수 개월 혹은 몇 년 씩 된 상태라 어떤 파트너와 어떤 춤을 춰도 분위기를 맞출 수 있을 정도라고 했다. 우리 반은 초급반이었다. 나는 겨우 탱고 스텝을 밟는 정도니 파티장소에서 제대로 멋진 모습을 보일 수가 없을 것 같았다. 더구나 너무 많은 사람들이 모인 곳에 모습을 드러내고 싶지 않았다.

"파티에 오실 거죠?"

수박을 베어 무느라고 손에 물이 줄줄 흐르는 순간에, 나에게 말을 건 사람은 김혜미였다. 나는 파티에 참석하지 않을 조금 전의 결심을 떠올릴 새가 없었다.

"그, 그럴까요. 수박이 시원하고 맛있습니다."

그것으로 볼일이 끝났다는 듯, 김혜미는 횅하니 다른 사람들 곁으로 갔다. 그녀는 수박에 손도 대지 않았다. 집으로 돌아오는 길에 은근하게 부화가 치밀어 올라왔다. 교수라는 직업으로 십 몇 년을 살면서 이렇게 아무렇게 대하는 사람을 본 적이 없었다. 아무도 함부로 대하지 못한다. 그런데 그 김혜미라는 여자는 마치 나를 자신의 아랫사람 대하듯 하고 있다. 내가 교수라는 사실을 알아도 그런 태도를 견지할 수 있을까. 사람을 제대로 알아보지 못하는 여자라니, 곱상하고 아름다운 외모와 달리, 눈썰미가 제로인 것이다. 그런데 그 여자는 어디서 그런 카리스마가 나오는 것일까. 도대체 그녀는 무엇하는 여자일까?

 춤즐모는 맥즐모가 되어 가고 있었다. 과거에도 테니스를 치고 나면 맥주를 한두 잔씩 할 때가 있었지만, 당시는 몸의 갈증이 부르는 맥주여서 참으로 시원하고 단 음료수 같았고 과음하지도 않았다. 하지만 요즘 춤즐모는 아예 테니스 칠 시간까지 맥주에 할애하고 있는 듯했다. 한 연구실에 모여들어 테니스 치러가듯 술을 마시러 가는 것이다. 쓸데없는 잡담과 험담과 불평을 안주 삼아 술을 마셨다. 춤즐모 회원들은 과거와는 다른 목마름으로 맥주를 들이켰다. 뭔가 허전해하고 뭔가 채워지지 않는 욕구에 빠져 있었다. 테니스 금단증상이 아니라고 말할 수도 없었다. 나는 춤 강습 때문에 일찍 자리를 뜨곤 했다.
 신촌의 한 행사장으로 들어서고 있었다. 자의반 타의반으로 돈을 10만원 내놓았으니 댄스파티에 참가하지 않을 수 없었던 것이다. 장소대여와 뷔페와 상품비 등이 포함된 가격이었다. 실내로 들어서던 나는 의외의 광경에 놀라 걸음을 멈추었다. 평범하고 꾀죄죄했던 사람들, 차분한 미소를 지니고 자신의 이름조차 제대로 말할 것 같지 않던 여자들, 떠들썩하게 농담을 주고받으며 잘난 척하지만 자신감이 별로 없어 보이는 평범한 직장인 남자들, 여름인데도 피부를 보호하려고 항상 토시를 긴 팔에 하고 오던 여대생, 그리고 내가 알지 못하는 수십 명의 사람들이 화려하게 변신한 채 뒤섞여 있었다. 여자들은 빨강 녹색 보라 검정 청색의 화려한 드레스에 영화배우들처럼 머리를 올려 장식을 하고, 남자들은 검은 정장을 차려입고 심지어 빨간 나비넥타이를 매고 있었다. 화려한 댄스복 차림의 사람들이 대략 100명이나 모여 있으니 그 화려함이 어리둥절하고 주눅이 들 정도였다. 나는 양복 중에서 가장 멋있다고 여겼던 것을 차려입고 왔으나 수 년 전에 구입한 양복은 상대적으로 매우 후줄근해보였다. 사람들이 프로처럼 보였다면 나는 아마추어 같았다. 갑자기 나이가 훅 들어 보이고 유행에서 뒤떨어진 느낌이 들었다. 왈츠 음악이 흘러나오기 시작했고, 사람들은 짝을 맞추기 시작했다.

나는 뒤쪽 줄에 가서 점잖게 앉았다. 지금 왈츠를 추고 있는 사람들은 이미 댄스교습소를 1년 이상 드나든 사람들이다. 왈츠를 배우지 못한 이들은 나처럼 뒤쪽 의자에 앉아 있다. 왈츠는 옛날 궁궐이나 귀족의 집에서 파티를 열 때 남녀가 서로 안고 추던 춤이다. 가능한 몸을 우아하게 멀리 펼쳐야 멋있다고 들었다. 사람들은 빙글빙글 돌아가고, 화려한 조명과 여자들의 넓게 펼쳐진 치맛자락도 돌아간다. 그들의 춤동작을 따라가며 아는 사람이 없는지 소심한 시선으로 살폈다.

이제는 자이브 음악이다. 자이브를 배운 사람들이 우르르 몰려나온다. 자이브는 왈츠와는 전혀 다른 분위기의 빠른 음악에 맞추어 추게 된다. 과거 흑인 노예들이 배에 실려오면서 발에 쇠고랑이 묶인 채로 추었던 춤이라는데, 최소한 좁은 장소에서 많은 운동이 되게 만든 동작들이랄까. 잡아당기고 밀고, 잡아당기고 밀고, 자이브는 왈츠에 비해 역동적이다. 수금반에서 같이 배운 초보자들은 대부분 의자에 앉아 다음 차례 탱고가 올 때까지 기다리고 있었지만, 겨우 순서를 외워 동작을 따라할 정도이니 다들 잔뜩 긴장하고 있었다. 이왕 왔으니 교수의 근엄한 태도는 버리고 나름 멋지게 춤추며 즐기자. 발이 나름 스텝을 기억하느라고 움찔거렸다. 누구 앞에 가서 손을 내밀어야 할까, 나는 눈치를 보고 있었다.

"처리할 일이 있어서 좀 늦었어요."

그때 내 옆자리에 와서 앉는 여자는 김혜미였다. 본능적으로 반가움이 일었으나 나는 모르는 척 하였다. 그녀가 나에게 보인 무관심하고 차가운 태도를 나도 그녀에게 견지할 생각이었다. 사실 내가 김혜미에게 빠진 것은 아니다. 그녀의 육체를 탐한다거나 그녀와 달콤한 대화를 꿈꾸는 것도 아니다. 그냥 여자라는 존재에게 최소한의 관심을 유지하려는 것뿐이었다. 머리에 간신히 남아있는 머리카락들이 더 빠지지 않도록 애쓰는 마음과 같은 것이다. 그런 관심조차도 사라지면 남자로서 마음의 대머리가 될지도 모르기 때문이다.

아, 이것은 탱고 음악이다. 몸이 4분의 2박자에 정확하게 반응하다니! 적절한 타이밍에 김혜미에게 손을 내밀어야지. 수박 먹을 때 행사에 올 것을 확인한 것이나 이렇게 곁에 온 것은 나에게 관심이 있다는 뜻이다. 그런데 한 젊은 남자가 어디선가 홀연히 나타나더니 김혜미에게 우아하면서도 남자답게 손을 내밀었다. 내가 전혀 준비하지 못한 사교적이고 매력적인 포즈의 프로포즈였다. 억센 김혜미의 볼에 여태 보지 못한 보조개가 살짝 패이는 듯 했다. 어라? 김혜미는 젊은 남자의 손을 잡고 우아하게 일어났다. 젊은 남자는 김혜미의 손을 공중으로 높이 쳐들고 플로어로 리더하더니, 서로 서로 안은 채 음악의 시작 포인트를 기다리고 있었다. 나는 순식간에 음식을 빼앗긴 아이처럼 억울하고 울적해졌다. 슬로우슬로우 킥킥 슬로우슬로우 킥킥, 탱고가 시작되었다. 다른 파트너에게 춤을 신청할 기회도 놓쳐 버렸다. 수금반 초보자들도 밴드 리듬과 화려한 복장에 익숙해지려고 최선을 다하고 있었다. 나는 가장 교수 같은 표정으로 점잔을 빼며 자리를 지키는 사람이 되고 말았다.

슬로우슬로우 킥킥. 탱고의 특징 중 하나는 라이즈 앤드 폴rise and fall 없이 일정한 자세를 유지하며 추는 춤이다. 탱고 음악은 각 박자에 악센트가 있는데, 그 4분의 2박자가 처음으로 내 가슴의 박동과 잘 맞지 않는 것 같았다. 템포는 1분간 30~34소절로 연주되는데, 나는 점점 불안정해졌다. 탱고는 열정적이고 감각적이다. 하지만 나는 열정이고 나발이고 와서는 안 될 자리에 끼여 있는 기분이었다. 탱고는 점점 나를 뒤틀린 감정 상태로 몰아갔지만, 같은 반의 다른 초보자들은 더없이 흥겨운 얼굴로 스텝을 밟고 있었다. 나도 다른 여자에게 가서 춤을 신청해야 했지만 못 박힌 듯 자리에 앉아 있었다. 오후에 늦게 먹은 음식이 가슴에서 내려가지 않고 체한 느낌도 들면서, 몸의 한기가 올라왔다. 불만이 가득한 얼굴로 앉아 있는 나를 원장이 저쪽에서 얼핏 쳐다보는 듯 했다. 슬로우슬로우 킥킥, 슬로우슬로우 킥킥, 드디어 탱고 첫 곡이 끝났다. 우리가 배운 첫 곡이자 마지막 곡이기도 했다. 김혜미가 내 쪽을 향해 전진해 오고 있었다. 나는 표정의 변화를 보이지 않으려고 몸의 각을 세우고 있었는데, 김혜미는 약간 얼굴이 상기된 채로 다가와서, 내 머리 위에, 생애 결코 들어본 적 없는 반말을 사정없이 투하했다.

"그렇게 앉아만 있지 말고 춤도 좀 추지 그래."

나는 성실하게 나가던 댄스교습에 두 번이나 빠졌다. 이유는 잘 모르겠지만 아마 자존심을 조금 다친 것 같기도 했다. 김혜미는 그날 나와 춤을 추지 않았다. 나는 원장의 권유에 못 이겨 뚱뚱한 중년 여자와 탱고도 아니고 이런저런 스텝을 밟다가, 결국 파티 중간에 몰래 빠져나오고 말았다. 파티장을 나오면서, 두 여자 혹은 세 여자가 동시에 나에게 춤을 신청받기를 기대하며 설레는 장면을 파티장에 들어가면서 상상했던 기억을 떠올렸다. 내가 여자들에게 매력이 없는 존재란 말인가. 굳이 교수라고 밝혀서 대우를 받으려 들면 마음이 더 착잡해질 것이다. 교수라고 해서 춤을 더 잘 추는 것도 아니고 교수라고 해서 사람들과 더 잘 어울리는 것도 아니다. 사실 교수라는 신분조차 제대로 밝히지 못하는 소심하고 침울한 인간이 아닌가.

뭐, 그렇다고 나만 신분을 숨기고 있는 것은 아니다. 김혜미라는 여자도 마찬가지이다. 무엇을 하는 여자인지 전혀 말하지 않는다. 나도 말하지 않았을 뿐이다. 그녀도 본색을 숨긴 여자가 틀림없다. 그녀의 태도나 말투만 봐도 그렇다. 반말과 명령이 뒤섞인 도무지 생소하고 이해할 수 없는 멘트가 아니던가. 어떻게 보면 학교에서 흔히 보는 여교수의 것과 유사하다. "좀 해보지 그래." 이런 말투는 명령도 아니고 포기도 아니면서 학생들에게 무엇인가를 강요하는 방법이다. 어쩌면 그녀는……교수가 아닐까. 나처럼 춤바다로 뛰어든 첫 번째 암컷 펭귄이 아닐까. 그녀의 카리스마나 당당한 태도는 여교수가 틀림없다. 교수는 교수가 알아보는 법이다.

 댄스교습에 두 번이나 빠진 것은 김혜미가 나를 무시했기 때이라기보다, 첫 번째 펭귄의 역할에 대한 자각 때문이었을 것이다. 내가 첫 번째 펭귄이 될 결심을 하게 된 것은 매번 수많은 시간과 토론 뒤에도 결국 행동으로 옮기지 못하는 지식인에 대한 회의가 있었고, 바다라는 광활한 미지의 세계로 뛰어들어 모험을 즐기고자 했던 내 나름의 기대가 있었다. 그것은 집과 직장의 끝없는 왕복과 해마다 얼굴만 바뀔 뿐 똑같은 학생들과 똑같은 학사 일정과 똑같은 강의 그리고 똑같은 교수들과 똑같은 테니스장에서 벗어나고자 했던 시도였다. 그것은 폭우와 흙더미 붕괴라는 자연의 우발적인 개입으로 우연히 만들어진 기회였지만, 나는 그 기회를 놓치지 않고 열정과 꿈의 새로운 도약으로 삼고 싶었다. 열정으로 앞으로 내닫는 동키호테가 되고 싶었다. 그렇게 나는 춤의 바다로, 어쩌면 꿈과 젊음을 되살려줄 묘약이 있거나 사회적인 부당한 음모나 소위 스캔들이 될만한 짜릿한 모험이 있을 춤의 바다로 뛰어들었던 것이다. 내 결단은 결단코 우스꽝스럽지 않았지만, 결과적으로 우스꽝스러운 꼴이 되고 말았다.

왜냐하면……

댄스교습소는 위험과 모험이 가득한 장소가 아니었다. 말 그대로 댄스를 스포츠화한 평범한 장소였다. 마치 뿌옇게 오염된 강물을 걸러 수돗물처럼 정화한 풀장 같은 곳이었다. 바다처럼 아름답고 광활하지도 않았고, 그 안에는 신선한 연어도 다랑어도 고등어도 생명을 위협하는 바다표범도 물개도 존재하지 않았다. 댄스교습소는 옷 벗고 비키니 입고 수영하는 풀장 이상도 아니었다. 모험도 위험도 없는 일상의 욕조였다. 오십견의 회복을 위해, 관절염 때문에 강화해야할 근육을 위해, 혈액순환을 위해, 콜레스트롤 수치를 낮추기 위해, 모두들 건강을 회복하려는 헬스장과 다름없었다. 젊은 대학생들도 다이어트를 하기 위해서 왔다고 했다. 사실 춤 자체를 즐기기 위한 사람은 별로 보이지가 않았다. 나처럼 행동하는 지식인을 위하여라는 다른 변명거리가 포장되어 있어 진짜 춤 마니아를 찾을 수가 없었다. 언젠가 그런 의견을 얼핏 흘렸을 때, 원장은 이렇게 말했다.

"진짜 춤 마니아는 이런 곳에 오지 않죠. 여기는 보통 사람들이 모이는 생활건강을 위한 장소이지요."

나는 그때 한 가지 놀라운 사실을 깨달았다. 교수나 지식인들에게 모험의 장소로 보이는 곳이 일반인들에게는 이미 일상의 장소가 되어 버렸고, 그 변화조차 눈치채지 못한 교수들은 아직도 모험의 장소일 거라고 꿈꾸고 있다는 사실이었다. 춤즐모에게 춤은 아직도 모험이고 혹은 스캔들을 가져다줄지 모르는 혹은 삶에 한두 번 일어날지 모르는 열정과 모험의 바다였다. 더구나 '춤즐모' 회원들은 모임을 만들어 놓았으니 언젠가는 춤을 배울 수 있으리라는 가능성을 완전히 버리지는 않은 듯 했다. 그들은 춤바다에 우리 주변에서 흔히 보는 부부들이, 직장인들이, 학생들이, 세탁소의 주인이, 자전거 수리공이, 그리고 허리에 살이 찌기를 늦추어 보려는 주부들이 헤엄치고 있다는 것을 알지 못했다. 나는 상아탑에서 바다로 뛰어든 것이 아니라, 상아탑에서 일상의 한 장소로 뛰어든 것뿐이었다. 그 깨달음이 허탈해서 댄스교습에 두 번이나 빠졌는지도 모른다. 나는 춤즐모의 정체성에 대해 고민하고 있었다. '춤즐모'를 아예 만들지 않은 것이 더 나빴을까, '춤즐모'를 만들어 놓고 춤을 한번도 춤을 추지 못한 것이 더 나빴을까.

'춤즐모' 회원들이 다시 모였을 때, 나는 그동안의 나의 행적을 결국 털어놓았다. 춤을 배운다는 것이 그렇게 많은 용기가 필요한 것도 위험한 것도 아니라고 알려주었다. 그러니 이제 춤즐모의 취지대로 춤을 같이 배워보자고 제안했다. 내 말을 들은 교수들은 얌전한 고양이가 부뚜막에 먼저 올라간다는 농담에서부터, 가보지 않는 바다에 대한 위험에 대해 늘어놓기 시작했다. 그러다가 교내 학생이라도 만나면 어떡할 것이냐, 교내 여학생을 안고 춤이라도 추면 성희롱에 말려들지 않겠느냐, 아내가 알게 되면 가정에 문제가 없겠느냐 등등. 춤을 배우겠다고 다들 열을 올리던 긍정적인 기운은커녕, 마치 춤추는 것을 반대하는 모임처럼 나의 안위를 걱정했고 그 정도가 심해서 심리적 위협이 될 정도였다. 김혜미의 이름을 언급만 해도 그들은 내가 남녀 스캔들에 말려든 듯 심하게 과장했을 것이다. 그들은 첫 번째 펭귄의 결단과 용기를 뒤따라 춤바다로 뛰어들 기색을 전혀 보여주지 않았다.

  나는 집으로 돌아오면서 한 가지 결심을 하였다. 아내에게 탱고를 배우게 된 과정을 알리기로 한 것이다. 아내는 조금 놀라겠지만 실상을 알게 되면 이해할 것이다. 요즘 아내도 건강이 좋지 않다. 혈액순환도 되지 않는다는데, 같이 춤을 배우면 좋지 않을까. 댄스교습소에는 여러 쌍의 부부가 있다. 부부끼리 춤을 출 뿐만 아니라, 파트너 체인지가 필요할 때는 아내와 남편이 보는 앞에서도 다른 이성과 춤을 추는데 개의치 않는다. 그들은 성숙하고 신선해 보였다. 교수들에 비해 인간관계에 대해 선입관이 없었고 이성적이면서도 사고가 유연했다. 그러니 몸도 유연할 수 밖에 없었다. 사람들은 나보다 빠르게 발전하고 있었다.
  아파트로 들어서는데, 저 멀리서 아내가 누군가를 만나고 있는 광경이 눈에 들어왔다. 같은 아파트의 아는 여자 같았으나 아내에게 상당히 공손한 태도로 몇 번이나 고개를 숙였다. 아내에게 저렇게 굽실거릴 여자는 별로 없어 무슨 상황인지 궁금했다. 아내는 누구보다 따뜻하고 품위가 있지만, 그냥 집에서 살림하는 가정주부일 뿐이었다. 그들의 대화가 끝날 때까지 나서지 않고 이쪽에서 기다리고 있었다. 헤어지는 듯 서로 인사를 하더니, 젊은 여자는 아파트 뒤쪽으로 사라졌고, 아내는 내 쪽을 향해 걸어 내려왔다.

"누구를 만난거야? 이 아파트 여자야? 당신 후배 미연을 닮은 것 같기도 하고."

"최근 엘리베이터 고장이 자주 났거든. 정말……고층 사람들 억지로 운동시키는 것도 아니고 말이지. 아파트 사람들이 강하게 항의하니까, 서소솔 아파트 본부에서 파견되어서 조사 나왔대요."

"여자가 엘리베이터 수리를 하러 왔다고? 요즘 세상이 많이 바뀌었어."

"응, 아파트 관리사라는 자격증도 있다고 하네. 참 예쁘장하고 날씬해서 외모만 보면 모델감인데 말이야, 저런 여자가 아파트를 관리하는 것 보면……이 아파트 관리소장도 우락부락한 남자인데 저 여자에게 꼼짝도 못하는 것 있지. 대단해. 저런 것 보면 나도 일하고 싶어. 나만 집에 파묻혀 세상이 어떻게 바뀌는지 잘 모르겠어."

아내는 울적한 표정을 지어 보였다. 아내는 집 앞 마트에 쇼핑을 나가던 참이라고 했다. 나는 평소와 달리 아내와 함께 동행해 주고 싶었다. 탱고에 대한 진실을 말하려면 미리 분위기를 만들 필요가 있었다. 아내는 남편의 동행을 기뻐하며, 먹고 싶은 메뉴를 저녁에 만들어 주겠다고 애교스런 태도를 보였다. 아내가 물건을 고르는 동안 나는 자상하게 캐리어를 끌고 다녔다. 오래간만에 포도주를 마시자며 아내는 연어와 신선한 치즈를 캐리어에 담았다. 아내의 기분이 좋아보여 말을 꺼낼 적기인 듯 싶었다.

"요즘 학교 테니스 코트장이 엉망이 되어 운동을 제대로 하지 못하니 몸이 점점 나빠지는 것 같아. 다른 가벼운 운동을 배워볼까 해. 요즘 댄스 스포츠 같은 것을 많이 배우더라고. 다른 교수들도 그런 생각이 있는 것 같고."

탱고를 이미 배우고 있다는 과거형으로 말을 하려 했으나, 막상 말을 꺼내니 미래형이 되어 버렸다. 아내의 반응을 살피기 위해 힐끗 옆얼굴을 쳐다보았다. 그런데 아내가 가던 걸음을 우뚝 멈추었다. 반가움과 사랑이 가득한 얼굴로 나를 올려다보며 말했다.

"응, 나도 여보. 요즘 나도 허리가 아프고 혈액순환이 안돼서 손도 저려. 나도 춤을 좀 배워볼까 해. 우리 아파트 앞에 스포츠 댄스 강습소가 새로 이사왔던데, 우리 같이 가서 배울까. 나 당신이랑 안고 블루스 같은 거 추고 싶어."

아내는 내 눈치를 보며 자신의 의사를 강하게 어필하기

시작했다. 아내는 춤을 배우고 싶어 차일피일 기회를 보고 있었던 모양이었다. 며칠 전 나에게 춤 이야기를 꺼낸 것도 그런 배경이 있었던 것이다. 나는 다행이다 싶었다. 아내에게 스포츠 댄스에 블루스는 없다고 말해주지 않았다. 자가용으로 20분이나 걸리는 곳에 갈 것이 아니라 집앞 댄스교습소로 옮기는 편이 나을지도 모르겠다. 다른 부부들처럼, 아내를 안고 춤을 추어도 낭만적일 것 같았다. 탱고건 자이브건 플라멩고건 상관없다. 블루스가 없다 해도, 아내를 안고 블루스를 출 수 있을 것 같았다.

마트에서 계산을 마치고, 봉투에 든 물건들을 가슴에 안고 두 사람은 아파트 쪽으로 걷고 있었다. 환하게 기쁜 미소를 지으며 달뜬 아내의 모습을 보니 그녀의 삶이 그동안 얼마나 무료하고 따분했나 싶어 미안한 생각이 들었다. 아내는 단숨에 나를 매우 진보적이고 이해심 많은 남편으로 여겨지게 만들었다. 사실 아내와 탱고를 같이 배울 생각을 하게 된 것은 예상 밖의 삶의 사건이었다. 아내도 비슷한 감정인 모양이었다. 삶의 신기한 모험을 앞에 둔 아이처럼 아내는 들떠 손에 들고 있던 쇼핑 봉투에서 퐁퐁 병인지 뭔가가 흘러 떨어져도 알지 못했다. 아내는 내가 생각을 바꾸면 남자가 아니라는 식의 귀여운 협박까지 했다.

아파트로 들어가기 위해 건널목 앞에서 신호를 기다리는데, 우리 아파트 쪽에서 막 나오고 있는 여자의 모습에 자연스레 눈이 끌렸다. 분명 알고 있는 사람의 실루엣이자 걸음걸이였다. 김혜미다. 나는 여자의 이름을 떠올렸지만 어디서 만났는지 연결이 금방 되질 않았다. 아마 뇌가 본능적으로 그 여자를 알게 된 곳을 가능한 떠올리지 않으려는 회피 작용을 한 모양이었다. 탱고! 머리에서 울림이 왔다. 슬로우슬로우킥킥, 슬로우슬로우 킥킥, 이 무슨 시츄에이션이란 말인가. 왜 김혜미가 우리 아파트에서 나오는 것일까. 나를 만나러 온 것일까. 이 아파트에 사는 여자인가. 내 아내와 알고 있는 여자는 아닐까. 내 시선이 어디에 있는지를 알아본 아내가 나에게 팔짱을 끼며 말했다.

"아까 내가 말한 주택관리사 여자야. 아마 엘리베이터를 완전히 고쳐놓고 돌아가는 모양이지."

"여기 사는 것은 아니고?"

"파견 나왔다고 하던데."

다행스럽게도 신호등이 시간을 끌며 색깔을 바꾸지 않아, 우리는 이런저런 이야기를 꺼내 미적거리며 건널목에 서 있었다. 차도에 들어섰을 때는 김혜미라는 여자는 아예 시야에서 완전히 사라지고 없었다. 그녀의 등장에 가슴이 철렁했던 것은 아내에게 말하지 않은 상태에서 자칫 오해가 생길까 염려해서였을 것이다. 더구나 그녀가 여교수일 것이라고 여겼던 내 추측이 완전히 어긋났다는데 대한 놀라움도 섞여 있었던 것 같다. 약해지고 있는 것은 노안과 기억력뿐만이 아니다. 추리력이나 예감도 약해지고 있는 모양이었다. 삶에 대한 무력감과 동시에 삶의 예외성이 느껴져, 나는 아내의 손을 잡았다. 아내는 아파트에 돌아오자마자 댄스교습소에 전화를 하는 등 저녁 내내 새로운 삶을 얻은 듯 들떠 있었다.

대학 본부는 테니스장 복구가 끝나 다음 주부터 다시 개장할 수 있을 것이라고 했다. 춤즐모 회원들은 아무 일도 없었다는 듯이 테니스장으로 다시 돌아갈 준비를 하기 시작했다. 그들은 스포츠 댄스를 배울 생각조차 한 적이 없는 사람들처럼 보였다. 무엇 때문에 춤즐모를 만들었는지 전혀 의미가 없어져 버린 상태였다. 춤즐모는 앞으로 시간이 지나도 춤을 아예 시작조차 하지 못할 지도 모른다. 모든 것은 원점으로 돌아와 있었다. 첫 번째 펭귄인 나를 따라 춤바다로 뛰어든 추종자는 아무도 없었다.

 아내와 함께 아파트 앞 새 댄스교습소에 등록을 하러 갔을 때, 아내는 자신의 권유로 내가 간신히 춤을 배우게 되었다고 원장에게 말했다.

쥐식인 3

셰익스피어 작품에 나타난 무nothing에 대하여

 일제히 사람들이 움직이기 시작했다. 예정된 출발이었다. 기차표는 벌써 3개월 전에 예매가 끝났고, 비행기도 1개월 전에 매진되었으며, 자가용들도 장거리 출발을 위한 점검이 끝난 뒤였다. 모든 이들이 마치 금방이라도 뛰쳐나갈 말처럼 부릉부릉거렸다. 그 많은 사람들이 한결같이 비슷한 시간에 고향을 기억해 낸 것은 이상한 일이었다. 항상 마음에 담아두고 그리워하던 곳도 아니었다. 망각처럼 까마득하게 잊어버렸던 고향을 일시에 필사적으로 찾아 떠나기 시작한 것이다.

아내와 두 아이도 그렇게 떠나갔다. 같은 시각에, 나는 늘어지게 서울에 붙어 있을 생각을 하고 있었다. 이번 설 연휴는 토요일과 일요일을 포함하고 강의 없는 날들을 앞뒤로 잘 연결하면 길게 7일이나 되었다. 귀향하는 사람들이 모두 쏟아져 나와 국토의 전 도로가 마비되고, 5시간이다 10시간이다 차 속에 주저앉아 터질 듯 요의를 참을 시간에, 나는 논문 쓸 준비를 하고 있었다. 나는 몇 권의 책과 노트북을 거실에 끌어다 놓은 책상 위에 놓았다. 차일피일 미뤄두었던 논문을 무슨 일이 있더라도 이번 연휴에 끝마쳐야만 했다. 논문 제출의 데드라인이 바로 코앞이었다. 이 순간을 놓치면 1년 동안 내놓아야 하는 100%의 실적은 무산되고 만다.

주변이 조용한 어둠 속에 잠기고 있었다. 건너편 아파트 건물에도 미처 떠나지 못한 두서너 개의 불빛만이 남아 있었다. 논문이 끝나는 대로 곧바로 뒤따라 내려가겠다고 말했지만, 나도 아내도 그 말을 곧이곧대로 믿지 않았다. 고향의 부모님도 논문이라는 표현만 꺼내면 더 이상 나에게 무엇을 강요할 수 없다는 것을 알고 있었다. 매년 돌아오는 설을 그냥 넘긴다고 신상에 해가 오는 것은 아니지만, 매년 써야 하는 논문을 놓치면 아들의 장래에 먹구름이 낄 것이 분명하기 때문이다. 고향의 부모나 같이 사는 아내나 아이들도 기꺼이 나를 이해할 준비가 되어 있었다. 〈셰익스피어 작품에 나타난 무nothing에 대하여〉. 이것이 5일 동안 매달려야 하는 논문의 제목이었다.

나는 제법 집중력을 높일 태세로 책상머리에 앉아 있었다. 동양에서 말하는 무와 서양에서 말하는 무의 차이를 밝히겠다고 서문에 적고 있었다. 그런데 어느 순간부터 머리 위에서 쿵쿵거리는 소리가 나는가 싶더니 점점 내 머리가 산만해졌다. 아무래도 바로 위층에서 나는 소리였다. 운 나쁘게도 바로 위층 사람들이 고향에 가지 않고 남아 있게 된 모양이었다. 최근 이사 왔다는 사실을 알고 있었지만 서로 맞닥뜨린 적이 없기 때문에 얼굴은 알지 못했다. 막 이사 온 뒤라 벽에 못이라도 몇 개 박거나 설 음식 장만을 위해 소란해진 마을 방망이 소리일 것이다. 곧 끝나겠지. 그런데 가볍게 쿵쿵거리던 소리는 점점 군화 발자국소리처럼 둔탁해졌고 나중에는 탱크가 굴러가는 소리처럼 규칙적이면서도 격렬해졌다. 나는 점점 예민해지기 시작했다. 관리실에 전화를 걸어 너무 시끄러우니 멈추게 해달라고 항의했다. 수위실 아저씨는 위층 사람들은 이미 시골로 떠나고 없다고 했다. 어디서 나는 소리인지 모른다고 했다.

신경 쓰지 않고 논문에 전념해보기로 했다. 설마 곧 멈추겠지, 방해받은 심정을 달래기 위해 담배를 피워 물었다. 동양에서 무는 말하지 않아도 모든 것을 전할 수 있는 이심전심의 단계로 이해되고 있다. 침묵은 금이다. 하지만 서양에서 침묵은 무지이다. 플라톤의 음성중심주의에 근거하듯 목소리가 바로 존재의 근원이다. 말하지 않으면 모른다. 아는 만큼 말한다고 믿는다. 말해야 한다. 시끄럽다고 말해야 한다. 귀중한 논문을 쓰고 있으니 그런 잡음은 좀 잠재워 달라고 해야만 한다. 나는 다시 담배를 피워 물었다. 아파트 내에서 소리의 진원지를 찾아 헤매면 논문의 흐름은 완전히 끊어지고 말 것이다. 어쩌면 사정상 출발이 늦어진 가족이 고향으로 내려가기 위해 부산하게 짐을 챙기는 소리일지도 몰랐다. 나는 이미 다른 교수가 써 놓은 논문에서 인용한 리어왕과 코어 딜리어 대사를 뚫어지게 보고 있었다.

코어딜리어   할 말이 아무 것도 없사옵니다. 아버지.
리어   아무 것도 없어?
코어딜리어   아무 것도 없사옵니다.
리어   아무 것도 없는 데선 아무 것도 생기지 않는 법이야. 다시 말해 보거라.

나는 리어왕을 다시 읽을 시간은 없다. 다른 교수가 이미 뽑아 놓은 좋은 인용구들을 컴퓨터에 옮겨 적기 시작했다. 아무 것도 없는 데서 아무 것도 생기지 않는 법이다. 다시 말해 보거라. 아무래도 말을 해야 할 것 같았다. 나는 더 이상 쓸 것이 없었다. 리어 왕의 말처럼 할 말이 없을 때 다시 말해야 한다. 쓸 것이 없을 때 다시 쓰려고 해야 한다. 나는 무언가 쓰려고 끈덕지게 앉아 있다가, 결국 손에 쥐고 있던 볼펜을 던져버렸다. 정신적인 집중도 집중이려니와 쿵쿵, 탱크가 내 심장 박동처럼 울렸기 때문이다. 아무도 없다고는 하지만, 아무래도 소리의 출처는 바로 위층인 것 같았다.
　나는 아파트를 나섰다. 엘리베이터를 타지 않고 천천히 계단을 걸어 올라가기 시작했다. 이웃에게 불평을 늘어놓으려면 적어도 마음준비가 되어 있어야만 했다. 만일 위층에 사람이 없다면, 그 사실을 확인하는 것만으로도 마음이 가라앉을 것 같았다. 문에 가만히 귀를 대어보았다. 소음이 그 안에서 난다는 확신을 할 수는 없었다. 나는 약간 신경질적으로 초인종을 눌렀다. 안에 사람이 있다면 인터폰에 달린 화면으로 내 얼굴을 확인하고 있을 가능성이 높았기 때문에 일부러 화가 난 듯한 표정으로 계속 초인종을 눌러댔다. 누가 나타나건 기세가 꺾여서는 안 될 터였다.

문이 열렸다. 나는 흠칫 놀라 한걸음 물러섰다. 눈앞에 코끼리 덩치가 턱하니 문의 손잡이를 쥐고 있었기 때문이다. 코끼리의 코, 부풀어 오른, 길고 튼튼한, 그것은 비대하기 짝이 없는 허연 여자의 팔뚝이었다. 한 여자의 육중한 몸이 아파트의 문을 가득 채우고 있었다. 그녀는 호흡을 고르는 마냥 무거우면도 가쁜 숨을 쉬고 있었는데, 여태 러닝머신 위에서 뛰고 있었던 모양 몸 전체가 땀으로 축축하게 젖어 있었다. 나는 그녀의 비대하다 못해 위압적인 몸집에 약간 눌리는 느낌이 들었지만 되도록 강한 어조로 말했다.

"해가 졌는데 이렇게 뛰면 아래층 사람들이 어떻게 견딜 수 있겠습니까?"

그녀는 아무런 대꾸 없이 나를 바라보았다. 그녀의 뒤로 긴 상아를 단 숫코끼리가 돌진해 모습을 드러낼까 봐 약간 조바심이 생겼다. 안에 다른 기척은 없었다. 그래서 오기를 내어 다시 그녀에게 강조했다.

"이사 오신지 얼마 되지 않아 이곳의 분위기를 잘 모르는 모양이군요. 이곳에서는 저녁 6시 이후에는 피아노도 치지 않습니다. 좋은 이웃이 되려면 서로 노력해야죠."

여자는 여전히 아무런 반응을 보이지 않으며 숨을 고르고 있었다. 내 말이 끝나기만을 기다리는 기색이었다. 말을 계속했다가는 그녀가 굵은 팔을 휘둘러 순간적으로 내 얼굴을 철썩 칠 것 같은 느낌이었다. 보기 드물게 튼튼하고 거대한 그녀 앞에 서자 보통 때도 왜소한 나는 정말 위압감이 느껴졌다. 그녀가 아무런 반응을 보이지 않자 나는 점점 할 말을 잃고 말았다. 도리어 말을 하고 있는 내 쪽이 공격을 당한 느낌이었다. 더 이상 아무런 말을 하지 않자 그녀는 문을 닫아 버렸다.

아파트로 돌아오니, 위층은 조용해졌다. 수위 아저씨는 그 여자가 아파트에 남아 있다는 것을 알면서도, 겁이 나서 "그만 뛰라"고 인터폰으로 말하지 못한 듯 했다. 그 누구도 쉽게 그런 여자에게 감히 이래라저래라 말하지 못하리라. 그래도 내 말이 먹혀든 것이 대견했다. 안도의 한숨을 쉬면서 다시 컴퓨터 앞에 앉았으나 마음이 쉽게 가라앉지 않았다. 베란다에 나가 서울을 바라보니, 서울은 가동이 중단된 공장같이 조용하고 적막했다. 나는 담배를 피워 물었다.

논문을 쓰려고만 하면 꼭 방해자가 나타났다. 이번만이 아니었다. 이런 징크스는 상당히 오래되었지만 설마하고 지나가곤 했다. 황금같은 설 연휴에 하필이면 내 머리 꼭대기에서 레슬링 선수같은 여자가 러닝머신을 타고 있는 것만

봐도 그렇다. 위층은 잠잠해졌지만 이미 끊어진 흐름을 다시 이어가긴 힘들었다. 예기치 못한 이런 감정의 변화 때문에 논문 작업을 계속 할 수가 없었다. 찜찜하고 시원찮은 이 기분에서 벗어나려면 일찍 자는 것이 좋다. 새벽에 일어나서 작업을 다시 시작해야만 할 것 같았다.

그런데 잠이 들자마자 나는 무언가에 쫓기기 시작했다. 처음에는 모습이 보이지 않고 쿵쿵거리는 발자국 소리만 들렸다. 그 소리를 듣고 도망가기 시작하자, 어떤 짐승류가 바로 등뒤까지 따라 붙었다. 이상한 울음을 내지르며 전속으로 달리는 거대한 코끼리거나 고릴라 종류 같았다. 나는 코끼리의 상아에 받치거나 그 대리석 기둥 같은 거대한 발 밑에 까뭉개질까 봐 죽자고 뛰었으나 발이 잘 떨어지지 않았고, 뛰면 뛸수록 뒤따라오는 짐승의 덩치가 커져 금방이라도 덮칠 것 같았다. 나중에는 짐승이 아니라 위층의 여자가 뒤를 따라왔다. 뛰면서도 기분이 나빴다. 밤새 뛰다가 아침에 일어나니 피곤하기 짝이 없었다. 재수 없는 여자였다. 어제는 작업의 흐름을 깨버리더니 잠자리까지 피곤하게 해서 아침부터 논문에 전념하려고 했던 집중력을 완전히 흐트러 놓았다.

어제 올라가서 주의를 준 이후로 쿵쿵거리는 소리가 나지 않은 것만은 다행이었다. 나는 햄릿의 "남은 것은 침묵 뿐"이라는 구절을 적으며 나름대로 논문에 전념하고 있었다. 몇 년 전만 해도 나도 필요한 자료가 있으면 외국 학자에게 직접 연락해서 자문을 구하거나 자료를 얻기 위해 상당한 시간과 돈을 들였고 새로운 개념이나 이론에도 지속적으로 민감했다. 오랜 시간 생각하고 사유한 결과로 나름대로 만족할만한 논문들을 내놓았다. 하지만 그런 논문일수록 이상하게 논문심사에서 쉽게 넘어가지 않았다. 대부분 노학자들은 새로운 이론이 가지고 있는 실험성에 본능적인 거부반응을 보였고, 같은 젊은 학자들도 시기심이나 경쟁의식 때문에 새로운 이론이나 발상에 대해 긍정적인 반응을 보여주지 않았다. 그들은 지식이란 희소성의 원리를 따르지 않으며, 지식이란 늘 다른 사람의 앞선 노력과 정보를 기저로 한다는 점에서 공공재인 만큼 모두에게 쉽게 이해될 수 있어야 한다고 평했다. 개인적인 연구가 특이성을 띨수록 이해받기 힘들고 논문심사에서 통과하기 힘들고 결국 연구실적도 인간관계도 나빠져 갔다. 몇 번의 동일한 좌절을 겪고서야 나는 아무도 읽지 않고 심사위원들만 읽는 논문에 진력이 났다. 내 진정한 아이디어나 생각은 다른 사회활동에 나가 명예를 높이거나 돈을 버는데 사용하고 논문은 그들이 원하는 식으로 써주면 그만이었다. 이제 논문을 위해 돈과 노력을 지나치게 들이는 짓 따위는 하지 않는다.

　아파트는 조용했다. 이번 설 연휴에 고향에 가지 않고 이 건물에 남아있는 쥐나 벌레 따위를 제외하면 단 세 사람인 것 같았다. 1층 수위 아저씨와 나와 위층의 비곗 덩어리. 재수가 좋았다면 날씬하고 매력적인 아가씨가 위층에 이사 왔을 것이고, 좀 더 재수가 좋았다면 그녀와 내가 이 텅텅 빈 건물에 남게 되었을 것이다. 쿵쿵거리는 소리는 아직 들리지 않고 있었다. 건물 어디에서도 사람 소리가 들리지 않았다. 단지 환기구로 흘러 다니는 바람 소리가 낮은 휘파람소리처럼 지나가곤 했다. 위층의 여자가 무엇을 하고 있을까? 가눌 길 없는 몸을 거실 바닥에 퍼질러 앉히고 TV를 보며 끊임없이 떡이며 과자를 먹고 제대로 숨도 쉬지 못하고 있거나, 몸을 가누지 못해 누워 있다가 잠이 들거나, 잠에서 깨어나면 또다시 배가 터지게 뭔가를 먹고 있을 것 같았다. 더 이상 음식이 몸에 들어가지 않으면 화장실에 가서 무더기 똥을 쌀 것 같았다. 내 머리 위에서 벌어지고 있을 그녀의 행각은 상상만으로도 몸서리가 쳐졌다. 나는 웃으며 햄릿의 구절을 옮겨 놓았다.

인간의 하루하루가 먹고 자는 일뿐이라면
인간이란 무엇인가? 시간을 판 소득이 먹고
자는 것뿐이라면, 짐승 이상은 아니다.

요즘 학회는 조금 달라진 듯도 하다. 논문 심사가 옛날 노학자들이 하듯 그렇게 까다롭지 않은 느낌이다. 자신이 무장한 이론으로 고집스럽게 다른 사람의 논문들을 재단하거나 배척하지도 않는다. 그럴만큼 관심도 없고 관심이 있다 해도 그래서는 안 된다. 왜냐하면 다른 교수의 논문을 그런 식으로 심사하면 나중에 자신의 논문도 보복성의 결과를 받게 될 것이기 때문이다. 논문 심사 결과서가 오면 누가 심사했는지 암암리에 알게 되고, 후한 점수를 준 교수의 논문은 나중에 은혜성의 후한 결과를 받을 가능성이 높다. 더구나 전공 심사영역에는 어떤 교수들이 있는지 학연 지연을 통하면 뻔했다. 더구나 매년 논문 실적을 완수해야 하는 교수들 입장에서 동병상련이 우정처럼 쌓여 있다.

오후 내내 논문 작업은 그런대로 진행되고 있었다. 논문을 방해하는 무엇인가가 또 나타나지 않고 시간 안에 완성한다 해도 그 질이 썩 좋지 못하리라는 것을 나는 이미 예감하고 있었다. 방송이다 자문이다 한 학기 내내 이름을 알리고 부수업을 올리는데 열중하느라고 논문에 대한 사유는 거의 하지 않고 있었기 때문이다. 나는 〈햄릿〉에서 클로디어스의 대사를 중얼거리고 있었다. "무슨 일이든 항상 최상의 상태를 유지할 수는 없지." 그리고……머리 위에서 쿵쿵 소리가 다시 시작되고 있었다. 나는 마치 그녀가 쿵쿵거리며 다시 뛸 것을 기다리고 있었던 사람처럼 외쳤다. 그러면 그렇지.

나는 다시 아파트를 나가 계단을 오르기 시작했다. 처음에는 참아볼까 생각했다. 어제 이미 한번 말했는데 오늘 다시 올라가면 내가 참을성 없고 촐삭대는 남자로 보일 수도 있었다. 하지만 결국은 올라가고 말 것이라는 생각이 들었다. 참고 참다가 올라가면 평정심을 잃고 화를 낼 수도 있었다. 꼭 말해야 한다면 아예 처음부터 말을 하는 것이 더 좋을 것이다. 그녀는 고기를 냉장고 속에 가득 쟁여놓고, 그 고기들을 배가 터지게 먹고 할일이 없어지자 다시 뛰기 시작한 것이다. 하지만 그녀가 쿵쿵거리며 내는 소리는 이 텅 빈 건물 안에서 나는 유일한 사람 소리였다. 나는 초인종을 눌렀고, 그녀가 나왔다.

"어젯밤에 분명 경고를 했을 텐데요."

여자는 전날처럼 쉽게 입을 열지 않았으나, 의외로 조심스럽게 말했다.

"낮에는 괜찮다고 하신 것 같아서요."

사실 어제는 그런 뜻으로 말한 것은 사실이었다. 그렇지만 오늘은 낮에도 그렇게 쿵쿵거리면 안 될 것 같았다.

"낮이라고 당신 몸무게가 달라지는 것은 아니지 않습니까?"

말을 막하는 느낌이 없지 않았으나, 그런 여자에게는 그런 식으로 표현해야 제대로 말귀를 알아들을 것 같았다. 더구나 덩치에 비해 여자의 성품이 상대적으로 온순하다는 느낌 때문에 나름대로 용기가 생겨 한 말이었다. 여자는 물끄러미 나를 바라보더니 문을 열어 둔 채로 말없이 안으로 들어갔다. 따라 안으로 들어가 더 따져야하는지 아니면 슬그머니 물러나야 하는지 망설여졌다. 그녀가 뭔가 반응을 보여주었으면 하는 바람이 있었다. 안으로 따라 들어갈 수도 있었다. 하지만 그것이 그녀가 노린 것일 수도 있다. 들어가면 상처 입은 그녀가 큰소리를 지르거나 방망이 같은 팔을 휘두르며 나를 공격할 수도 있기 때문이었다. 그때 그녀가 다시 나타나더니 이렇게 말했다.

"그렇다면 들어와서 좀 도와주시겠어요?"

그 말을 듣는 순간, 나는 갑자기 이상한 친밀감을 느끼기 시작했다. 적대감을 보이는 자에게 도움을 요청할 때 오는 그런 선회의 감정이었다. 어쩌면 나는 그녀가 안으로 들어오라고 말해주기를 기다리고 있었는지도 모른다. 아니면 최소한 사람이 필요했는지도 모른다. 사람들이 모두 고향으로 떠나는 것은 고향이 그리워서가 아니라 다른 사람들이 모두 그렇게 하기 때문이었다. 사람들은 고향에 있는 가족이나 친척을 만나기 위해서가 아니라 다른 사람들과 마찬가지로 그 복잡하고 소란스러운 귀향 행렬에 섞여야 외롭지 않은 것이었다. 여러 가지 이유로 서울에 남은 사람들도 다른 사람들과 나누어 먹을 나물거리며 찬거리를 듬뿍듬뿍 살 때, 나는 달랑 내 몸에 공급할 음식 재료도 없었다. 항상 먹을 것을 가득 채워주고 가던 아내는 시위하듯 냉장고를 거의 비워놓고 가버렸다. 냉장고에는 달랑 김치 한 통이 들어 있었다. 그런 상태에서 여하튼 여자가 나에게 도움을 청한 것이다.

나는 한순간에 적대감을 내려놓고, 정말 마음이 동해서 그녀의 아파트 안으로 들어갔다. 평범할 정도로 깔끔한 실내였다. 단지 커다란 러닝머신이 거실을 떡 차지하고 있을 것이라고 기대했던 나는 어리둥절했다. 거실에는 러닝머신은커녕 작은 아령 하나 눈에 띄지 않았다. 주춤거리며 서 있는 나를 두고, 그녀는 아무런 말없이 서 있었다. 거실이 아니라 방에서 러닝머신을 달리니 울림이 더 컸던 것이다. 하지만 여자의 방을 보여 달라고 말을 할 순 없었다. 내가 의심을 풀지 못하고 서 있자, 그녀는 거실 이쪽에서 저쪽으로 저쪽에서 이쪽으로 걷기 시작했다. 그녀가 거실 바닥에 발을 교대로 내려놓을 때마다 거실 바닥이 흔들거렸다. 그녀는 러닝머신 위에서 달리고 있었던 것이 아니라 다른 사람들처럼 거실 위를 걷고 있을 뿐이었다. 그녀가 걸음을 내려놓을 때마다 바닥에 놓여 있던 꼬마 화분이 오르락내리락하는 것이 보였다.

"어떻게 소리가 나는지 보셨죠? 거실에 카페트를 깔 수 있도록 도와주세요. 카페트가 너무 무거워서 혼자서는 베란다에서 옮겨 올 수가 없어요."

나는 그녀가 시키는 대로 고분고분 베란다에 놓인 거대한 융 카페트를 거실에 옮겨와 거실에 제대로 펼쳐 놓았다. 붉은 카페트 위에 서 있는 그녀의 모습은 위엄 있는 귀부인 같았다. 그녀는 다시 카페트 위에 올라가서 이리저리 걷기 시작하더니 소음이 앞서보다 줄어들었는지 물었다. 나는 소리가 많이 줄었다고 대답했다. 아니 속으로는 그 정도 소리가 나도 괜찮을 것 같다고 말해주고 싶어졌다. 적어도 낮에는 괜찮다고 말이다. 하지만 나는 입밖에 그 말을 내뱉지는 않았다. 그녀는 브리콜리 주스를 마시려고 하는데 같이 마시겠느냐고 물었다. 나는 브리콜리가 정확하게 무엇인지 알 수 없었지만 그러겠다고 했다. 갑자기 그녀에 대한 경계심이 풀리면서 미안한 생각이 들었다. 내 쪽에서 그녀의 삶을 침범한 느낌이 없지 않았기 때문이다. 그녀는 주로 야채 주스만 마시기 때문에 다른 것은 드릴 것이 없다고 했다. 나는 괜찮다고 대답했다.

"해가 지면 절대로 소리 나지 않도록 할게요. 낮에도······ 되도록 소리가 나지 않도록 조심하겠어요."

그녀가 건네준 브리콜리 주스는 아름다운 초록색이었다. 나는 생소한 그 주스를 천천히 마시기 시작했다. 나는 러닝머신을 해보면 어떻겠냐고 조심스럽게 물었다. 그녀는 이곳에 이사 오기 전에 러닝머신 때문에 이웃들과 사이가 좋지 않았다고 했다. 러닝머신 위에서 열 번도 뛰기 전에 아래층 사람이 올라온다는 것이다. 바로 아래층이 아니라 아래층의 그 아래층의 아래층 사람도 올라와서 소음 불평을 한 적도 있었다고 했다. 그래서 아파트 공터에 나가 줄넘기나 걷기를 하면 아파트 사람들이 어김없이 귓속말을 하거나 낄낄거리며 지나갔다고 했다. 헬스클럽을 정해서 운동을 시작했지만 이상하게 헬스클럽도 날씬한 사람을 더 좋아했고, 사람들이 고개를 돌리고 몰래 웃느라고 운동을 제대로 못할 정도였고, 헬스클럽도 몸무게의 변화가 없는 그녀를 부담스러워 했다.

"그래서 집에서 걷는 운동만 하게 되었어요."

그녀가 정색을 하고 말하는 바람에 나는 너무 당황해서 말을 더듬고 말았다.

"그, 그랬군요."

첫날 그녀를 보았을 때처럼 그녀의 팔 둘레가 그렇게 굵어 보이는 것은 아니었다. 살이 찐 탓에 피부가 갈라진 것은 어쩔 수 없어 보였다. 그렇지만 정말이지 그녀가 추하게 보일 정도는 아니었다. 도리어 조용히 움직이며 이야기하는 그녀에게서 이상하게 편안함과 신비함이 느껴졌다. 나는 그녀가 오래전부터 같이 살아온 편안한 아내같은 느낌이 들었다. 고향에 가 있는 아내가 지금처럼 편안하다는 뜻은 아니었다. 편안한 아내를 만나면 이런 느낌일 것이라는 생각이 언뜻 들었을 뿐이었다. 혹여 숨겨놓은 러닝머신이 있다면 그 위를 뛰어도 좋을 것 같은데, 차마 그 말을 하지 못하고 돌아왔다.

저녁 무렵에 나는 혼자 산책을 나갔다. 나는 아파트로 돌아오면서 105호 앞 수위 아저씨에게 윗집 여자에게 대한 정보를 조금 얻어야겠다고 생각했다. 수위 아저씨는 게의 집게처럼 팔을 꺾어 뻗고 소파에 잠이 들어 있었다. 다들 명절을 보내기 위해 떠나갔는데 직업적인 의무감 때문에 좁은 관리실에서 혼자 남아 자신의 상황을 자포자기 한 듯한 자세였다. 아저씨를 깨워 윗집 여자에 대해 다짜고짜 물어볼 수도 없었다. 나는 가족들을 두고 혼자 관리실에 있는 아저씨가 안쓰럽게 느껴졌고, 위층에 혼자 남아 발소리를 죽이고 있을 여자도 안쓰럽게 느껴졌다. 나는 조용히 수위실을 벗어났다.

다음 날 나는 일부러 위층의 여자를 찾아갔다. 그녀가 다시 쿵쿵거렸기 때문이 아니라 마음에 걸리는 것이 있어서였다. 해가 진 뒤 실내에서 러닝머신 위를 뛰지 못하게 하려 했던 것이지 아파트 안에서 걸어 다니지도 못하게 할 생각은 없었다. 그녀는 여느 때처럼 걸어 다녔을 뿐인데 내가 논문을 쓰려고 집중하려는 순간에 예민해져서 그녀의 발자국 소음이 좀 크게 들렸을 뿐이었다. 잠자리에 누워서도 빨간 카페트 위에 서 있던 그녀의 모습이 떠나가질 않았다. 나는 사과의 의미로 그녀에게 고기를 좀 가져다주기로 마음먹고 나선 것이었다. 나도 뭔가 먹어야겠기에 나갔다가 아직 문을 닫지 않은 정육점에서 충분한 양을 사온 것이었다.

  고깃덩어리를 내밀자, 그녀는 또 들어오라는 듯 문을 열어 놓고 안으로 들어갔다. 해가 진 뒤에도 부지런히 거실 위를 걸어도 좋다고, 그래서 운동이라도 좀 되었으면 좋겠다고 말하려는 참이었는데, 그녀는 고기는 먹지 않는다고 말했다. 원한다면 가지고 온 그 고기를 구어 나에게 대접하고 싶다고 그녀는 말했다. 나는 그녀와 같이 고기를 나누어 먹고 싶었다. 그녀는 다이어트를 하고 있다고 했다. 하루종일 마시는 것은 당근 주스나 오이 주스나 채소 주스류뿐이라고 했다. 나는 황제 다이어트라는 것도 있다고 들었다. 고기만 먹으면서 살을 빼는 황제들만이 누리는 다이어트 방식이라든가. 나는 그녀에게 황제 다이어트를 권하려다가 입을 다물었다.

  다음 날 나는 위층에 가지 않기로 마음먹었다. 그날 하루는 열심히 논문 작업을 할 생각이었다. 어제 이후로 나는 웬일인지 입맛을 잃고 있었다. 냉장고에 든 생고기가 보기도 싫어졌다. 나는 담배를 계속 피워대기 시작했다. 여러 다른 논문을 건성으로 읽으며 그럴싸한 문단들을 그대로 옮겨왔다. 물론 출처를 분명하게 밝혀야 한다. 여기저기서 잘려나온 문구들은 내 논문 안에 이리저리 뒤섞이며 마치 옛날 어머니가 손으로 조각조각 이어서 기워내는 밥상보처럼 만들어질 것이다. 논문이 학회지에 실리려면 일단 분량은 채우고 보아야하지 않겠는가. 셰익스피어 문구들을 직접 번역하는 것도 시간을 소모하는 일이었다. 나는 다른 사람의 번역본들을 가져다가 적당하게 단어 몇 개를 바꾸면서 내가 번역한 것처럼 인용했다.

맥베스   빛이 나의 검고 깊은 욕망을 엿보지 못하게 하고 눈은 손이 하는 짓을 보지 못하게 하여다오.

하루 종일 논문 작업을, 아니 다른 논문들에서 슬쩍 슬쩍 아이디어와 문장을 잘라내오는 가위질 작업을 했지만 위층은 조용했다. 그녀가 걸어 다니는 소리라도 들릴까 귀를 기울여 보았지만 아무런 기척이 느껴지지 않았다. 그녀가 떠오를 때마다 담배를 피워 물었기 때문에 재떨이에는 꽁초가 수북하게 쌓여 있었다. 그녀는 지금 무엇을 하고 있는 것일까? 나는 그녀의 아파트에 세 번이나 찾아갔다. 그렇다면 그녀도 내가 어떻게 사는지 궁금할 것이다. 계단 몇 개만 내려오면 내 아파트로 올 수 있는데 그녀는 왜 아무런 반응이 없는 것일까? 그러자 서로 감정의 줄다리기를 하는 초기 연인들처럼 오기가 생겼다. 그녀가 나에 대해 궁금해져 내려올 때까지 버텨보자는 생각이 든 것이다. 나는 전혀 여자를 기다리지 않으면서도 계속 여자를 기다렸다.

저녁이 되어서 나는 결국 다시 그녀의 초인종을 누르고 말았다. 그녀는 어김없이 문을 열어주었는데, 이상하게 그녀의 손이 부자연스러워 보였다. 자세히 보니 손가락마다 은박지로 감싸놓고 마치 가위손처럼 하고 있었다. 어릴 때 여자애들이 봉숭아물을 들일 때의 모습 같았다. 영문을 몰라 하자, 그녀는 시끄럽게 소리 내지 않으면서 살을 빼는 방법이라고 했다. 은박지로 손끝을 싸놓으면 혈이 잘 통하지 않아 식욕이 억제되어 살이 빠지게 된다는 것이었다. 나는 그녀의 설명에 당황스럽고도 가슴이 아팠다. 그녀는 손을 쓸 수 없어서 나에게 고기를 구워 줄 수 없다고 했다. 나는 고기 먹지 않는다고 퉁명스럽게 말했다.

그녀는 걸어 다니면 소음이 나니까 앉아서 텔레비전을 봐야겠다고 했다. 나는 죄의식 때문에 아무 말도 못하고 그녀 곁에 앉았다. 그녀는 그렇게 힘없이 앉아 있었다. 나는 그녀가 몹시 지쳐 있는 것을 알 수 있었다. 제대로 먹지 않고 야채 주스나 마시고 낮이건 밤이건 아파트 안에서 은박지나

비닐 봉투 심지어 집게 등 괴상한 물품들로 몸을 학대하고 있으니 건강이 유지될 리 없었다. 침대에 누워 있고 싶은 것을 내가 있어서 그녀는 간신히 버티고 있는 것 같았다. 하지만 나는 선뜻 일어나서 내 아파트로 돌아오지 못하고 있었다. 나는 돌아갈테니 침대에 가서 누우라고 했다. 그녀는 초점 없이 나를 바라보더니 둔한 몸을 이끌고 방 안으로 들어가 버렸다. 나는 한동안 텔레비전만 바라보았다. 그녀는 우는 건지 웃는 건지 방 안에서 이상한 소리가 났다. 나는 도망치듯 아파트로 빠져 나왔다.

나는 컴퓨터 앞에 앉아 그 여자를 다시 찾아가지 않겠다고 다짐했다. 평상심을 잃게 만든 그녀에게 더 이상 말려들어서는 안 될 것 같았다. 그러고 보니 오늘 하루 동안 나도 주스며 보리차며 물배만 채운 것이었다. 고기를 입에 넣으면 구역질이 날 것 같았다. 내가 그녀에게 가진 감정은 사랑이 아니라 연민이라고 생각했다. 내가 아무리 독창적인 논문을 쓰지 못하고 남의 논문을 교묘하게 짜깁기하고 있다고 팔 둘레가 내 허벅지보다 큰 여자를 사랑할 필요는 없는 것이다. 그 생각을 하자 미치도록 그녀가 그리워졌다.

다음 날, 아침부터 나는 용기를 내어야겠다는 이상한 기운에 휩싸여 있었다. 그녀가 그렇게 검불처럼 힘없이 늘어져 있게 할 수는 없었다. 씩씩하게 걸어다니고 러닝머신이 있다면 그 위에서 뱃살이 바닷물처럼 출렁일 정도로 뛰어야 살이 빠질 것이라고 말해주고 싶었다. 그녀의 팔 둘레는 그녀가 생각한 만큼 굵지 않다는 것과, 자세히 보면 그녀의 얼굴 표정도 편안해 보인다는 것과, 사람들은 저마다 하나씩 열등의식이 있기 마련이라고 설득할 작정이었다. 나만해도 후회와 자책에 시달린다는 사실을 솔직하게 고백할 생각이었다. 나는 교수라고 차마 밝히지 못하고 작은 회사에 다닌다고 거짓말을 했던 것이다.

초인종을 눌러도 아무런 응답이 없어 문을 밀어보았다. 문은 잠겨 있지 않았고 실내는 썰렁했다. 탁자에 말라붙은 브로컬리 주스 컵이며 어제 내가 떠날 때 그대로의 실내 모습이었다. 나는 그녀의 방에 들어갔다. 그녀가 시체처럼 누워 있었다. 무엇을 먹고 싶으냐고 물었으나 그녀는 고개를 가로저었다. 그녀는 초점 없이 천장을 바라보고 있었다.

그녀의 침대 위로 올라가, 그녀의 옆에 가만히 누웠다. 오늘 하루 무엇을 먹었느냐고 하자 생수만 마셨다고 했다. 생수 다이어트를 시작했다는 것이었다. 나는 갑자기 눈시울이 뜨거워졌다. 그리고 진심으로 그녀를 안아주고 싶었다. 침대에 누워있는 그녀의 몸은 마치 반죽해놓은 밀가루 덩어리 같아서 어떻게 안아야 할지 모를 지경이었다. 나는 그녀의 무거운 고개를 들고 내 팔을 밀어 넣어 팔베개를 간신히 했다. 내가 그녀를 안고는 있지만 내가 도리어 그녀 품에 안겨 있는 듯했다. 참 오래간만에 접해보는 사람의 살이었다. 나는 그녀의 손바닥을 만지작거리다가 그녀의 묵직한 팔뚝을 만지다가 그녀의 가슴을 만지기 시작했다.

그녀는 앞으로 사람들 속에 섞여 살고 싶다고 했다. 예쁜 옷도 입고 외출도 하고 다른 여자들처럼 그렇게 평범하게 살고 싶다고 했다. 나는 그렇게 할 수 있을 것이라고 했다. 나는 순간 이 논문 저 논문에서 아이디어며 훌륭한 문장이며 닥치는 대로 가져온 것에 대해 더 이상 죄의식을 느끼지 않기로 했다. 다들 그렇게 한다. 그래도 문제는 없다. 도리어 독창적인 생각을 들고 나오면 시끄럽다. 이 여자도 평범하게 살고 싶다고 하지 않는가. 나도 평범하게 살자. 나는 그녀의 넘치는 가슴을 한손으로 쓰다듬고 있었다. 까만 젖꼭지가 융기해 내 손안에서 오돌토돌거렸다. 그녀의 두툼한 다리 사이로 내 몸을 쑤셔 넣고 싶은 생각이 들었다. 하지만 그녀의 굵은 다리가 제대로 벌어질까 하는 생각이 들면서 아예 눈물이 나왔다. 더구나 나는 오늘 먹은 것도 없고 몸에 힘이 너무 빠져 있었다. 사람의 살을 만지자 점점 졸음이 몰려오기 시작했다.

아침에 깨어났을 때, 그녀는 침대에 더 이상 없었다. 침대에 같이 누워 있는 동안 그녀에 대해 별로 물어보지 못한 것 같았다. 이름조차 아직 모르고 있는 것이다. 하지만 그녀와 많이 가까워진 것은 사실이었다. 나는 기분이 조금씩 안정이 되는 것 같았다. 그녀는 뭔가 사라나간 모양, 금방 돌아오지 않고 있었다. 외출을 한 것 보면 어제보다 몸이 좋아진 것인지도 몰랐다.

이제 설 연휴는 하루를 남겨두고 있었다. 저녁에 그녀와 시간을 다시 보내려면 오늘 하루 낮은 반드시 일에 집중해야만 했다. 나는 분량을 채울 문구를 조금씩 더 길게 인용했다. 맥베스에서 왕후의 죽음에 대한 장면은 서양적인 무에 대한 단면을 그대로 보여주었다.

> 맥베스 인생은 걸어 다니는 그림자에 불과한 것, 무대 위에서 말을 하는 시간동안만 뽐내기도 하고 조바심도 치다가 그 시간만 지나면 잊혀지고 마는 불쌍한 배우에 지나지 않는다. 그것은 백치가 지껄이는 얘기로서 소리와 분노로 가득 차 있을 뿐 아무런 의미도 없는 것이다.

드디어 논문 작업은 끝이 났다. 그날 저녁 늦게 그녀의 아파트를 찾아갔을 때 문은 잠겨 있었다. 아무리 초인종을 눌러도 그녀는 문을 열어주지 않았다. 바깥에 나가 그녀의 아파트를 바라보아도 불이 꺼져 사람의 기척이 느껴지지 않았다. 나는 수위실 아저씨에게 위층에 있던 사람이 언제 나갔느냐고 물었다. 수위 아저씨는 위층에 아무도 없는데 왜 자꾸 소리가 난다고 하느냐고 신경질을 냈다. 이렇게 수위실을 지키고 있는 것은 자신의 잘못이 아니며, 다른 사람들이 다 고향으로 떠나는 설 연휴에 수위실에 갇혀 있는 것도 자신의 죄가 아니라고 말했다. 나는 그렇다고 했다. 그러자 수위는 자신이 그 곳에 있었기 때문에 이상한 사람들이 아파트 주위를 배회하지 않는다고 했다. 나는 당신의 말이 옳다고 했다. 하지만 위층 여자에 대한 정보는 전혀 얻을 수가 없었다. 그녀의 큰 덩치가 그의 눈에 띠지 않는다는 것이 이상할 정도였다.

다음날 일제히 떠났던 사람들이 약속이나 한 듯이 다시 서울로 돌아왔다. 서울은 다시 가동되었다. 아내와 아이도 돌아오고 있다는 전화가 걸려왔다. 나는 가까스로 완성된 논문을 학회 편집부로 보냈다. 나는 한번만이라도 그녀를 더 만나야 할 것 같았다. 초인종을 누르자 몸이 호리호리한 여자가 무슨 일이냐고 물었다. 나는 아래층에 사는데 지난 번이 아파트 주인에게 소설책을 빌려주어서 그것을 받을까 해서 왔다고 했다. 그녀는 2주 전에 새로 이사를 왔다고 했다. 나는 이웃이 되어 반갑다며 식구가 많으냐고 지나가는 소리로 물었다. 남편과 아이가 있다고 했다. 연휴기간 동안에 위층에서 사람 소리가 나는 것 같던데 누가 서울에 남아 있었느냐고 물었다. 다들 고향으로 떠나는데, 누가 남아 있겠느냐고 했다.

나는 그날 밤 잠을 자다가 깨어나 갑자기 가슴으로 파고 들어오는 허전함을 견딜 수가 없었다. 그녀는 윗층 아파트에서 사라졌다. 내가 1주일 동안에 겪었던 일은 무엇이었을까? 그녀는 지금 어디에 있는 것일까? 그녀는 누구일까? 내가 한 이상한 경험을 누구에게 말하면 사람들은 이해할까? 그녀가 지금 차라리 러닝머신 위에서 쿵쿵 소리내며 열심히 달려주면 얼마나 좋을까? 논문도 내 손을 떠났다. 나는 1주일동안 논문과 싸운 것이 아니라, 논문쓰기를 방해하는 이 세상의 욕망의 허음과 싸웠다. 하지만 내 논문은 인쇄소를 거쳐 정교하게 편집되고 인쇄되어 그럴싸하게 세상에 뿌려질 것이다. 서양의 무는 동양의 무와 다르다. 내용이 무엇이건 지껄이지 않으면 존재하지 않는 존재가 된다. 내용이 무엇이건 지껄이면 그만이다. 나만이 쓸 수 있는 논문은 더 이상 가능하지 않다. 그러면서도 내가 쓴 논문은 나만 이해할 수 있다. 위층의 소음은 진정 내 마음의 소리를 듣지 못하게 막는 소리의 비곗덩어리였을 것이다.

쥐식인 4

마담

김 교수는 프랑스 유학을 마치고 연소한 나이로 H 대학교에 자리를 잡았다. 그는 늙다리 언어학 교수들이 맹신하는 전통적인 이론에 매달리지 않고, 새로운 유행어나 신조어를 통해 한국인의 무의식을 분석하는 독특한 수업을 시작했다. 대학 캠퍼스의 언어 표현을 연구 대상으로 삼은 덕택인지 그의 수업은 갈수록 학생들의 인기몰이를 하고 있었다. 매 학기 전공을 불문한 수많은 학생들이 그의 언어심리학 강의실에 몰려들어 빈자리를 찾기 힘들 정도였다. 자기 주장이 강하고 학생들의 인기를 마음껏 누리는 이 젊은 교수를 향한 다른 교수들의 시선이 곱지만은 않았다.

그날, 김 교수는 요즘 젊은이들이 많이 사용하고 있는 '짱'라는 표현에 대한 강의를 하고 있었다. '짱'을 국어사전에 찾아보면 "유리나 얼음처럼 단단한 물건이 갑자기 깨지는 소리"인데, 요즘 젊은이들은 이와는 전혀 다르게 '최고'라는 의미로 얼짱, 몸짱, 쌈짱 등에 사용하고 있다는 것이다. 그는 캠퍼스에서 채집한 실제 여러 대화 상황을 모노드라마처럼 재현하였고, 계단식 대강의실의 학생들은 마치 연극을 보러온 관객처럼 수업에 빠져 들어갔다. 그가 '짱'의 새로운 의미가 생겨난 심리적인 배경에 대한 분석을 끝냈을 때, 학생들 사이에서 저절로 박수가 터져 나왔다. 수업이 끝날 때쯤 김 교수는 출석을 체크하기 시작했고, 한 학생의 이름을 세 번 되풀이해서 불렀다.

"혹시 이 학생이 왜 결석을 계속하고 있는지 아는 사람 있나요?"

한동안 학생들은 서로를 쳐다볼 뿐 아무런 대답이 없었다. 네 번 이상 수업에 빠지면 학교 행정에 따라 자동적으로 F학점 처리를 받기 때문에 그가 의도적으로 부른 것이었다. 그때 계단 중간쯤에서 한 남학생의 목소리가 터져 외쳤다.

"그는 결석짱이에요."

강의실은 갑자기 폭소가 터졌다. 김 교수는 금방 배운 수업 내용을 잘 적용하는 재치 있는 대답이라고 맞받았다. 그런 떠들썩한 분위기에서 한 여학생이 나름대로 결석한 친구를 변호한답시고 애교 섞인 목소리로 말했다.

"제 친구인데요, 결혼한 지 한 달 밖에 되지 않아서 바쁜 모양이에요."

그 대답이 김 교수를 자극하고 말았다. 그는 교수가 된 후 처음으로 화가 난 어투로 학생들에게 소리쳤다.

"결혼이라고? 마담이 되어도 공부는 해야지. 마담이 되었다고 학문을 팽개쳐서는 안 되는 거야. 안 되고말고."

다음 날, 교수는 학장실에 불려갔다. 학장실에는 학장 외에도 연로한 언어학 교수 2명이 함께 버티고 있었다. 그들은 장작개비처럼 메마른 다리를 꼬거나 비스듬하게 앉아 젊은 교수에게 물었다.

"김미자라는 학생이 술집에서 아르바이트 하는 것을 알고 있었나요?"

"김미자?"

"심리언어학에 등록한 학생이지요. 그 학생으로부터 강력한 항의가 들어왔어요. 그 학생이 룸살롱에서 마담 아르바이트를 한다고 김 교수가 공개적으로 비웃었다고 하더군요."

"저는 그런 말을 한 적 없습니다."

"마담 노릇하기 위해 공부를 팽개쳐서는 안 된다고 교수께서 몇 번이나 강조했다고 다른 학생들도 증언했습니다. 아닙니까?"

"아! 마담이란 불어로 결혼한 여자를 말하는 것입니다. 결혼했다고 해서 공부에 소홀해서는 안 된다는 뜻이었습니다. 김미자라는 학생이 결석을 계속해서 얼굴도 모르는데 그녀가 룸살롱에서 일하는지 제가 어떻게 알겠습니까?"

"그 여학생은 룸살롱에서 마담 아르바이트를 한 것이 아니라, 학비를 벌기 위해 음식점에서 음식을 서빙했다고 주장하고 있어요. 다른 학생들 앞에서 공개적으로 그녀가 '마담'이라고 알린 것은 반페미니즘적인 발언이라고 교내 여학생들도 항의하고 있습니다."

"저는 제 아내에게도 때로 '마담!' 하고 부릅니다. 한국에서는 '마담'이 결혼을 했건 안 했건 유흥업소의 여성을 일컫지만, 프랑스에서는 '마담'이 결혼한 여자를 존중하는 호칭이지요. 그 정도는 교수님들도 알고 있지 않습니까? 대학생 정도면 모두 알고 있는 사실입니다. 수업에 나오지도 않은 학생이 수업 시간에 교수가 한 말에 대해 항의라니요?"

김 교수는 자신이 옳다고 믿는 것을 학장이나 선배 교수 앞이라고 해서 굽히지 않았다. 그 문제는 자신이 알아서 해결하겠다며 학장실을 나와 버렸다. 김 교수는 집으로 차를 몰고 가면서 오해를 일으킨 '마담'이라는 단어에 대해 생각하기 시작했다. 아무래도 재미있는 연구거리가 될 성 싶었다. 사실 '마담'은 프랑스 발음 그대로 한국에서 사용하고 있지만 그 뜻이 아주 변질되어 버렸다.

집으로 돌아온 김 교수는 현관에서 신발을 벗으며 일부러 "마담!" 하며 아내를 크게 불러보았다. 학장 앞에서 말한 것처럼 보통 때 아내를 그렇게 부르는 것은 아니었다. 하지만 아내는 프랑스식 '마담'의 뜻을 잘 알고 있기 때문에, 적어도 김미자처럼 무식한 반응은 하지 않을 터였다. 부엌에서 뭔가를 썰다가 나온 모양 칼을 손에 들고 나타난 아내의 얼굴은 창백해 보였다. 뭔가 긴장한 듯 남편의 다음 말을 기다리고 있었.

"마담이라고 부르니까 좀 새롭지 않아?"

아내는 금방 대꾸를 하지 않았다. 김 교수는 '마담'에 대한 사전적인 정의와 '마담'에 관련된 자료들을 빨리 찾아보고 싶은 욕심에, 서둘러 서재로 들어가 문을 닫고 있었다. 아내는 그때까지도 뭔가에 놀란 듯 멍하니 거실에 서 있는 모습이 보였다. 그는 프랑스의 귀한 마담이 한국에 들어와서 화류계의 여자로 전락한 과정을 알기 위해 우선 프랑스 살롱과 마담에 관한 자료들을 찾아 읽기 시작했다.

17세기 초 프랑스에서는 까다로운 격식을 요구하는 궁중 파티가 아니라 보다 유연하고 자유로운 개인 취향의 파티가 성행하게 되었다. 신분이 높고 재산이 많은 여주인들이 자신의 저택에 살롱salon을 열어 사교와 파티를 주도했기 때문인데, 이때 살롱이란 불어로 응접실을 뜻했다. 복수salons로 사용하면 사교계를 일컫는다. 살롱의 여주인인 마담은 여자와 남자, 신분과 직위를 가리지 않고 사람들을 초대하여 소설과 편지를 읽고, 함께 토론하며, 사교의 장을 형성했다. 살롱 여주인들은 취향에 따라 '문학 공간' '미술 공간' '공연 공간' 등 문화를 생산하고 창조했는데, 프랑스에서 살롱Salon을 대문자로 쓰면 미술전람회나 전시회가 되는 것도 이 때문이다. 더구나 18세기 시민 계급이 출현했을 때는 예술가뿐만 아니라 군인, 궁정인, 사상가, 건달 등이 모여 철학과 정치를 논하는 광장이 되었다. 살롱은 계몽사상을 창출하고 새로운 사상을 전파했을 뿐만 아니라, 나중에 프랑스 혁명을 일으키는 사상적 산실이 되기도 했다. 게다가 프랑스 살롱은 독일이나 영국에도 영향을 끼쳐, 카페나 클

럽 등 사교 모임이 폐쇄적인 성격을 띠지 않고 그 나라의 원활한 사회적 문화적 의사소통을 할 수 있게 해주었다.

프랑스의 살롱이 한국에 들어오면서 룸살롱으로 변질되었다. 룸살롱은 영어의 룸room과 불어의 살롱salon이 합쳐진 아주 기묘한 언어 표현으로 한국의 집 구조에는 있지도 않는 공간을 지칭하는데…… 그때 전화벨이 울렸다.

"날세. 이기원"

이기원은 김 교수와 거의 같은 시기에 프랑스 유학을 한 영화과의 교수였다. 전공은 달라도 교내에서 가장 친하게 지내는 동료였다.

"어! 웬일인가?"

"좀 조심하지 그랬나? 한국은 프랑스와 달라."

"무슨 말인가?

"학교 게시판에 자네 이야기가 대자보로 붙었다네. 학교 등록금을 벌기 위해 음식점에서 일하는 여학생을 '마담' 취급했다며, 자네가 반페미니스트라는 거야. 학교에서 아무런 연락이 없었어?"

"오늘 학장에게 불려갔지. 하지만 그것은 사소한 의미의 오해였어. 자네도 잘 알고 있지 않아. 마담은 프랑스에서 아주 좋은 의미란 말이야. 이건 교수건 학생이건 다 알고 있는 사실이야."

"이 사건은 '마담'의 뜻 때문에 일어난 것은 아닌 것 같아."

대자보를 붙인 것은 교내 여학생문제대책위원회라고 했다. 이 위원회는 일부 여교수와 여대생들이 합쳐져 만들어진 것이다. 김 교수는 그들이 뭉쳐 힘을 발휘하고자 마음을 먹으면 무서운 독기를 품어낸다는 것을 알고 있었다. 약자들이 지니고 있는 적대감이 광기로 표출되면 남자들을 무차별 공격하는 경우가 있었다. 특히 여학생문제대책위원회에는 극렬 페미니스트들이 있어 그들의 입에 오르내리지 않는 것이 좋았다. 하지만 김 교수는 자신의 입장을 위원회에 차근차근 설명하면 도리어 더 좋은 결말을 볼 수도 있으리라는 낙관적인 생각을 했다. 위원회에 룸살롱을 근절하자는 운동을 제안해 볼 생각조차 들었다.

"교수들 사이에서도 이번 사건에 대해 말들이 많아. 특히 언어학 교수들은 강의실에서 '그런 단어'를 사용한 자네의 숨은 심리를 파헤쳐볼 만하다고 하더군. 같은 과 교수들이 자네 편이 되지 않고 적대감을 드러내는 것은 심각한 것이야. 사실 자네가 다른 교수들의 학생들을 많이 빼앗아간 것은 사실이니까."

"자네까지 그런 말을 하다니. 교수는 실력으로 경쟁하는 거야."

김 교수가 화가 난 듯 큰소리를 내자 이 교수는 한동안 침묵을 지켰다. 걱정이 되어서 전화를 해준 것인데 자신이 옹졸하다는 생각이 든 김 교수는 어조를 바꾸어 말했다.

"전화해줘서 고맙네. 너무 걱정하지 말게."

"그건 그렇고 마담은 잘 계시지?"

"마담?"

이 무슨 뚱딴지같은 소리란 말인가? 김 교수의 불쾌한 기색을 느꼈는지 이 교수는 장난스런 어투를 버리고 정색을 하고 말했다.

"자네 아내 안부를 묻는 것이었어."

"아내? ……아! 그렇군."

"자네가 아내를 마담이라고 부른다고 해서 그렇게 말해 본 걸세. 물론 내가 어떤 뜻으로 사용했는지는 알지?"

"물론이지. 마담은 잘 있어."

"그럼, 마담에게도 안부 전해 줘."

김 교수는 전화를 끊고 한동안 꼼짝하지 않고 앉아 있었다. 설명하기 어려운 아주 불쾌한 감정이 그를 휩싸고 있었다. 자신이 옳다고 믿는 것이 건드려졌을 때 느끼는 당혹감 같기도 하고, 학문적인 노력이 무산될 때 느끼는 허탈감 같기도 하고, 주변으로부터 손가락질 받을 때 느끼는 수치감 같기도 했다. 더구나 이 교수가 한 농담의 칼날이 그를 약간 스친 것 같기도 했다. 아내를 마담으로 부른 것은 난처한 상황에 빠진 그를 잠깐 웃기려고 일부러 한 것이었지만, 농담도 때가 있는 법이 아닌가.

은파는 오래간만에 자동차를 몰고 집을 나섰다. 막 한강대교에 접어들었을 때, 'Red Fly'라는 여가수가 스캔들에 휘말렸다는 소식이 라디오에서 흘러 나왔다. 은파는 스위치를 돌려버렸다. 'Red Fly'가 결혼해서 평범한 여자로 살았으면 그런 과거는 들통이 나지 않았을 것이다. 하지만 인기란 많은 적을 동반하기 마련이다.

"마담!"

은파는 어제 부엌에서 삼겹살을 썰고 있다가 마담 부르는 소리를 들었다. 그 소리를 듣고 그녀는 한순간 자신이 어디에 있나 찰나적인 혼란에 빠졌던 것 같다. 자신은 분명 집의 부엌에 있는데, 마담을 찾는 한 남자의 소리가 들렸던 것이다. 남편은 자신을 항상 "은파야" 하고 불렀다. 외국에서 공부한 남편은 결혼한 여자들의 이름을 불러주지 않고 아이의 이름으로 대신하거나 '아줌마'라는 약간 속된 호칭을 사용하는 것을 바람직하지 않게 여기고 있었다. 그러므로 집 안에서 마담이라는 소리가 들렸을 때 그녀는 하마터면 칼로 손에 상처를 입힐 뻔 했던 것이다.

그녀는 긴장해서 부엌에서 나왔다. 자신을 마담이라고 부른 사람은 분명 남편이었다. 이 갑작스런 변화에 그녀는 어떻게 대처해야 할지 몰라 가만히 있었다. 무슨 요리를 만들고 있는지 여느 때처럼 묻지도 않고, 그는 한순간 그녀의 표정을 살피는가 싶더니, 말없이 서 있는 그녀를 외면한 채 자신의 서재로 들어가 버렸다. 학교에서 돌아올 때면 곧장 샤워를 하던 그였으나, 손도 씻지 않고 서재에 들어가더니 나오지 않고 있었다. 저녁 먹을 시간이 지나가고 있었지만 안에서 꼼짝도 하지 않았다. 그녀는 서재 문앞에 귀를 가져다 대었다.

"물론이지. 마담은 잘 있어."

은파는 남편이 전화 거는 소리를 엿듣다가 너무 놀라서 주춤거리면서 물러났다. 식탁에 반찬을 가져다놓는 손이 바르르 떨렸다. 남편이 누구와 통화했는지 전혀 갈피를 잡을 수가 없었다.

남편은 저녁을 먹으면서도 보통 때처럼 유쾌한 기색이 없었다. 그녀에게 화가 난 것은 아니나 그렇다고 다정다감하지도 않았다. 서재에서 말소리가 새어나는 것 같던데 누구 전화였느냐고 어렵게 물어보았을 때, 남편은 영화과 이기원의 안부 전화였다고 심드렁하게 대답했다. 그래서 은파는 오늘 미연을 만나보기로 결심하게 된 것이다. 그녀는 커피숍 앞에 차를 세웠다. 미연은 아직 도착하지 않고 있었다.

은파는 요즘도 남편이 가끔씩 친구들과 룸살롱에 간다는 사실을 알고 있었다. 언젠가 남편은 호기심 많은 은파에게 룸살롱 이야기를 해주기도 했다. 룸살롱은 보통 10개 정도의 룸을 가지고 있고, 20~30개씩 가지고 있는 곳도 있다. 룸이라고 하지만 침대가 있거나 은밀하지는 않고, 큰 탁자와 그 둘레로 ㄷ자 의자가 배치되어 있는 독립된 공간이다. 좋은 룸을 차지하기 위해서는 예약을 하고 가는 것이 좋다. 예약을 할 때 룸 이용 인원, 룸을 이용하고자 하는 이유, 그리고 이에 합당한 '아가씨'들을 준비해 달라고 하면 된다. 룸살롱에서 룸으로 손님을 안내하는 것은 대부분 마담이나 남자 웨이터이다. 손님들이 자리를 정하고 나면, 남자 웨이터가 술을 주문받고 안주를 세팅한다. 그리고 준비된 '아가씨들'을 불러들이는데 대부분 20대 젊은 여성들이다. 아가씨들이 들어오면 '초이스'가 시작된다. 남자들은 각자 자신의 파트너가 되어 줄 여자를 점찍는 것이다. 아가씨들이 있는 앞에서 바로 선택을 하기도 하지만 예의상 아가씨들을 퇴장시켜 달라고 한다. 이때 아가씨들이 나가면 남자 웨이터에게 점찍은 아가씨를 들여보내라고 하면 된다. 아가씨들이 들어오면 파트너가 된 남자 옆에 앉아서 술시중을 들기 시작한다. 룸살롱에서 한국 전통주인 막걸리는 아예 팔지 않으며 맥주와 땅콩 등 기본 안주를 시켰다가는 눈치를 받다가 아예 일찌감치 그곳에서 밀려난다. 그러므로 일단 룸살롱에 가게 되면 비싼 양주를 시켜야 한다. 그래야 술을 따라주기 위해 나오는 아가씨들의 태도도 야들야들해지기 때문이다. 이때 서로 잘 모르는 남녀들이 모여 앉았기 때문에 어색함을 피하기 위해 빨리 취하는 술을 돌리게 되는데, 양주에 맥주를 섞은 '폭탄주'가 바로 그것이다. 분위기가 풀리면 남녀의 친밀감을 위해 게임을 하는데, 남자들은 보통 룸살롱 바깥에서 젊은 여자들에게 하듯 비위를 맞추지도 않으며 매너를 별로 지키지도 않는다. 게임의 벌칙은 서로 뽀뽀하기, 가슴에 입술 자국 남기기 등 성性에 관한 장난을 하는 것이 대부분이다. 벌칙은 기준과 정형이 없어 옷을 하나씩 벗고 춤을 추는 것도 있다. 모든 것은 그날 손님들이 원하는 것과 아가씨들이 원하는 대가에 달려 있다. 심지어 벗고 누운 여자의 몸에 술과 안주들을 올려놓고 입을 대고 먹고 마시기도 한다.

 이쯤 되면 남편은 입을 다문다. 그 다음 단계는 아무리 졸라도 이야기 해주지 않는다. 남편에게 아가씨들과 어디까지 즐겼냐고 물어보면, "우리는 점잖게 술만 마시고 왔다"라고 말하곤 했다. 교수 월급으로 룸살롱을 드나들어서 되겠냐고 따지면, "룸살롱은 비싸기 때문에 월급으로 충당할 돈이 아니고, 친구가 회사의 접대비 명목으로 잡혀 있는 돈을 사용할 때 같이 즐기는 것"이라고 변명했다. 그럴 때면 은파는 조금씩 투정을 부리다가 너그럽게 용서해 주었다. 다시는 그런 곳에 가지 않는다고 다짐을 받고 물러나곤 했던 것이다.

 "감감소식이 희소식이라는데, 어쩐 일이야. 네가 먼저 전화를 걸고."

 미연을 못 본지 삼 년쯤 지난 것 같았다. 어쩌면 서로 피해왔는지도 모른다.

 "최근에 이기원 씨 만난 적이 있어?"

 "이기원?……그 사람이 프랑스에서 돌아왔니?"

 "남편과 같은 학교에 교수로 왔어. 한 1년 반 넘었을 거야."

"그런데 왜 여태 한 마디도 하지 않았어? 하기야 알려주면 뭐 하겠어. 이젠 아무 상관도 없는 사람인데."

"최근에 만난 적이 없는 모양이구나?

"내가 왜 그를 만났다고 생각하니? 무슨 일이야?"

은파가 지금의 남편을 처음 만난 것은 프랑스에서였다. 단체 관광의 무리에 섞여 프랑스에 갔던 두 여자는 자유관광 시간에 샹젤리제 거리에 나갔다가, 그 당시 논문 막바지 작업에 스트레스를 견디지 못해 영화를 보러 나온 두 남자 유학생을 만났던 것이다. 네 사람의 만남에서 먼저 감정이 오간 것은 이기원과 미연이었다. 두 사람의 감정은 급진전하여 프랑스를 떠나기 전에 이미 몸을 섞었다. 관광을 끝내고 한국으로 돌아오고 난 뒤, 은파는 두 사람의 감정적인 관계가 이미 끝이 난 것을 알았다. 사실 두 사람의 사랑은 현실성이 없어 지속될 여지가 없었.

반면에 은파는 프랑스 여행 이후 심경의 변화를 느끼기 시작했다. 힘들게 공부하는 유학생들을 보면서 풍부한 물질이 전부가 아니라는 생각이 들기 시작한 것이다. 게다가 프랑스 여행 후부터 그녀는 업주로부터 '마담'을 하라는 제의를 받고 있었다. 그녀가 29살 때였다. '아가씨'의 나이로는 할머니였다. '마담'이 된다는 것은 젊은 아가씨들에게 밀려난다는 의미지만, '아가씨들'을 관리하기 때문에 그 바닥에서는 폼 나는 일이기도 했다. 하지만 룸살롱 바깥에서는 '마담'이 오랜 기간 동안 아가씨 경험을 가졌거나 남자를 겪을 대로 다 겪은 화류계의 상징으로 여겼다. 심사숙고 끝에 그녀는 '마담' 직을 사양했다.

은파는 그동안 벌어놓은 돈으로 석사 공부를 시작했다. 그러다가 우연찮게 대학 캠퍼스에서 지금의 남편을 다시 만난 것이다. 그는 프랑스에서 박사를 마치고 모교에 교수로 정착했는데, 그녀의 학교에 특강을 하러 왔다가 그녀와 조우하게 되었던 것이다. 프랑스에서 만났던 그 아련한 기억과 프랑스에 대한 향수가 뒤섞여 두 사람은 금방 친해졌고, 사랑을 느꼈으며, 그리고 결혼했다. 그때까지 이기원은 박사논문을 마치지 못해서 프랑스에 남아 있었는데, 몇 년 뒤 느지막하게 남편이 있는 학교에 자리를 잡게 된 것이다. 은파가 그녀를 의심하게 된 과정을 설명하자 미연은 버럭 화부터 냈다.

"야! 나에게도 의리라는 것이 있어. 나도 이제 결혼해서 남편과 아이들을 가진 평범한 가정주부야. 네 과거가 밝혀지면 내 과거도 밝혀지고, 또 다른 여자의 과거도 드러나게 되지. 그런데 내가 왜 그런 말을 하겠어."

그 말을 듣자 은파는 더 불안해지기 시작했다. 미연의 입만 막으면 될 것 같았는데, 이제 남편의 주변에 누가 그녀의 과거를 알고 있는지 짐작조차 할 수가 없는 것이다. 불안해하는 은파를 보며 미연은 도리어 뻔뻔하게 말했다.

"요즘 젊은 것들은 남자들과 즐기거나 손쉽게 돈을 손에 넣기 위해서 룸살롱을 찾지만, 우리는 대학 등록금을 마련하기 위해서였어. 목적이 순수했다고. 난 부끄러운 것 없다."

 두 사람이 처음 룸살롱에 발을 들여놓은 것은 대학 등록금을 마련하기 위해서였지만, 더 이상 대학 등록금 걱정을 하지 않을 때도 그 일을 계속했다. 은파가 룸살롱을 떠나 석사과정을 하는 동안 미연은 마지막 젊음을 뿜어내며 닥치는 대로 돈을 벌었고, 외제 차도 사고 고급 빌라도 샀다. 어느 시점에 그녀가 룸살롱에서 물러났는지 정확하게 기억할 순 없지만, 지금은 변호사와 결혼하여 몸집이나 경제적으로 넉넉한 아줌마가 되어 있었다.

"우리는 마담이 아니라 텐(10)이었잖아. 텐!"

 미연은 자신이 텐이었다는 사실을 은근히 자랑스럽게 말했다. 룸살롱의 '아가씨'들을 부르는 명칭에도 여러 가지가 있는데, 텐(10)은 학력과 미모를 갖추고 있어 최고의 대우를 받는 여자를 말한다. 텐은 남자들에게 받은 서비스 금액의 10%만 업주에게 주고 나머지 90%를 챙긴다는 화류계 표현이다. 텐은 여자들을 데리고 흥겹게 놀려고 하는 일반 남자들보다 정치가들이나 사업가들의 중요한 손님이 있을 때 함께 하는 경우가 많다. 사실, 텐은 룸살롱에서 남자들이 몸에 손을 대지 못하고, 섹스를 강요하지도 못한다. 그럼에도 텐이 돈을 가장 많이 받은 것은 팬티 속의 '섹스'는 팔지 않았다 할지라도(섹스를 판 경우가 없다고 하기 어렵지만), 분명히 여자라는 성性을 무기로 남자들을 위해 술을 따르는 서비스를 하고 미모와 화술과 학력까지 덧씌워 팔았기 때문이다.

"룸살롱 안에서야 수입 정도에 따라 우리끼리 텐(10), 투웬티(20), 투웬티 파이브(25)로 구분하지만, 바깥에서는 우리 모두 유흥업소 여자일 뿐이야. 아니 화류계라고 생각하지. 그런 의미에서 마담은 차라리 관리직이지만 텐은 꽃 중의 꽃이잖아."

"하기야……."

"나는 교수의 아내야. 룸살롱에서 일한 것이 밝혀지면 남편의 입장이 곤란해질지도 몰라."

"남편은 결혼하고도 공공연하게 룸살롱을 드나들어도 전

혀 문제가 되지 않고 도리어 은근히 자랑하는데, 그 아내가 결혼하기 전 룸살롱에서 일했다는 사실이 밝혀지면 그 남편이 도덕적으로 매장당하게 되는 것이 우리 사회지. 하하하"

미연은 비웃는 듯한 표정을 짓더니 아주 큰소리로 웃어댔다.

"남편이 정색을 하고 물어보면 어떡하지?"

"둘이 첫날밤을 보내놓고 '너는 처녀가 아니니 이제 나와 결혼할 수 없어'라고 말하는 것이 남자들이야. 그럴 땐 여자가 '너와 잔 적 없다'고 우기는 수밖에 더 있겠어."

미연은 자신이 한 농담이 우스운지 점점 더 깔깔거리기 시작했다. 은파는 옛 친구를 만나 수다를 떨 기분이 아니었다. 입이 바짝바짝 타고 있었다.

"나, 정말 심각해. 어떡하지?"

"잘 나가던 Red Fly라는 여가수도 과거 룸살롱 출신이라고 요즘 텔레비전에 출연도 시키지 않더라. Red Fly는 룸살롱에 간 적 없다고 인터뷰에서 우기고 있더군. 너도 그런 적 없다고 버티는 거야."

은파가 자신 없는 듯 고개를 흔들자, 미연은 믿음을 불어넣기 위해 애쓰는 신도처럼 몇 번이나 강조했다.

"룸살롱의 룸자도 모른다고 잡아떼야만 해. 남자들은 옆에 끼고 술을 마셨던 '아가씨들'이 또다시 자신들의 아내나 아이들의 어머니가 된다는 사실은 전혀 상상도 하지 않아. 그러니까 시인만 하지 않으면 자기들 스스로 인정할 수 없게 되어 있어."

은파는 간신히 고개를 끄덕였다. 두 사람은 같이 점심을 먹기로 하고 커피숍을 나서고 있었는데, 미연이 은파의 등 등 툭툭 치며 말했다.

"걱정 마. 네가 룸살롱 안에서 네 남편 옆에 앉아 술을 따랐다 해도, 네 남편은 바깥에서 너라고 알아채지 못하게 되어 있어. 남자들은 다른 여자들은 짓밟으면서 자기 아내만은 순수할 것이라고 믿는 어리석은 자들이니까."

최근 H 대학교 내에서 가장 큰 화제 거리는 '마담'이었다. 이 사건을 계기로 대학 내 한 동아리에서 설문 조사를 실시하였는데, 놀랍게도…… 20대 여성 다섯 명 중의 한 명이 유흥업소에 종사한다는 결과가 나왔다. 사람들은 그 수치가 엉터리라고 말하면서도 충격을 받았다. 또 학내 한 연구소는 한해 우리나라 유흥업소에서 뿌려지는 법인 카드 금액이 1조 6,100억이고 룸살롱에 뿌려진 돈이 약 1조 100억원 정도이기 때문에, 접대비와 성매매가 룸살롱에 집중되어 있다고 밝혔다. 우리나라 양주 소비량의 80%가 룸살롱에서 소비되고 있으며, 마담들이 어떤 위스키를 권하느냐에 따라 위스키업체의 판매량이 왔다갔다 한다고 했다. 세계적인 위스키 브랜드인 B와 합작한 한 국내회사가 양주를 출시하면서 대표적인 룸살롱 마담들을 수백명 초청했다는 믿기 어려운 사실도 공개되었다.

이처럼 수집된 모든 정보와 연구조사는 결국 김 교수의 발언의 정당성과 부당성으로 귀결되었다. 부당성을 주장하는 쪽은 '막 결혼하고도 음식점에 나가 아르바이트를 해야 하는 고달픈 여학생을 마담으로 매도한 것'에 초점이 맞추어져 있고, 정당성을 주장하는 쪽은 '학생의 본분을 망각하고 마담 노릇을 한 여대생에 대해 과감하게 선도한 교수의 자질'에 초점이 맞추어져 있었다. 하지만 김 교수가 보기에 양쪽 모두 '마담'의 의미를 부정적으로 이해하고 있었다.

김 교수는 차라리 공식 인터뷰를 통해 자신의 입장을 정확하게 밝히고 싶었다. 하지만 학장은 그런 인터뷰를 하면 학교의 체면을 깎을 뿐 아니라 불에 기름을 끼얹는 것이라고 만류했다. 그러지 않아도 외부에서 냄새를 맡고 취재를 하겠다고 전화를 건 기자가 있었다는 것이다. 학장 말로는 자신이 기사화되지 못하도록 잘 해명했다고 했다. 그것보다는 김 교수가 다른 교수들과 학생들에게 공식적으로 사과를 하는 것이 바람직하다는 것이다. 이번 기회에 학장은 김 교수의 기세를 누르려고 했고, 그것은 주변의 교수들도 마찬가지였다. 문제의 심리언어학 강의뿐만 아니라 다른 강의에도 일부 학생들이 수업을 거부하며 나타나지 않고 있었다.

까마귀 날자 배 떨어진다고나 할까. TV나 신문 등 언론매체들이 일제히 성매매특별법의 시행을 알리기 시작했다. 앞으로 돈을 받고 성性을 파는 여자나 돈으로 여자를 사거나 유사행위를 하는 남성은 법적 처벌을 받게 된다는 내용이었다. 뉴스 아나운서는 시민들이 앞으로 성매매 현장을 적극 신고해 줄 것을 권하고 있었다. 이처럼 성매매가 사회 이슈가 되는 상황에서 자칫하면 학내의 김미자 사건이 외부로 불거져 세간의 관심을 끌 가능성이 높아졌다. 수많은 대학 중에 H 대학의 여학생이 룸살롱에서 마담 아르바이트를 했다는 등 뉴스의 표적이 될까봐 학교 측은 전전긍긍하기 시작했다. 시간을 끌면 끌수록 얻는 것보다 잃는 것이 많다고 생각한 학장은, 김 교수가 공식적으로 사과를 하면 눈감아 주겠다는 결정을 전했다.

학교 측의 제안을 김 교수는 일언지하에 거절했다. 김 교수는 자신이 사용한 마담이라는 표현이 결혼한 여자들을 존중하는 의미라는 것을 굽히지 않았다. 한국에서 흔히 '아줌마'라고 부를 때는 경멸적인 의미가 들어있기 때문에, 자신은 일부러 '마담'이라고 말했다는 것이다. 영어의 'Ladies and Gentlemen'을 한국어로 번역하면 '신사숙녀 여러분'이 되는데, 이는 한국에서 여자를 남자 앞에 두지 못하는 남성존중 사상 때문에 숙녀가 신사 뒤쪽으로 자리를 이동한 것이라고 설명했다. 마찬가지로 불어가 영어처럼 여자를 남자의 앞쪽에 두되, 결혼 안 한 마드무아젤들이 아니라 결혼한 마담들을 두어 "Mesdames et Meisseurs"라고 표현할 만큼 마담을 존중한다는 것이다.

사실 사건이 터진 초기에는 김 교수의 발언에 대한 학내의 분위기는 상당히 부정적이었다. 하지만 김 교수가 '마담'에 대한 뚜렷한 학문적 입장을 지속적으로 드러내자 학내 분위기가 점점 달라지기 시작했다. 김미자가 일했다는 아르바이트 장소도 마찬가지였다. 처음에는 분명히 음식점이라고 했었다. 그러다가 그 음식점은 술도 함께 판다는 말이 돌아다녔다. 나중에는 그 음식점이 술은 팔아도 그 곳에서 그녀가 술을 서빙한 적은 없다는 주장이 나왔다. 그러나 결국 음식은 술과 함께 서빙할 수밖에 없는 것이 아니냐는 반박이 나오면서 그녀를 옹호하는 기색들이 점점 사그라들고 있었다. 아예 여대생들이 룸살롱에 드나드는 것을 경계해야 한다는 목소리에 힘이 실리고 있었다.

학교 측에서 김 교수에게 사과하지 않으면 징계하겠다는 의사를 전하자, 김 교수는 "사과한다고 단어의 의미가 달라지느냐?"라고 도리어 학교에 반문했다는 말이 학생들 사이에 전해졌다. 그러자 권력에 굴하지 않는 김 교수의 확실하고 변함없는 태도가 학생들에게 점점 호감을 사기 시작했다. 학생들은 학교의 결정에 불만을 드러내면서, 김 교수를 건드리지 말라는 항의의 글들을 게시판에 올리기 시작했다. 학생들은 학교에서 강의를 최고로 잘하는 '강의짱'이 '짱' 하고 깨어지기를 원하지 않는다고 적어놓고 있었다. 학생들은 한 발음이 여러 가지 의미를 지니는 단어들로 다른 언어학 교수들을 놀리기도 했다. 사태가 이 지경에 이르자 학장은 어떻게 마무리 지어야할지 고심하지 않을 수 없게 되었다.

학장은 김 교수와 가장 가까운 이기원 교수를 불러 상의를 하기 시작했다. 사과를 하지 않은 상태에서 김 교수가 학교로 다시 돌아온다면 다른 교수들이 어떤 반응을 보일지 모르고, 학생들의 인기를 등에 업고 앞으로 학교의 결정에 안하무인격일 수 있다고 설명했다. 어떤 식이든 사과를 하게 만들어야만 아무런 물의 없이 학교로 돌아올 수 있을 것이라고 학장은 협박 반 동정 반의 마음을 내비쳤다. 이런 상황에서 이 교수는 한 아이디어를 냈다. 김 교수가 직접 사과를 하지 않더라도 간접적으로나마 사과의 뜻을 표현하게 하는 것인데, 바로 그의 아내가 그 역할을 대신하는 것이다. 학장은 이 교수에게 김 교수와 접촉해서 마무리를 잘 지어 보라고 지시했다.

이 교수가 학장실을 나올 즈음, 김 교수는 자신의 아파트 서재에서 불어 발음이 한국어 발음 그대로(혹은 거의 유사하게) 사용되고 있는 것들을 살피고 있었다. 장르, 콩트, 랑데부, 레스토랑, 레지스탕스, 샹들리에, 샹송, 마로니에, 아틀리에, 크로와상, 카페, 카페오레, 마요네즈, 피망, 루주, 르네상스, 마담 등, 음식에 관련된 단어들이 가장 많았다. 이 단어들 중에서 가장 의미가 많이 변질된 것이 바로 '마담'이었다.

김 교수는 그동안 매달렸던 '마담'에 대한 단어 연구에 결론을 적기 시작했다. 신분이나 계급에 상관없이 개방되어 있던 프랑스 살롱은 한국에 들어와서 폐쇄적이고 계급적이고 반문화적인 공간인 룸살롱이 되었다. 같은 여성뿐만 아니라 남성 예술가들과 사상가들을 지배하던 프랑스의 재치 있고 유능한 마담들은 사라지고 룸살롱에는 남성들에게 술과 여자를 서비스하는 마담들로 대체되었다. 프랑스에서는 계급에 상관없이 누구나 초대하고 초대받던 사교의 공간이 한국에서는 여성을 비하하고 상품화하면서 남자들끼리 서로 뭉치는 마초적인 공간으로 변질되었다. 수업시간에 말한 '마담'이 의미의 오해를 일으킨 것은 한국 사회에 만연해 있는 남성우월주의와 상업주의가 뭉쳤기 때문이다. 끝, 이라고 쓰는데 전화벨이 울렸다. 전화를 건 사람은 이 교수였다. 두 사람은 상당히 오랫동안 통화를 했다.

김 교수는 서재의 문을 열고 나갔다. 그의 아내는 거실 소파에 앉아 있다가 놀란 듯 몸을 일으켜 세웠다. 남편이 보기에는 사슴처럼 날렵한 움직임이었다. 나이가 들어 30대 중반인데도 그녀는 잔허리의 아름다움과 품위를 그대로 유지하고 있었다. 요즘처럼 '마담사건'으로 그가 서재에 박혀있거나 별로 신경써주지 않아도 그녀는 가타부타 불만이 없었다. 그녀처럼 남자를 잘 이해하고 포용력 있는 여자와 결혼한 것은 참으로 다행스러운 일이었다. 그녀는 프랑스 여자들처럼 마담이라는 호칭을 가질 충분한 자격이 있어 보였다. 그는 사랑이 담긴 눈으로 아내를 가만히 불렀다.

"마담!"

아내는 두려움이 가득한 눈으로 남편을 쳐다보았다. 김 교수는 이 교수와 나눈 통화 내용을 생각하며 아내를 설득할 일만 남았다고 생각했다. 남편이 '마담'이라고 부를 때면 매우 존중받고 있다는 느낌이 든다고 아내가 말하도록 해야 하는 것이다. 다른 교수들 앞에서 남편이 처참하게 사과를 하지 않는 방법은 도리어 아내가 얼마나 그 단어가 긍정적이고 아름다운 느낌으로 전달되는가를 보여주는 것이다. 아내가 학교에 나가서 '마담'에 대한 느낌을 설명할 때 그 어리석은 자들이 도리어 부러움을 느끼도록 만들어야 하는 것이다. 그래서 집에 돌아가서 자신들의 아내에게도 '마담'이라고 불러보고 싶은 충동이 일도록 해야 한다. (아마 정말 '마담'이라는 과거를 가진 여자는 들통이 날지도 모른다.) 그런 생각을 하니 김 교수는 아내의 역할이 매우 중요하다는 생각이 들었다. 아내는 남편의 의도를 충분히 잘 전달할 것이다. 아내는 남편의 뜻에 순종하는 순수하고 아름다운 여자였다.

"마담!"

아내가 금방이라도 울음을 터뜨릴 것 같은 표정이었기 때문에, 남편은 그녀가 너무나 사랑스럽게 느껴졌다. 그에게 나쁜 일이 일어나고 있다는 것을 아내가 본능적으로 감지해서 불안해한다고 느꼈다. 어쩌면 학내 사태를 알면서도 그가 말할 때까지 기다리고 있었는지도 몰랐다. 그는 속 깊은 아내를 정답게 안아주고 싶었다. 그런데 아내는 자칫하면 달아날 준비가 된 암사슴처럼 파르르 몸을 떨며 몸을 사렸다. 가까이 다가가자 부끄러운 듯 시선까지 피하며 움츠러들었다. 그런 그녀의 몸짓에서 남편은 순간적으로 육체적인 욕망의 불길이 당겨지는 것을 느꼈다. 갑자기 몸이 달아올라 미칠 지경이었다. 남편이 주체 못할 욕망으로 날개 같은 두 팔을 뻗었을 때, 아내는 정신을 바짝 차린 표정으로 말했다.

"나에게 손대지 못해요. 난 마담이 아니라 텐이에요. 텐이란 말이에요!"

쥐식인 5

가장 전망이 좋은 집

 포플라나무 꼭대기 위의 구름 위에 간신히 걸터앉아 있다. 언제 바람에 날려 갈지 모르는 구름이 엉덩이 밑에서 뭉실뭉실거린다. 잠깐 휴식이라도 취해지 않으면 지쳐 버리고 말 것이다. 약간 절망적인 심정으로 발아래를 내려다본다. 천 미터 아래, **빽빽하게** 치솟은 서양식 건물들과 그 사이로 사방팔방 뻗은 도로들과 그 위를 달리는 택시와 버스들과 이를 탄 인간과 타지 않은 인간들이 빠르게 움직이는 것이 보인다. 다행히 햇살이 밝게 비추고 있어 시야가 가리지는 않는다.

몇 차례 정릉동 상공을 헤매었지만, 허사였다. 비스무리한 형체 따위도 눈에 들어오지 않았다. 정릉동뿐만 아니라 이 세상 전체가 너무 달라져 버렸다. 내가 찾고 있는 것도 당연히 변했을 것이다. 아예 없어져 버린 것은 아닐까. 아이들의 반쯤 썩은 어금니를 던져 올리면 도로 도르르 굴러 내려오던 검은 기와지붕, 그 검은 기와지붕 위로 바람이 하얀 꽃잎들을 축복처럼 흩날리던, 높은 언덕 위의 전망 좋은 집은 도대체 어디에 있는 것일까?

  구름의자가 바람에 약간 흔들거린다. 나는 몸을 날린다. 공기를 가르며, 좀더 아래쪽으로 내려간다. 지나가던 벌레나 새와도 부딪치지 않는다. 나는 공기 중에 떠도는 꽃향기를 따라, 골수에 박힌 기억의 향기를 따라 천천히 내려간다. 코뿐만 아니라 몸 전체의 감각으로 세상을 만나려고 한다. 향기의 길은 끊길 듯 끊길 듯 너무나 가늘고, 꾸불꾸불하지만, 어느 순간 점점 뚜렷해진다. 검은 점을 둘러싼 새하얀 띠! 코와 눈이 동시에 목표물을 포착한다. 예상보다 좀더 남쪽으로 내려간 곳이다. 마침내 저 아래, 나는 명중시켜야 할 과녁처럼 검은 점을 향해 혼신으로 활강한다. 드디어 지상에 발을 내려놓으려 한다.

〈1886년에 완공된 이화학당 한옥교사 : 당시 서울에서 '가장 전망이 좋은 집이었다'〉

바로 이사하는 날이다.

소달구지가 높은 축대 앞에 멈춰 서고 있다. 그 곁에, 난 가뿐히 내려선다. 비탈진 언덕길을 두 바퀴에 의지해 힘겹게 짐을 끌고 온 듯, 황소는 두 눈을 치뜨고 입에 하얀 거품까지 물고 있다. 다행히 새 신발로(소도 신발을 갈아 끼우는 것을 본 적이 있다.) 단단히 딛고 있다. 살며시 다가가,

가장 전망이 좋은 집 151

그의 지친 얼굴을 가만가만 쓰다듬는다. 손길 때문인지 목적지에 도달한 안도감 때문인지, 황소는 고개를 한껏 치켜들더니 바리톤의 기다란 울음소리를 내지른다.

달구지의 짐을 풀어 내리는 사람들은 조 씨 내외이다. 그들은 자신들의 일에 충실한 나머지, 나를 알아채지 못한다. 나는 축대 쪽으로 이동한다. 돌을 쌓아 만든 높다란 축대 위쪽에는 기와집 한 채가 둥실, 하늘을 떠받치고 있다. 기와집까지 길게 이어져 있는 축대 중앙의 납작납작한 돌계단을 오른다. 기쁨으로 계단을 오르는 몸이 날아갈 듯 가볍다. 그 때 스치듯 누군가가 내 앞을 가로질러, 뛰어간다. 계단을 오르는 아이들의 치맛자락 안의 작은 버선 발목들이 보인다. 아이들은 영양이 부족해 날아갈 듯하다.

마지막 계단에 올라서자 넓은 앞마당이 보인다. 담장과 대문은 보이지 않는다. 여인들은 높은 담장 안 혹은 꼭꼭 닫힌 문 안에서만 기거한다. 자유롭게 집밖으로 나다니는 여자는 남자들을 즐겁게 하기 위해 춤추거나 악기를 연주하는 기생과 12살 이하의 여아들과, 그리고 나 같은 부류뿐이다. 여인들은 드물게 장옷이나 쓰개치마라 부르는 겉옷을 둘러쓰고 집밖을 나왔다. 그 옷 틈사이로 간신히 세상을 훔쳐보는 것 같았지만, 꼼짝달싹 못하기는 마찬가지였다. 여인들이라면 누구나 자유롭게 드나들 수 있도록, 나는 앞으로도 이곳에 담이나 문을 달지 않을 것이다.

붉은 흙 마당을 가로 지르니, 이 나라에 첫 발을 디딜 때처럼 가슴이 두근거린다. 모닝morning과 컴calm, 이름 그대로 밝고 조용한 아침의 나라를 기대했었다. 하지만 내가 입국할 때쯤 이 나라는 결코 조용하지 않았다. 진보적이고 개혁적인 세력이 갑신정변을 일으켰다고 했다. 때문에 일본에서 가슴조리며 입국을 기다려야만 했고, 덕분에 한국말을 조금 더 배울 시간을 가질 수 있었다. 아이들은 드물게 활발한 기운에 휩싸여 꽃향기에 이끌려온 꿀벌들 사이를 팔을 휘저으며 돌아다닌다.

나는 규격 잡힌 아름다운 한옥을 바라본다. 이 그림같은 한옥 한 채를 만들기 위해 얼마나 팽팽하게 긴장해야 했던가. 땅을 사들일 비용을 마련하기 위해 수차례 미국에 도움을 요청해야 했고, 초가집이 열아홉 채나 들어 있던 땅이라 21통의 계약서를 작성해야만 했다. 한화 7,500원(450달러)의 계산법은 사람마다 얼마나 다르던가. 통역이 제대로 될 리가 없어, 짓던 집이 중간에 기울거나 무너질까 불안감에 휩싸이기도 했다. 잠자리에 들면 알아들을 수 없는 말과 망치의 울림이 잠을 방해하기도 했다. 기도하는 심정으로, 아니 밤마다 기도하며 잠이 들었다. 아이들은 새 집 구경에 신이 나 이미 어디론가 사라져버렸다.

한옥 입구의 직사각형 댓돌 위에, 제 멋대로 놓인 두 켤레 하이힐이 보인다. 짚으로 삼은 미투리가 일상이고 드물게 가죽신이 거의 전부인데, 저것은 분명 미국식 하이힐이 아닌가. 미국 하이힐보다 뒤축이 가냘프고 높기까지 하다. 누가 저런 신발을 신을 엄두를 냈을까.

실내에 들어갈 땐 반드시 신발을 벗어야한다. 나는 미끄러지듯 안으로 들어간다. 집안은 미음자(ㅁ) 구조로 설계되어, 가운데가, 실린더처럼 비어 있다. 미음자(ㅁ)를 따라 한 바퀴 복도를 돌면 제자리로 돌아오게 되어 있는 회로 같은 구조이다.

미음자(ㅁ)의 앞쪽 중앙, 바로 현관에서 왼쪽으로 이동하기 시작한다. R의 얼굴이 갑자기 떠오른다. 이 나라에 와서 가장 대책이 없기로는 가르치려 해도 배울 학생이 없는 것이었다. 이 나라는 여인들에게 글을 가르치지 않았고, 글은커녕 그녀들에게는 영혼조차 없다고 여기는 듯했다. 그 철갑 같은 편견 속에서도 글을 배우겠다며 한 여성이 자발적으로 찾아왔으니 지금도 그 기쁨을 잊을 수가 없다. 이 한옥 학당이 만들어지기 전 정릉동의 내 방에서 처음 만났을 때,

그녀는 영어를 배워 왕후의 통역관이 되고 싶다고 했다. 목적이 뚜렷하고 야심이 큰 여성이어서 글을 아주 잘 배울 수 있으리라 여겼었다.

인포메이션 데스크가 보인다. 인포메이션 데스크에는 한 젊은 여인이 앉아 있다. 내가 다가가는 줄도 모르고 고개를 숙이고 있다. 그녀는 공기 같이 가벼운 내 발자국 소리를 듣지 못한다. 짧은 커트 머리 옆으로 드러난 귀가 생쥐머리처럼 자그맣고 귀엽다. 말을 걸어 볼까하는 순간, 꽃님과 별단이 어디선가 튀어나왔다. 이들은 자취를 감추었다가 뭔가에 이끌리듯 내 주변으로 되돌아오곤 한다. 쌍둥이처럼 똑같이 머리를 길게 땋았다. 그들은 인포메이션 데스크 앞에서 장난을 치다가, 기다란 복도와 호기심을 따라 다시 달아나듯 사라졌다.

미음 자(ㅁ) 왼쪽 복도 끝 모서리에 '당장실'이라는 팻말이 붙은 문이 보인다. 약간 긴장하며 호흡을 길게 몰아쉰다. 들어가니 정면에 커다란 사진이 걸려 있다. 반사적인 두려움이 스치고 나니 가슴 한쪽이 저리다. 사진을 숨겨놓을 밖에 없었던 것은 오랫동안 학생을 얻지 못했기 때문이다. 사진 찍는데 필요한 약물을 만들기 위해 내가 여자아이들을 뜨거운 솥에 삶는다는 소문이 돌았기 때문이다. 내가 길에 나타나면 부녀자들은 부리나케 달려가 문을 걸어 잠궜고, 아이들은 기겁한 듯 비명을 질렀다. 사람들이 나를 푸른 눈을 가진 귀신이라고 부른다고 들었다. 헌데, 이제 당장의 사진을 학당에 당당하게 걸 수 있게 된 것이다.

당장실의 창문에 붙은 창호지라는 종이를 걸러 들어온 부드러운 황금빛 햇살이 방 안과 책상과 의자 위를 어루만지고 있다. 책상 뒤쪽으로 다가가 꼭 닫힌 봉창을 열어젖힌다. 후두둑 놀라 날아오르는 날갯짓 소리와 투명한 원소같은 공기가 쏟아져 들어오고, 푸른 하늘 아래로 세상 풍경이 깊은 골짜기처럼 깊게 펼쳐져 있다. 직사각형의 봉창은 정릉동의 생기를 액자처럼 가두고 있어, 그 풍경화 위로 흰 꽃잎들이 눈처럼 떨어지고 있다. 이 향기의 정체는……프랑스 왕가의 수선화를 떠올리게 하던 바로 그 하얀 꽃, 바로 배꽃이다. 고종황제께서 학당에 리화라는 명칭을 하사하신 것도 바로 이 언덕을 에워싸고 있는 하얀 배꽃들 때문이다. 이 나라 황제께서 공식인정하고 하사한 '리화학당' 이라는 현판 덕분에 아이를 살찌워 잡아먹는다거나 사진의 고약으로 쓴다는 악의에 찬 소문은 점점 사라져 갈 것이다.

당장실을 나와 미음자(ㅁ)의 90각도가 꺾인, 오른쪽 복도로 접어든다. 당장실 다음에 교무실, 교실, 그리고 기숙사로 쓸 여러 개의 방들이 줄지어 있다. 마치 숨바꼭질이라도 하는 모양, 꽃님과 별단은 사라졌다 나타나기를 반복한다. 둘이서 서로를 찾는 것 같기도 하고, 둘이서 나와 숨바꼭질 하듯 얼굴 반쪽 혹은 손 하나를 내밀었다가 순식간에 사라지도 한다. 이름을 불러도 놀이에 신나서 올 생각은 전혀 없어 보인다. 얼핏 이 방, 설핏 저 방, 혹은 허공 속으로 들어가 버리기도 했다. R에 이어 온 저들은 이 학당을 위해 운명적으로 미리 준비된 아이들이었다.

R이 떠난 이유는 지금 생각해도 명확하지 않다. 그녀에게 하늘을 가리키며 스카이, 혹은 꽃을 보며 플라워라고 하면 곧잘 따라하곤 했다. 꼭 왕후의 통역관이 되고 싶다던 그녀는 웬일인지 3개월 이후에 더 이상 나타나지 않았다. 두 번째 학생 꽃님은 굶어 죽을 수밖에 없는 한 어머니가 마지막으로 낸 용기 덕분에 온 아이였다. 세 번째 학생 별단은 선교사 의료진이 전염병으로 성밖에 버려진 한 여인을 치료할 때, 그 여인의 품에 안겨 자지러지게 울던 아이였다. 네 번째 학생 김정동은 같이 입국했던 아펜셀러 목사를 돕던 사람의 딸이고, 다섯 번째 학생 금실은 종으로 팔려가던 것을 돈을 주고 다시 사온 아이였다. 내 첫 번째 학생 R이 떠난 후, 나머지 네 명의 학생과 함께 이 새 학당으로 이사를 온

것이다.

 이 한옥은 학당이자 오갈 데 없는 아이들의 기숙사이다. 네 명의 학생들뿐만 아니라 앞으로 늘어날 모든 학생들의 먹을 것을 충당해야 할 것이다. 아이들에게 하얀 우유를 공급하면 뼈도 단단해지고 키도 많이 자랄 수 있을 것이다. 이상한 것은 소가 있는 집들을 더러 보았지만 우유를 구할 수가 없었다. 알아보니 이 나라에서 우유는 왕실 사람과 송아지들만 먹는다고 했다. 송아지에게 다른 것을 먹이고 우유를 갓난애들에게 먹이면 훨씬 좋을 것이지만, 송아지가 먹을 우유를 사람이 뺏는 것은 이 나라의 사고방식은 아니었다. 그래서 어린 학생들에게 물에 쌀알 몇 개를 푹 고은 멀건 흰죽을 먹였다. 영양가는 우유에 비해 턱없이 부족했다.

 늘어날 모든 학생들의 입을 것도 모두 충당해야 한다. 이 나라 사람들은 한결같이 배꽃같은 흰색을 좋아했다. 남자들은 양반에서 농민까지 긴 두루마기, 저고리, 바지, 적삼, 그리고 바지를 동여맨 대님이라 부르는 줄이나 머리의 띠까지 흰색을 사용했다. 여자들도 대부분 흰색의 짧은 저고리와 검은색 긴 치마를 입었다. 흰옷은 쉽게 더러워졌고 그것을 빨 세제는 잿물이 거의 전부였다. 빨래는 이 나라 여성들의 노동과 시간을 통째로 잡아먹고 있었다. 어린 아이들에게는 색색이 다른 색깔을 이어 붙인 색동이라 부르는 소매가 붙은 옷을 입혔는데, 그나마 여유가 있는 집안의 아이들이었다. 내 네 명의 학생들 중에 그런 축복의 색동옷을 입어 본 아이는 없었다.

 복도를 따라 걸어가고 있는 한 여인의 뒷모습이 보인다. 그녀는 가슴을 옥죄는 전통적인 긴 치마를 입지 않았다. 월터 선생이 개량한, 겨드랑이가 드러나는 짧은 저고리와 조끼허리 치마도 아니다. 장단지가 드러난 치마! 게다가 머리도 땋거나 쪽을 찐 것이 아니라, 길게 풀어 헤쳤다. 이 나라에서 머리를 풀어헤치는 일은 상을 당한 여인이 곡을 하기 위해서거나 처녀귀신이 되었을 때나 가능하다. 지금 복도를 걷고 있는 여인은 화려한 보라색 스커트까지 거의 닿을락말락한 긴 머리를 풀어헤치고 있어, 걸음을 옮길 때마다 머리끝이 물결처럼 출렁거린다. 발뒤꿈치를 세워 걷는 그녀의 모습을 보며, 나는 맷돌에 놓인 하이힐을 떠올렸다. 그녀는 큰 걸음으로 앞서 걸어가 버린다.

 복도를 따라 걷다가, 네 번째 방에 들어섰다. 아! 이상한 일이 아닌가. 로드 와일드 씨와 한국인 교사 이경숙 씨의 사진이 붙어 있다. 그들은 한옥학당이 완성된 후 일 년 혹은 삼 년 뒤에 이곳에 도착했다. 아, 시간이 갑자기 빠르게 흐르기 시작한다. 이들이 온 것은 학생 수가 계속 늘어나고, 학생들이 늘어나면서 공부할 과목도 늘어났을 때였다. 경숙 씨는 쪽을 찐 한국 여자 교사로 한글과 바느질을 가르쳤고, 로드 와일드 씨는 영어를 가르쳤다. 잠깐 복도를 따라왔을 뿐인데…… 시간의 흐름이 심상찮다. 하기야 처음 이 나라에 와서도 유사한 혼란이 있었다. 이 나라 사람들은 대부분 걸어 다녔고, 물 항아리를 이고 등에 무거운 보따리를 지고서도 처음부터 끝까지 재빠르게 걸었다. 방심한 사이에 그들은 어느 새 훌쩍 멀리 가 있곤 해서 당황스러웠는데, 이경숙 씨와 로드 와일드 씨의 사진을 보자 그때와 비슷한 기분이 들었다.

다시 복도로 나왔다. 다섯 번째 방으로 들어섰을 땐, …… 이럴 수가 있을까. 나는 당혹스러워 손으로 얼굴과 눈을 문질렀다. 정신을 차리고 앞을 똑바로 바라보았다. 어떻게 이럴 수가 있을까. 나는 벽에서 눈을 뗄 수가 없었다. 정면에 버젓이 리화학당의 양관 교사 사진이 붙어 있었기 때문이다. 이 서양식 교사는 한옥학당이 세워진 지 10년이 지난 후 그것을 헐어내고 다시 지은 것이 아닌가. 시간의 순서가 뒤바뀔 수는 있지만 헐어내고 다시 지은 새 양관 교사의 사진이 헐어낸 건물 위에 붙어 있을 수는 없는 일이었다. 말도 안 되는 일이다. 무너진 건물 뒤에 세워진 건물의 사진이 무너진 건물에 붙어 있다는 것은, 불가능한 일이다. 하지만 붙어 있다.

매우 오랜 시간이 지나, 나는 이곳에 다시 돌아왔다. 이 같은 혼란은 그 시간적인 간격을 단숨에 줄여서 일어난 부작용일 수도 있겠지만, 현실의 시공간이 이처럼 뒤죽박죽된 꿈처럼 나타날 수는 없었다. 나는 1886년에 완성된 한옥 리화학당에, 마침 이사하는 날에, 잘 도착했다. 그래서 이 새 집의 송송한 송진 냄새를 당연하다고 여겼다. 하지만 이 공간은 빠르게 혹은 한꺼번에 흐르고 있다. 한옥은 조금씩 더러워지고, 때가 타고, 균열이 일어나야 할 터인데, 막 지은 것처럼 신선하고 깨끗한 상태 그대로이다. 많은 세월이 흐른 뒤에 찾아 온 집이 세월이 흐르기 전과 똑같은 상태 그대로 머물러 있는 것이다.

이곳을 다시 찾아온 것은 단순한 추억이나 정들었던 사람들과의 재회나 혹은 두고 온 소중한 것에 대한 미련 때문이 아니다. 내가 이곳에 온 것은 누군가의 초대를 받았기 때문이다. 그가 누구인지 나는 아직 알지 못한다. 이곳은 당연히 많이 변했다. 한가했던 도시는 부산해지고, 인구도 많아지고, 따라서 이 학당의 학생 수도 늘어나고, 삶의 양태나

머리 모양이나 의복도 달라졌다. 그래서 학당 입구 댓돌위에 놓였던 하이힐, 인포메이션 데스크 앞의 짧은 커트 머리의 여자, 당장실에 걸렸던 사진, 복도에서 걸어가던 보라색 스커트 여성 등도 별 의심없이 지나쳤다. 하지만 허문 한옥 위에 세워진 양관 교사의 사진이 붙은 한옥에 내가 여전히 있다는 것은, 아무래도 조금 불안하다. 사라져버린 폐옥 속에 내가 있는 것은 아닐까. 무너진 폐옥을 과거의 내 집인 냥 믿고 있는 것일까. 그것은 분명 아닐 것이다. 옹이가 여기저기 박힌 원목으로 새로 지은 산뜻한 한옥 안에, 내가 있는 것이 분명하기 때문이다.

나를 알아보는 누군가를 만나야만 할 것 같다. 문제는 시간이 너무 많이 흘러 나를 알아볼 사람이 있을까 하는 점이다. 나의 초청자를 먼저 찾아야 한다. 마침 복도 맞은편에서 이쪽을 향해 걸어오고 있는 한 여성이 보인다. 그녀는 또각또각 구두 굽 소리도 없이 공기처럼 스르르 다가오고 있다. 그녀와 나는 점점 가까워지고 있다. 나는 큰 기대없이, 아니 전혀 기대할 수 없는 상황에서, 그녀에게 저, 말을 걸었다. 놀랍게도 그녀가 발을 멈추었다. 내 목소리를 알아들은 것이 분명했다. 그녀의 표정으로는 내 얼굴도 알아본 모양이다. 나도 그녀가 누구인지 알 수 있을 것 같았다. 머리 모양은 달라졌지만 가냘픈 몸매나 총명한 눈빛은 예전 그대로이다. 내가 그녀의 이름을 부르기도 전에 그녀가 먼저 나를 불렀다.

"대부인, 대부인?"

"에스더, 박 에스터 맞지?"

우리는 서로의 손을 잡았다. 새털보다 가벼운 손이다. 바로 나의 네 번째 학생이었던 김점동이었다. 그녀는 조금 전 열 살 아이로 나를 따라와 새 한옥을 구경하느라고 사라졌는데, 내가 미음 자(ㅁ) 복도를 따라 칸칸이 방 구경을 하는 동안 어느 새 어른이 되어버린 것이다. 그녀는 저고리가 아니라, 얌전한 하얀 블라우스와 검은 치마를 입어 박유산과 결혼한 후의 모습을 하고 있다. 김점동은 결혼하면서 남편의 성을 따라 박으로 바꾸고 세례명 에스더와 함께 박 에스더가 되었다. 시간의 순서대로 나이를 먹었다면, 에스더는 최소한 백 살 이상의 백발 할머니이어야 한다.

"얼굴이 창백해 보이는구나."

에스더는 삼십 대 여자 정도의 수척한 모습이다. 모자를 깊게 눌러쓰고, 햇살을 피하는 모양, 눈을 가늘게 뜨고 있다. 그녀의 외관이 희미해 보여 걱정이 되었다. 리화학당에서 인연을 맺은 후, 그녀와 내가 헤어진 것은 오래전 일이다. 리화학당에서 당장직을 떠난 후 나는 지방 선교활동을 다녔기에, 의학공부를 위해 미국으로 공부하러 간 그녀와 영영 이별을 할 수밖에 없었던 것이다.

"의사가 되려면 네 몸부터 건강해야 한다."

에스더는 희미하게 웃었다. 에스더는 이전에는 의사였지만 이제는 더 이상 아니라고 했다. 이전? 박 에스더의 말이 혼란스러웠으나, 새로운 세계에 왔을 때는 시간과 공간 개념을 너무 따지지 않아야 한다는 생각이 들었다. 저녁 먹고 나서 만나자면, 저녁 먹는 시간이 사람마다 다른데도 이 나라 사람들은 별 탈없이 잘 만나지 않던가. 어디 그 뿐이랴. 길을 물으면 조금만 가면 된다고 했으나, 그 조금이 하루 꼬박 걸어야하는 거리가 아니던가.

"어떻게 이곳에 오셨어요?"

"누군가의 초대를 받았다. 그런데 너는?"

"저는 이 곳에 가끔씩 들러요. 긍지를 되찾고 싶을 때는요. 제가 살아온 수많은 시간 중에 이 학당에 있을 때 내가 나를 가장 확인할 수 있었거든요."

"어떻게 너를 너 자신이라고 확인할 수 있니?"

"피와 살로 이루어진 육신으로만 우리를 확인하는 것은 아니잖아요. 그랬다면 대부인과 저는 서로 못 알아보았을 거예요."

"그래 다시 긍지를 찾았니?"

"네. 당장님을 만나니 더 확신이 섰어요. 이제 이곳을 떠나 그곳이 어느 곳이던 가서, 제가 감당할 수 있는 작은 시골에 가서 머무르고 싶어요. 신에게 인간에게 봉사하면서요. 대부인처럼요. 저를 꼭 한번 껴안아주세요."

우리는 서로를, 긍지가 든 영혼을 안았다. 순간, 나는 이 한옥이 새 건물이건, 곧 무너져 내릴지도 모를만큼 내구력이 많이 떨어진, 어쩌면 이미 무너져버린 건물이라도 상관없다는 생각이 들었다. 사실 오랜 세월이 지났는데도 예전 모습 그대로 멀쩡하다면 도리어 끔찍한 일이었다. 그렇다면 우리는 이미 오래전에 무너져버리고 자취도 없는 폐옥 속에서 만난 것인지도 모른다. 눈에 보이는 것이 전부는 아니다. 박 에스더와 나의 만남은, 우리의 이 밀회는 눈에 보이지 않는, 시공간을 초월한, 인간을 초월한 만남이었기 때문이다. 창백한 얼굴에 혈색이 도는 듯 살짝 분홍빛이 스치더니, 에스더는 불현듯 사라져갔다. 나는, 새집인지 옛집인지 알 수 없는, 확실한 미음자(ㅁ) 복도를 따라 계속 나아간다.

나를 초대한 자를 어디서 찾을 수 있을까. 이 초대의 목적은 무엇일까. 이 꾸불꾸불한 시공간의 어느 지점에서 나의 초청자를 만날 수 있을까. 시공간이 지금처럼 꾸불꾸불하다면 초대자건 박 에스더건 다시 만나게 될 것이다. 직선에서 한번 지나치면 다시 만나기 어렵지만 구불구불하면 언젠가 다시 조우하지 않겠는가. 이 나라의 꾸불꾸불한 논밭의 경계선처럼 말이다. 이 나라에 처음 와서 이해하기 어려웠던 것들 중의 하나는 시간이나 땅 쓰임에 손해를 보면서도 매우 꾸불꾸불한 경계선을 만드는 것이었다. 그런데 나중에 알게 된 사실은 여름에 한꺼번에 비가 내리기 때문에 둑을 곧게 만들었다가는 논밭이 모두 떠내려 가버리기 때문이었다. 꾸불꾸불함이 바로 삶을 지탱하는 방식이었다.

나는 미음자(ㅁ) 복도의 90 각도를 꺾어, 다시 오른쪽 복도로 접어들었다. 그리고 첫 번째 반쯤 열린 방문 안을 살그머니 들여다보았다. 그 안에서 웅웅거리는 소리 혹은 사람의 말소리가 났기 때문이다. 살펴보니 납작하고 긴 상자에서 사람들의 모습과 목소리가 나왔다. 과거에 내가 이 나라의 관리들에게 리화학당을 소개하기 위하여 사용하던 환등기와는 많이 달라 보였다. 환등기는 한 장 한 장 수동으로 화면이 바뀌었다면, 이 방의 기기는 화면이 자동으로 빠르게 지나갔고 목소리도 자동기기에서 울려나왔다. 골똘하게 영상 상자를 바라보고 있는 여자는, 그렇다! 복도에서 뒷모습만 보았던 보라색 스커트의 여성이다. 비록 머리를 풀어헤치긴 했지만 그녀는 처녀귀신이 아니라 분명 산 사람이다. 호기심에 휩싸여, 나는 그녀 곁에 가만히 앉는다.

아, 나는 너무 놀라 하마터면 의자에서 떨어질 뻔하였다. 내가 어떻게 여기 있는 줄 알고 내 아들의 얼굴을 보여줄 생각을 한 것일까. 그가 리화학당 안에 보구여관을 열어 여성들만을 위한 의료사업을 펼쳤다는 사실과 함께 말이다. 화면에서 아들의 얼굴을 보니 감동과 그리움이 밀물처럼 밀려왔다. 나를 초대한 이는 나를 위해 이렇게 만반의 준비를 한 모양이었다. 그 다음 화면에 나타난 것은 방금 만났던 김점동의 얼굴로, 한국 최초의 여의사 박 에스더로 소개되고 있었다. 헌데, 사진 밑에는 생존연도가 1877~1910년으로 적혀 있다. 에스더가 삼십을 갓 넘긴 나이에 세상을 떠났다는 이야기다. 조금 전 내가 만난 모습은……그 희미한 모습은 이미…….

영상화면을 통해 여전히 많은 지인들과 풍경들이 지나갔다. 내 머리 속에 들어 있는 기억을 누군가가 고스란히 영상으로 옮겨 놓았다 해도 좋을 만큼 생생했다. 리화학당의 교실 칠판에 언문 · 영어 · 한문을 동시에 쓰고 있는 세 학생의 모습, 최초의 인체 생리학 교과서인 '전테공용문답', 학생들의 수업을 참관하는 학부형들의 모습, 학생들이 방과 후 다듬이질 하는 모습, 취침하는 모습도 보였다. 김치를 담그는 김장방학의 사진도 보였다. 리화학당 선생들이 성숙한 처녀학생들에게 신랑을 구해 시집보내는 동시에 졸업을 시키는 사진도 보였다. 1908년에 이화의 창립 기념일을 5월 31일로 정하고 공식적인 기념식과 행사를 거행하는 장면도 지나갔다.

그 때 방 안으로 누군가 들어섰고, 보라색 치마를 입은 여성과 나는 그 쪽으로 고개를 돌렸다. 우뚝, 나는 문 옆에 선 바지에 먼저 시선을 빼앗겼다. 입고 있는 바지는 미국의 광산촌에서 일하는 남자들이 입던 것과 유사했다. 미국에서도 개척시대에 천막으로 사용하던 두꺼운 천, 처음에는 갈색이었으나 나중에 푸른색을 넣어 만든 청바지라는 것이었다. 그런데 그것을 입고 있는 사람은 남성이 아니라 여성이었다. 어떻게 이 나라 여성이 청바지를 입게 되었을까. 그녀는 광부 같지도 막노동을 하는 것 같지도 않았고, 빨간 매니큐어와 함께 매우 발랄하고 아름다워 보였다. 청바지 여성이 내 자리에 앉으려고 하는 것 같아, 나는 얼른 옆자리로 옮겨 앉았다.

"선배, 어디 갔나 했는데, 비디오실에 있었군요."

"응. 저것 봐."

그때 화면에 한 묘비가 잡혔다. 검은 어둠이 내리는 묘비에 마지막 황금빛 햇살이 내려앉고 있었다. 양화진에 있는 스크랜튼 선생의 묘비라는 글자가 지나갔다. 나는 그 묘비를 애잔한 마음으로 바라보았다. 두 여성도 물끄러미 그 묘비를 바라보고 있었다. 실내와 영상에 동시에 침묵이 흘렀다. 스크랜튼 선생은 1909년에 생을 마감했고, 외국인 묘지에 묻혔다는 설명이 나왔다. 나는… 그녀를 알고 있다. 그녀는 외국인 묘지에 묻혔지만 자신을 외국인으로 느끼지 않았을 것이다. 그녀가 외국인이라고 생각했다면, 그래서 먼 훗날 이 나라에 온 다른 외국인들이 그녀를 잊어버리고 나면 더 이상 아무도 그녀의 묘지를 찾지 않으리라는 두려움이 있었다면, 그녀는 아마 이 나라에 자신을 묻어 달라고 유언하지 않았을 것이다.

양화진 묘비 이후에는 기억에 남아있는 풍경이나 사람이 화면에 지나가지 않았다. 그것은 당연했다. 한데 4대 프라이 당장과 5대 월터 당장에 이어, 1922년에 아펜셀러가 이화전문학교 설립자인 제6대 교장에 취임하고 있었다. 인연이란 참 신기할 따름이다. 아기 아펜셀러! 선교활동을 하기 위해 조선에 입국한 아펜셀러 목사의 아내가 임신을 하고 있었고, 이 나라에 들어와서 아이를 낳았다. 그날 밤 날씨가 너무 추워 산모는 벌벌 떨었고, 나는 찬 바닥에 아기를 놓을 수 없어 품에 안고 밤을 새우면서, 이런 끔찍한 환경을 개선하기 위해서는 여성들을 위한 교육시설을 세워야겠다고 마음을 굳혔던 것이다. 세상에 나오면서 터뜨린 첫 울음으로 내 인생의 방향을 바꾸어놓은 그 신생아가 자신의 미래의 방향도 이미 그때 정하고 있었던 셈이다. 인간의 인연과 역사는 이처럼 간절하게 서로에게 영향을 끼치며 이어져 내려가는 모양이었다.

"선배, 도움이 될 것 같아요?"

보라색 치마의 여성은 메모를 간간이 했고, 청바지 여성은 혼잣말처럼 툭툭 던졌다. 아펜셀러 교장이 이화전문학교를 위해 15만평 교지를 확보하여 신촌으로 이사를 했다는 기록이 지나갔다. 학교가 신촌으로 이사를 했다고? ……그렇다면 과거와 똑같은 규모와 모양의 이 한옥 리화학당은 어떻게 된 것일까?

청바지 여성은 비디오실이 조금 작다며, 편안하게 기댈 수 있는 소파가 있으면 좋겠다고 했다. 보라색 치마의 여성은 여기는 카페가 아니라며 웃었다. 커피의 유사색깔 때문인지, 나는 오래 전에 까마득하게 잊어버린 숭늉이 떠올랐다. 밥을 짓고 난 무쇠 솥바닥에 달라붙어 적당히 탄 누룽지에 물을 붓고 끓인 것, 블랙 티처럼 씁쓰름하면서도 고소했었다. 이곳에 와서 처음으로 인간의 갈증 같은 것이 느껴졌다.

"선배는 대학교 다니면서 무엇이 가장 힘들었어요?"

"길을 잃어 학교를 잘못 찾아온 느낌이 있었지. 나는 분명 이화여자대학교에 들어갔는데, 그곳에는 여대생들뿐만 아니라 남자들이 수없이 많았거든."

"뭐, 학교 안에 수위 아저씨도 남자이고, 교수님도 남자이고, 이화사진관 아저씨라고 항상 카메라를 들고 다니며 사진을 찍던 아저씨도 남자였잖아요."

"농담이 아냐. 처음 학교 입학할 때는 분명 여자들만 다니는 듯 했지. 그런데 두 달 정도 지나니 교문 앞에 군인들이 서서 지키기 시작하더란 말이지. 내가 모르는, 눈에 보이지 않는 거대한, 눈으로 포착이 되지 않는 움직임들이 느껴졌지. 조금 지나니 학교 밖에 서 있던 군인들이 학교 안에서 둘씩 짝을 지어 돌아다녔어. 학교를 잘못 찾아들지 않았다면, 악몽이거나 열병 때문에 환영에 사로잡힌 것은 아닐까했지. 당시에는 허가증 없이는 남자라면 누구도 들어올

가장 전망이 좋은 집 171

수 없는 곳이 이화여대였으니까. 어떻게 이럴 수가 있을까 하는 사이에, 군인들이 마치 군대 연병장처럼, 새까맣게, 쏟아져 들어와서 자유롭게 활보했지. 그들은 우리의 가방과 우리의 도서관 통행까지 검사하고 감시하고 다녔다."

"음, 언니가 입학한 시점이 517비상계엄이 선포된 때잖아요."

"더 끔찍했던 것은 여자대학교에 남자들이 하나둘 늘어날 때면 상대적으로 여대생들이 하나둘 사라져가는 느낌이었어. 같이 공부하던 혹은 데모하던 친구가 어느 날부터 갑자기 보이지 않는 거야. 시골집에 내려갔는지, 소문대로 어디로 잡혀갔는지, 하나, 둘, 그렇게 자취를 감추었지. 가장 충격적이었던 것은 어느 날 3학년의 총학생장까지 실종되고 말았지."

그들의 대화를 들으며, 리화학당(이화여자대학교로 개칭했다)이 겪은 세태의 변화를 짐작할 수 있었다. 정치적인 사건과 함께 80년대 대학가가 혼란스러웠던 모양이었다. 학교에 들어와서 박 에스더처럼 긍지를 배우기보다 군정에 의해 억눌리는 경험을 한 듯했다. 80년대 초에 입학을 했다면 그들은 이미 중년을 넘어선 나이였다. 나는 보라색 여성을 눈여겨보았다. 대학에 와서 학교를 잘못 찾아왔다고 느겼던 그녀의 감정을 나도 이곳에 와서 고스란히 느끼고 있기 때문이다. 분명히 찾아든 건물은 리화학당이 틀림없는데, 그 안에 있어야 할 사람들의 모습이 전혀 다르거나 아예 사라져버린 것이다. 더구나 나의 리화학당과 보라색 여성의 이화여자대학교는 서로 다른 학교가 아니라, 바로 같은 학교였기 때문이다. 우리는 서로의 과거와 미래를 살고 있었다.

"저는 적용된 졸업정원제에 걸린 학년이었잖아요. 그 족쇄 때문에 친구들과 밤낮 경쟁했던 것이 끔찍해요. 그런데, 선배는 어떻게 소설가가 됐어요?"

"글쎄, 그때 사라져간 사람들이 다 어디로 갔을까하고 생각하곤 했지. 그러다보니, 엄연히 존재하는데 우리가 보지 못하는 세계가 있는 것이 아닐까 하는 생각이 들었어. 지금 우리가 하는 이야기를 듣고 있는 자들이 있을지도 모르지."

"CCTV가 설치되어 있다는 거예요?"

"CCTV보다 더 성능도 좋고 섬세한 감정을 지닌 어떤 존재일 수도 있지."

자신들의 이야기를 듣고 있는 존재가 있을 수도 있다는 말에, 나는 도둑 제 발 저리듯 가슴이 뜨끔했다. 하지만 나를 두고 한 말은 아닌 것 같아 모르는 척 앉아 있었다.

가장 전망이 좋은 집 173

"선배가 이곳에 오자고 했을 때 조금 망설였는데, 오길 잘 했어요. 오랜만에 학교 오니까 정말 좋아요. (웃으며 허공에 대고) 우리의 말을 지금 훔쳐 듣고 있니?"

두 여성은 소리 내어 웃었다. 나도 가만히 미소를 지었다. 청바지 여성의 말을 들으니 왠지 안심이 되었기 때문이다. 그들이 오랜만에 학교를 방문했다는 말로 추측하건데, 내가 찾아온 곳은 분명 눈에 보이는 그대로, 리화학당은 건재한 건물임에 틀림이 없다. 쇠못과 나사로 조인 원목들이 이리저리 솜씨좋게 이어 만들어진, 산 사람이 지금도 들고나는 실제 공간이 틀림없는 것이다. 걱정했던 것처럼 완전히 사라져 자취도 없는 폐옥이 아니고, 나도 그 안을 찾아드는 떠도는 영혼이 아닌 것이 분명하다. 긴 세월동안 너무 많이 변해 내가 따라잡지 못하고 있을 뿐이다. 내 과거의 기억, 비디오실의 영상화면, 그리고 이 두 여성의 대화를 통해 리화학당의 변화와 미래를 스케치처럼 이어 맞출 수 있는 것이 그나마 다행이었다.

두 여성을 따라 나도 자리에서 일어났다. 비디오실을 나와, 나란히 걷는 그들 뒤를 따라갔다. 그들은 시간과 함께 변한 것에 대한 이야기를 주고받았다. 늘어지는 피부에 대해, 늘어나는 주름에 대해, 약해지는 시력에 대해서 ……

언제 둘이 같이 파리여행을 떠나자는 약속도 했다. 이야기에 빠져 그들은 몇 개의 방을 그냥 지나쳤다. 나는 문득 우리가 몇 년도에 있을까 하는 궁금증이 들었다. 두 여성은 '편지 쓰는 방'이라는 글자가 새겨진 방 앞에서 발길을 멈췄다. 이곳을 방문한 느낌이나 소감을 편지로 남겨 놓으라는 설명이 '편지 쓰는 방' 밑에 붙어 있었다. 청바지 여성이 손을 내저으며 말했다.

"쓰고 싶으면 선배나 써요. 나는 산책이나 하고 있을게요."

청바지 여성은 미음자(ㅁ)의 마지막 90도를 꺾어 현관 쪽으로 향했고, 보라색 여성은 '편지 쓰는 방'으로 들어갔다. 나는 보라색 여성을 따라 들어갔다. 그녀는 조용히 앉은뱅이책상 앞에 앉았다. 앉은뱅이책상 위에는 원고지와 잘 깎은 연필이 놓여 있었다. 그녀는 한참동안 생각에 잠긴 듯 원고지를 바라보고 있었다. 드디어 사각사각 글씨를 쓰기 시작한다.

"스크랜턴 부인에게"

나는 화들짝 놀라 그녀의 얼굴을 바라보았다. 마치 그녀는 내가 곁에 있는 것을 아는 것 모양 말을 걸었던 것이다.

"며칠 전부터, 나는 당신을 만날 방법을 상당히 찾아 헤

맸습니다. 도서관을 뒤져 당신에 대한 자료를 모았고, 조용히 당신의 이름을 불러보기도 했습니다. 밤에 잘 때 당신이 올 수 있도록 꿈의 창문들을 모두 열어 놓기도 했습니다. 하지만 당신을 만날 수 있다는 확신이 없어 이곳을 찾아왔습니다. 최소한 여기서는 당신의 체취를 느끼고 운이 좋으면 당신을 만나게 될지도 모른다고 생각했기 때문입니다.

내가 왜 당신을 간절하게 만나려고 하는지 아십니까. 나는 이름없는 한 소설가입니다. 한데, 얼마 전, 대학 다니며 겪었던 성장통에 관한 소설을 써달라는 청탁을 받았지 뭡니까. 물론 소설을 잘 쓰고 싶어 당신을 만나고 싶었는지도 모릅니다. 하지만 그보다 청탁을 받는 순간 제일 먼저 나는 당신을 떠올렸습니다. 왜 그랬을까요? 내가 대학에 들어갔을 때 당신은 이미 이 세상 사람이 아니어서 얼굴을 본 적도 만난 적도 없는데 말이죠. 아마 당신의 동상 곁에, 혼자, 앉아 있던 기억 때문인지도 모릅니다."

나는 편지를 훔쳐보면서, 몸 안으로 뜨거운 기운이 천천히 차오르는 것을 느꼈다. 아니 눈시울이 뜨거워지는 반가움과 벅찬 감동이 일었다. 나는 비로소 내 초청자를 발견한 것이다. 나는 반가워서 손을 내밀었지만 허공에서 멈추었다. 그 여성은 보라색 치마 아래 가지런히 다리를 접고 편지를 써내려가고 있었다. 내가 이곳에 초대받은 이유는 바로 이것이었다. 소설가의 강렬한 영혼의 부름이 나를 이곳에 끌어들인 것이다.

"스크랜튼 부인! 때로 당신의 동상 곁에 비켜나 앉아 있었던 이유는, 보이지 않는 적이 두려워서만은 아니었습니다. 시대의 소용돌이 속에 온몸을 던지지 못하는 젊음의 자책도 들어있었을 것입니다. 내가 이 세상에서 할 수 있는 것이 별로 없다는 무기력감에 휩싸여 있었으니까요. 그러다가 말도 통하지 않는 먼 나라에 와서 천대받는 여성을 위해 학교를 세울 계획을 세우고, 그것을 실천한 당신을 문득 떠올리고는(동상 옆에 여러 날 앉아 있었지만 그 생각은 전혀 하지 못하고 있었기에), 나는 비로소 툴툴 털고 일어나 대학생활을 제대로 해나가기 시작했던 것 같습니다. 죄책감과 무기력감에서 어느 정도 벗어났던 것이지요."

비로소 나는 육신을 주장할 수 없는 상태가 안타깝게 느껴졌다. 그녀의 초청을 받아 이렇게 왔지만, 그녀는 나를 볼 수 없는 것이다. 내가 이곳에 이렇게 와 있으며, 나에게 편지 쓰는 당신을 보고 있다는 것을 말해주고 싶어도 소용이 없는 것이다. 우리는 박 에스더처럼 서로 만날 수도 서로

터치할 수도 없다. 나는 스스로 존재하는 자는 아니었다. 지금처럼 타인의 강렬한 기억이나 영혼의 부름에 대답하는 존재이기 때문이다. 혹은 상상의 힘에 의해 모습을 드러내는 존재이기 때문이다. 보라색 여성은 잠시 연필을 원고지 위에 놓고 생각에 빠졌다. 나는 그녀를 가만히 바라보는 것 외에, 다른 도리가 없었다. 그녀는 앞서 쓴 내용을 다시 확인하는 듯하더니, 편지지의 끝부분을 채워나갔다.

"스크랜튼 부인! 당신이 한 명의 학생으로 시작한 이래 백년이 더 지난 지금까지 이 학교는, 은하계의 별처럼, 수많은 학생들을 배출했습니다. 그들이 사회에 나가 여성과 나라를 변화시키면서 일하고 있습니다. 당신이 그때 여성을 위한 학당을 세우지 않았다면, 우리나라 여성사는 많이 달라졌을 것입니다. 당신의 삶을 보면서, 나는 최근 한 인간이 이 세상에 대해 무엇을 할 수 있는지 어렴풋이 깨닫고 있습니다.

스크랜튼 부인! 우리 생의 한 순간, 오늘 이 순간을 기억하며, 안녕!

2009년 1월 11일
소설가 김다은 씀

편지를 한번 접어, 그녀는 옆에 놓인 바구니 속의 다른 편지들 위에 놓았다. 그녀의 편지 말미에 쓰인 날짜 덕분에, 나는 우리가 머물고 있는 연도를 알 수 있었다. 나는 1909년에 죽었는데, 2009년에 다시 이곳에 돌아온 것이다. 작은 기적이나 다름없었다. 한 소설가의 상상하는 힘에 의해 백 년 만에 다시 이곳을 방문할 수 있게 된 것이다. 나는 조용히 그녀를 따라 '편지 쓰는 방'을 나섰다. 그녀는 내 쪽으로 시선 한번 손길 한번 주지 않았다. 하지만 나는 계속 그녀를 따라 현관 쪽으로 갔다. 복도를 따라 처음 들어선 현관에 도착했다. 바로 미음자(ㅁ)를 한 바퀴를 돌아 제자리로 온 것이다. 한 바퀴를 돌아 백 년의 시간을 지나온 것이다.

보라색 여자와 나는 현관을 나섰다. 그녀는 댓돌에 놓인 보라색 하이힐을 신었다. 나는 아예 신발이 없었다. 마당에는 벌레를 찾으러 온 새들의 지저귐으로 소란스러울 정도였다. 마당에는 아까 본 청바지 여인이 어슬렁거리며 동행을 기다리고 있었다.

"선배, 이거 받아요."

청바지 여성은 보라색 치마의 선배에게 책 한권을 내밀었다. 그들은 이제 이곳을 떠날 태세이다. 그들이 떠나면 나도 떠나야 할 것이다. 에스더처럼 가끔 긍지가 필요하거나 누군가의 강렬한 영혼의 부름이 있으면 다시 찾아올 수 있을 것이다. 그나마 생전에 본 적도 없고 들은 적도 없는 소설가의 초대를 받아 백년 만에 이곳을 방문할 수 있었던 것은 정말 행운이었다. 나는 이 학당의 모습을 눈여겨 봐두고 싶어 고개를 돌려 입구를 바라보았다. 그런데 웬일일까. 한옥 학당건물에 '리화학당' 이라는 현판이 보이지 않았다.

"소설 쓰는데 도움이 될까 해서 이 책 샀어요. 역사관에서 기념품으로 팔더라고요. 『이화 100년사』라는 책이에요. 소설 완성되면, 그 작품 꼭 우리 출판사에 건네줘야 해요."

현판이 걸려 있기는 한데, '리화학당' 이 아니었다. 그곳에는 '이화 역사관' 이라는 글자가 박혀 있었다. 내가 엉뚱한 건물을 한옥 리화학당으로 착각을 했단 말인가. 건물을 잘못 찾아들어 그렇게 혼란스러웠단 말인가? 그렇게 어이없는 실수를 했단 말인가. 나는 거의 맥이 풀려 정신이 없었다.

"신문기사 보고 네게 전화한 거야. 옛날 이화학당의 건물을 똑같이 복원해서 이화 역사관으로 만들었다기에 와 보고 싶었어. 이제 돌아가자."

리화학당을 복원한 역사 박물관! 참담한 심정에 빠져 있던 나는 보라색 여성의 말에 귀가 번쩍 열렸다. 그랬구나.

비로소 이 한옥의 비밀을 이해할 수 있었다. 이 새 한옥은 이미 무너져 사라져 버린 폐옥도 아니고, 백년도 더 지났지만 새집처럼 버티는 유령의 집도 아니었다. 옛날 한옥 리화학당의 모습을 축대에서 건물 구조까지 그대로 복원해서 만든 '이화 역사관'이었던 것이다. 이곳에서는 시간과 공간이 다르게 작동 될 수밖에 없었다. 미음(ㅁ)자를 한 바퀴 돌면 이화사 100년이 지나가게 되어 있었던 것이다. 새 한옥 위에 붙어있던 이경숙 씨 사진이나 양관 교사 사진의 수수께끼도 이제야 풀리는 것 같았다. 아! 댓돌 위의 하이힐, 인포메이션 데스크의 짧은 커트 머리 아가씨, 방방마다 붙은 당장의 사진이나 비디오실, 그리고 '이화 역사관'이라는 현판은 바로 역사관의 현재 모습이었던 것이다.

내가 모든 것을 한순간에 깨닫는 사이, 두 여성은 붉은 앞마당에서 서울 시내를 먼 시선으로 바라보고 있었다. 전망이 참 좋다. 두 여성 중 누군가가 감탄하듯 말했다. 나는 어떻게 해서든지 내가 이곳에 왔다는 사실을 알려주고 싶었다. 소설가의 머리 위에 배꽃의 여린 꽃잎 하나가 떨어져 내리고 있었다. 나는 그 꽃잎을 가볍게 후후 불었다. 하얀 꽃잎은 하늘하늘 허공에서 춤을 추다가, 눈이 부신 듯 눈을 가늘게 뜨고 있는 그녀의 앞으로 날아갔다. 그녀는 땅으로 떨어지지 않은 꽃의 춤사위가 신기한 모양 가만히 바라보더니, 손을 벌려 손바닥에 가만히 꽃잎을 받았다.

 두 여성은 마당 끝의 축대 쪽으로 걸어가기 시작했다. 내가 계속 그들을 따라갈 수는 없었다. 메지구름이 태양을 가렸는지 황토 빛 앞마당에 그늘이 드리워졌다. 두 여성은 축대 가운데의 계단 끝에 서 있었다. 나는 '이화 역사관' 현관 앞에서, 그들의 뒷모습에 대고 혼자 중얼거렸다. 안녕! 그들이 계단을 내려가기 시작한다. 한 계단 한 계단 내려갈 때마다, 조금씩, 두 여성의 뒷모습이 사라져 갔다. 청바지의 다리가 사라지고, 허리가 사라지고, 머리가 사라졌다. 상대적으로 키가 큰 김다은의 검은 머리카락이 사라지고, 마지막으로 머리의 정수리가 점처럼 보였다가 완전히 자취를 감추었다. 나는 한동안 텅 빈 앞마당 끝을 바라보고 있었다. 그들은 축대 사이의 계단을 계속 내려가고 있을 것이다.

쥐식인 6

푸른 나르시스

 남자는 곁에 무엇인가가 있다고 어렴풋하게 느꼈다. 눈꺼풀을 열면 금방 사라져버릴 신기루처럼, 그것은 미미했다. 잠을 깬 것은 그 감지될 듯 말 듯 한 기척 때문이었다. 체온같이 미지근하고 솜털처럼 가벼운 것이 스쳐지나간 듯, 여운이 느껴졌다. 그렇지만 옆에 사람이 있다는 생각이 들지는 않았다. 분명 남자는 어젯밤 혼자 잠자리에 들었다.

 생각이 그 곳에 미치자, 남자는 의도적으로 단번에 눈꺼풀을 열었다. 누군가가, 무엇인가가 옆에 있다면 달아날 틈을 주지 않기 위해서였다. 그러나 철제 침대 안에는 아무도 없었다. 머리맡 램프 옆, 어둠 속에서 발광하는 자명종의 두 시계바늘은 4시 40분을 가리키고 있었다. 선연한 방 안의 공기가 들쳐진 이불 속으로 스멀스멀 들어왔다. 창밖에 뿌연 새벽이 다가오고 있었다.

남자는 자신을 깨운 것이 무엇인지 막연하게 짐작하고 있었다. 그것은 사람이면서 사람이 아니었을 것이다. 머릿속에 각인되어 있던 그 여자가 새벽의 기운을 타고 남자의 공간 안으로, 남자의 침실로 들어왔을 것이다. 여자는 길고 섬세한 손가락들로 남자의 머리털을 더듬었을 것이다. 마치 하얀 안개가 몸을 쓰다듬는 그런 부드러운 느낌, 그 아늑함, 그 아늑함 끝에 전해져 오는 날카로운 자극, 몸 안의 모든 잠든 것들을 깨워놓는 감각, 그런 것들이 남자를 눈뜨게 만들었을 것이다. 남자를 깨워놓고 여자는 소리 없이 사라져버렸다.

남자의 삶 속에 그 여자가 들어온 것은 일주일 전쯤이었다. 신제품 '꾸레르 아이스크림' 광고 기획안이 잘 잡히지 않아 초조와 짜증으로 앉아있을 때였다. 두 번이나 기획안을 올렸지만 두 번 모두 퇴짜를 당한 뒤였다. 두세 시간 후에 다시 아이디어 회의가 열릴 예정이어서 막다른 골목에 몰린 것처럼 앉아 있었다. 한순간 지치고 멍해진 눈으로 출

입구 쪽으로 고개를 돌렸던 듯하다.

그때 남자의 눈 안으로 어떤 색깔이 침범해 들어왔다. 유리로 된 출입문에 푸른 얼룩이 움직였다. 얼룩은 점점 커져 가는 듯 했다. 눈을 뗄 수가 없었다. 그 푸른색은 매혹적인 빛을 지니고 있었다. 한순간 그 빛이 눈동자를 베듯이 지나갔다. 그 예리하고 날카로운 빛의 공격에 눈을 감을 수밖에 없었다. 조심스레 다시 눈을 떴을 때, 집시처럼 길고 꼬불꼬불한 푸른 머리털을 가진 여자가 막 사무실 안으로 들어서고 있었다. 여자는 입구 가장 가까이에 있는 직원에게 말을 걸며 무엇을 묻는 듯 했다. 남자에게서 상당히 떨어진 지점에 있었는데도, 여자의 입술이 줌zoom처럼 크게 확대되어 벌어졌다가 닫히는 것이 보였다. 눈을 씻고 다시 보니, 여자의 입술은 본래 크기대로였다. 여자는 난처한 표정을 짓더니 이내 돌아서 사라져갔다.

남자는 벌떡 일어났다. 칼이 스치고 지나간 듯 눈이 얼얼했다. 눈을 떴다 감으며, 사무실 오른쪽 구석에 있는 작은 싱크대의 커피 메이커 쪽으로 다가갔다. 작은 포크와 스푼이 담긴 통을 열었다. 머리에 떠오른 아이디어를 놓칠세라 마음이 조급했다. 포크 하나를 집어 들고, 책상으로 급하게 다시 돌아왔다. 책상 위에는 하얀 접시가 놓여 있었고, 접시 위에는 포장지를 벗겨놓은 치즈처럼 사각 덩어리진 아이스크림이 놓여 있었다. 포크를 들고 사각형 아이스크림 덩어리를 적처럼 노려보았다. 아이스크림 덩어리는 이미 조금씩 녹고 있었다. 녹기 전의 딱딱한 아이스크림 상태와 달리 녹기 시작해 유백색의 걸쭉한 아이스크림을 보자, 아이디어가 더 적중할 것이라는 예감이 왔다.

입술, 입술모양, 약간 벌어진 입술모양, 조금 전 푸른 머리털을 가진 여자의 입술 모양을 놓치지 않으려고 정신을 집중했다. 남자는 녹아내리고 있는 아이스크림 덩어리 위에 방금 전 보았던 여자의 약간 벌린 입술 모양을 포크로 새겨 넣었다.

두 시간 후에 열린 기획회의에서 남자는 상사들로부터 온몸이 흠씬 젖는 칭찬 세례를 받았다. 아이스크림 위에 그려 넣은 것은 여자의 입술이었다. 그런데 기획회의에 참석한 상사들은 남자가 예상했던 것보다 더 강력한 에스이엑스 전략으로 이해했다. 에스이엑스, 발음 그대로 쓰면 SEX였다. 남자는 아이스크림 위에 새겨 넣은 약간 벌어진 입술 안으로 숟가락을 깊숙이 찔어 넣는 장면을 데몬했다. 그런데 상사들은 여자의 입술이 아니라 여자의 SEX에 남자의 페니스가 들어가는 모양으로 확대 해석한 것이다.

광고 속에 성적 상징을 은폐해서 넣는 것은 음흉한 시도나 장난이 아니었다. 광고 속에 SEX라는 글자나 SEX가 지닌 이미지를 소비자 몰래 매몰시켜 넣는 것은 광고관련 사람이라면 모르는 이가 없었다. 이 전략은 매우 효과적이지만 소비자들이 눈치 채지 못하게 해야 하는 단점이 있었다. 걸쭉하게 녹은 아이스크림 위에 새겨 넣은 입술 모양이 아이스크림의 녹아내린 질감 그 자체로 보여 성공한 케이스가 된 것이다. 딱딱한 아이스크림 표면에 입술 모양을 그려 넣었다면 아마 에스이엑스 전략이 드러나 실패한 아이디어가 되었을 것이다. 광고란 들키지 않고 소비자의 마음에 잠입해야만 하는 것이다.

 소비자들은 광고를 볼 때 자신의 머리로 본다고 착각한다. 즉 그 광고를 보고 마음에 들면 물건을 한번쯤 사야겠다고 자신이 주체적으로 선택한다고 믿고 있다. 하지만 광고주들은 소비자들이 어떤 것을 수용하고 어떤 것을 배제하는지 너무나 잘 알고 있다. 걸쭉한 아이스크림 위에 남자가 입술을 새겨 넣었을 때, 상사들은 이 광고 아이디어가 소비자들에게 잘 수용될 것을 금방 알아차렸던 것이다. 이렇게 은폐된 성적 상징은 무의식적으로 소비자의 눈으로, 소비자의 감각 속으로 파고들어 욕망을 불러일으키게 된다. 이 광고를 본 소비자들은 먹고 싶다고 느낄 것이다. 이는 광고의 가장 기본적이고도 효과적인 전략으로 본능에 호소하는 것이다. 남자의 광고 기획은 만장일치로 통과되었다.

 일 주일이 정신없이 흘러갔다. 아주 젊고 섹시한 남자가 '꾸레르 아이스크림'을 스푼으로 파먹는 장면을 상사들의 마음에 들 때까지 꼬박 날을 세워가며 찍었다. 다시 뽑고, 다시 자르고, 다시 붙이고, 또다시 찍고 하는 과정도 거쳤다. 광고를 맡긴 광고주에게서 OK 사인이 난 날, 동료들과 회식을 마치고 술이 거나하게 취해 잠이 들었는데 남자는 보통 습관과는 다르게 새벽 다섯 시가 채 못 되어서 잠에서 깨어났고, 그때 처음으로 누군가가 자신의 잠을 깨운 듯한 느낌을 받았다. 취한 상태로 봐서 결코 그 시간에 그렇게 맑은 정신으로 깨어날 수 없었다. 남자는 아주 특별한 느낌으로 그 상태를 만끽했다. 마치 대학시절 여자 선배에게 사랑의 감정을 느끼던 순간부터 새벽이면 저절로 잠이 깨곤 하던 상태와 비슷했다. 남자는 자신의 감정 코드 안에 어떤 여자가 들어온 것을 느꼈고, 그 순간 갑자기 푸른 머리털 여자가 떠올랐다.

 꾸레르 아이스크림 광고는 그 제품 회사에 엄청난 판매고를 올려주었다. 덕분에 남자는 회사 안에서 자리를 확고하게 차지하게 되었을 뿐만 아니라 대우도 훨씬 좋아졌다. 처음에는 여러 가지가 우연하게 잘 맞아 떨어졌다고 단순하게 생각했으나 돌이켜보니 그러한 행운은 푸른 머리털을 한 미지의 여자로부터 비롯되었다. 남자는 그 여자를 한 번쯤 다시 만나보고 싶은 충동에 사로잡혔다. 사무실 내에서 그 여자를 본 사람은 아무도 없었다. 사무실은 12층에 있었으므로, 길을 물어보기 위해 여자가 12층까지 올라 왔을 리는 없었다. 사무실을 잘못 찾아왔을 수는 있었다. 남자는 같은 층의 출판사와 다른 사무실에 들러 혹시 푸른 머리털을 한 여자를 보지 못했느냐고 물었다. 광고회사에서 쓸 예쁜 모델이나 탤런트가 어디로 증발해버린 것으로 여기고 묘한 호기심만 내보일 뿐, 사람들은 그 여자를 본 적도 만난 적도 없다고 했다.

남자는 푸른 머리털을 다시 볼 수 없을까하고 가끔씩 출입구의 유리문을 응시하곤 했다. 그 여자의 이미지가 떠오를 때마다 남자의 몸 안에는 이상한 기운이 모아졌다. 그리고 매일 아침 그 기운이 잠을 깨웠다. 신체적 감각을 깨운 것이다. 그럴수록 몸안의 욕망이 강해지는 것이 느껴졌다. 눈앞에 보이지 않는 대상에게 성욕을 느낀다는 것이 어처구니없다는 생각이 들었지만, 그것은 부인할 수 없는 사실이었다. 남자는 혼자 성욕을 해결해야 했고, 그러한 과정에서 욕망이 분노처럼 격렬해졌다. 이 혼재된 에너지는 머리로 올라가 뇌를 자극했고, 남자는 특출한 광고 아이디어를 계속 쏟아내게 되었다. 남자가 손을 대는 광고마다 기대밖의 성공적인 결과가 나왔다.

 남자는 푸른 머리털의 여자와의 만남을 통해 광고의 본질을 꿰뚫어 보게 된 듯했다. 소비자를 현혹하기에 가장 좋은 충동 시스템은 바로 푸른 머리털 여자의 입술, 아니 성기였다. 광고는 소설처럼 차근차근 읽혀지는 것이 아니라 1천만분의 1초의 무의식과 1-2초의 의식에 의해 읽혀진다. 인간의 무의식에 가장 빠르게 반응하는 것이 본능, 바로 섹스였다. 남자는 모든 광고 속에 눈치 채지 못하게 섹스 이미지를 매몰시켜 넣었다. 긴 바게트 빵 광고에는 길고도 튼튼한 남자의 성기 모양을, 둥근 빵에는 여성의 열린 성기 모양을, 빛과 그림자, 선의 꼬부라짐, 인간의 시선과 눈동자의 방향이 모두 대중의 성적 충동을 자극할 수 있도록 조작해 넣었다. 샤워 후, 촉촉한 머리를 털어내는 타월의 질감 속에서도, 머리칼 속에도, 물방울 속에도 의도된 성적 흥분의 암시나 상징을 삽입했다. 모든 화장품 용기들이나 립스틱은 남자의 성기 모양으로, 스킨이나 로션이나 무스는 남자의 정액의 이미지를 삽입했다. 심지어 어린이가 물고 다니는 얼음 스틱에도 성기 모양의 이미지를 박아 넣었다. 이러한 성적 이미지는 소비자가 눈치채지 못하는 사이에 심전도와 뇌파계와 피부전류 반응계를 동시 다발적으로 자극해 극대화시킬 것이다.

남자의 광고아이디어는 급류를 타듯 성공에 성공을 거듭했고, 남자는 광고계의 스타로 부각되고 있었다. 그럴수록 남자는 그 푸른 머리털의 여자가 준 감각을 자신의 몸 속에 잃어버리지 않으려고 애썼다. 다행스럽게도 그 여자는 남자의 머릿속에 자리 잡고 있었다. 머릿속에 있을 뿐 아니라 때로 말도 건네주었다. 그 광고 안에는 '음~만지고 싶은'이라는 글자를 박아 넣으세요. 그런 마법같은 속삭임은 곧 엄청난 유행어 효과를 가져왔고, 놀랄만한 판매고를 올리게 만들어 주었다.

여자는 남자의 침대에도 거침없이 찾아들었다. 여자가 그 푸른 머리털로 그의 온몸을 스치고 지나가듯 애무를 할 때면 남자는 매번 전율을 느꼈다. 실체를 가진 여자보다 눈에 보이지 않는, 손에 잡히지 않는 어떤 환영과 잠자리를 한다는 것이 그렇게 강렬할 수가 없었다. 그렇다고 남자가 공상에 빠져 혼자 자위를 하는 것은 결코 아니었다. 남자는 확실히 푸른 머리털과, 그 여자라고 느껴지는 어떤 기운과 함께 있었다. 보이지도 감촉되지도 않는 여자와 온전하게 밤을 보내고 나면 그 여자에 대한 애착과 갈망이 강해져 거의 광기에 사로잡혔다. 그의 광고 괴력은 점점 높아져만 갔다.

하루는 남자가 사무실에 앉아, 그 여자가 유리문을 열고 들어오는 광경을 아득하게 떠올리고 있었는데, 놀랍게도 그 여자가 실제로 나타났다. 남자는 아무 말도 못하고 그 여자가 자기 쪽으로 다가오는 것을 보고 있었다. 숨이 막혀, 거의 마비 상태로 앉아 있었는데, 그 여자는 순식간에 남자의 책상 밑으로 들어갔다. 그리고 한순간에 남자를 황홀의 순간으로 몰아갔다. 사무실 직원들은 바쁜 업무에 쫓겨 푸른 머리털 여자가 책상 밑 남자 다리 사이에 들어간 광경을 보지도 전혀 눈치 채지도 못하고 있었다. 남자는 점점 견딜 수 없는 고통과 희열로 내몰아졌다. 소리를 지르게 될까봐, 책상 위에 놓인 그의 컴퓨터 화면을 뚫어져라 바라보며, 흔들거리는 아랫도리를 주체하지 못하고 질려 있었다. 절정의 순간을 억누르느라고 남자는 혼이 나간 사람처럼 눈을 부릅뜨고 있었다. 완전한 절정, 남자가 의자에 앉은 채로 최고의 경험을 하는 찰나, 여자는 책상 밑에서 나와 사무실을 유유히 빠져 나갔다. 여자가 다른 사람의 눈에는 보이지 않는 것인지 다른 사람의 눈을 묘하게 잘 피해가는 것이지 알 수가 없었다.

한 대학 선배가 쓰러졌다는 연락이 찾아들었다. 그는 10일이나 혼수상태에 빠져 있다가 어제 깨어났다고 했다. 그는 잘 나가는 영화감독으로, 배우들에게 혹독한 연기를 시켜 강독사라는 별명을 가지고 있었다. 몸이 마비되어 꼼짝하지 못하고 병원에 누워 있다고 했다. 말도 아주 힘들게 뱉어내는데, 단어라기보다 거의 호흡에 가까운 소리를 낼 뿐이라고 했다. 남자는 밀려드는 일거리 때문에 소식을 듣고도 곧장 병문안을 가지 못하고 있었는데, 이상하게 강독사가 남자를 부르는 꿈을 몇 차례나 꾸었다.

강독사를 보러 병원에 가게 된 것은 남자가 광고 지식인 1호로 선정된 날이었다. 강독사의 아내는 뭉그러진 눈으로 남자를 맞이하면서, 병명이 뇌일혈이라고 울먹였다. 심장 순환기 계통에 이상이 생겼다는 것이다. 그 사이 강독사는 거의 20킬로그램이나 빠져 전신이 마른 명태처럼 쭈글쭈글해졌다. 고개만 90도 각도 범위 내에서 움직여질 뿐, 신체 부위 어느 것 하나 미동을 할 수 없었다. 남자는 어느 순간부터 병실을 메우는 병적인 불쾌한 냄새를 맡았고, 강독사의 아내는 인공 배설 주머니를 갈아야한다고 했다. 남자는 자신이 하겠다고 자청했다. 남자는 강독사가 차고 있는 커다란 인공 배설 주머니를 갈아주기 위해 아랫도리를 풀었다. 한순간 남자와 강독사의 시선이 마주치자, 강독사의 거의 죽어버린 눈가 근육을 타고 물기같은 것이 번져 나왔다. 다행히 눈동자는 살아 있었다.

 방문한 병동 안의 환자들은 낮이건 밤이건 한결같이 병실에만 누워 있다는 공통점을 가지고 있었다. 이 병동은 A와 B라인으로 나누어져 있는데, A라인의 환자들은 육체도 정신도 식물인간 상태여서 낮이건 밤이건 끝없는 어둠에 빠져 있었다. 그들은 이 병원에 있는 환자들 중에서 죽음과 가장 가까이 있었고, 의사들이 그들을 찾는 것은 언제 그들을 옆 건물, 즉 영안실로 옮겨 놓아야 할지 확인하기 위해서라고 했다. 강독사는 B라인의 환자였다. B라인의 환자들은 몸은 바위처럼 까딱도 하지 못하는데 그 안에 갇힌 정신은 멀쩡한 이들이었다. 어떤 의미에서는 A라인보다 더 저주받은 상태였다. 또렷한 눈빛이 말해주듯이 강독사의 정상적인 영혼은 뻣뻣하게 굳어버린 육체의 무덤에 갇힌 상태였다. 간호사는 A라인의 환자와 B라인의 환자가 구별된 것만해도 현대의술 덕분이라고 했다. 그렇지 않았다면, 강독사도

A라인의 환자로 구분되어, 죽은 몸 안에 영혼이 아직 생생히 살아 있다는 사실조차 모를 뻔했다고 했다.

갑자기 병실이 소란스러워졌다. 물리치료사들이 강독사를 옮기기 위해 들것을 가지고 왔다. 그들은 강독사에게 입힐 푸른 운동복도 가지고 왔다. 강독사는 푸른 추리닝을 거부하는 듯한 표정이었지만 치료사들은 그의 눈의 표정에는 관심이 없었다. 환자의 호흡이나 땀 그리고 여러 가지 상태를 고려해서 만든 최고의 체육복이었다. 그렇다고 남자가 만류할 입장은 아니었다. 순간, 남자는 강독사에게 일어난 일이 자신에게도 일어날 수 있다는 생각을 하면서 아찔한 느낌이었다. 여태 영감이니 광고적 매혹이니 머릿속으로만 생각했지, 몸에 대해서는 거의 관심이 없었던 있었던 것이다.

남자는 강독사를 따라 물리치료실로 들어갔다. 강독사가 제일 먼저 해야할 일은 물구나무서기였다. 경사진 판에 묶인 채 거꾸로 매달려 30분 이상 있어야만 한다고 했다. 강독사의 머리칼들이 아래로 제멋대로 흩어졌다. 오토바이를 타다가 다친 폭주족, 장롱에서 뛰어내리다 다친 아이 등이 그 옆에서 물리 치료를 받고 있다가 거꾸로 매달린 강독사를 힐끔힐끔 쳐다보았다. 그들은 강독사의 불행을 보면서 자신의 처지가 다행스럽다는 눈치였다. 조금 전까지도 불행의 잣대처럼 느꼈던 의족이나 각종 보철 기구를 다시 잡고 행복한 표정으로 그들은 기꺼이 치료에 응했다.

거꾸로 매달린 강독사의 눈은 그 크기가 다르게 일그러졌다. 마치 십자가에 예수를 거꾸로 매달아 놓은 듯 했다. 남자는 불길한 느낌에 사로잡혀 강독사를 올려다보았다. 강독사는 남자에게 끊임없이 무슨 말을 전하려는 듯 시선의 빛을 잃지 않고 있었다. 하지만 강독사가 무엇을 원하는지 무엇을 요청하는지 쉽게 감지할 수 없었다. 그러다가 한순간 강독사의 마음을 읽었다는 느낌이 들었다. '지…식………인.' 남자는 본능적으로 몸을 움찔했다. 남자는 그날 광고 지식인 1호로 선정되었다. 광고 지식인 1호로 선정된 것을 어떻게 알고, 축하한다는 뜻일까? 순간 남자는 강독사의 눈에서 솟구치는 공포를 보았고, 본능적으로 그의 시선이 있는 쪽으로 몸을 돌렸다. 푸른 운동복을 입은 여러 명의 환자들 속에 구불구불한 푸른 머리칼을 풀어헤친 여자가 쏜살같이 지나가고 있었다.

한 영화 기획사가 은밀하게 남자에게 접촉을 시도했다. 새로 촬영할 영화를 기막히게 광고할 아이디어를 찾는다고 했다. 흔히 영화를 만들고 나서 홍보를 하는 방식을 택하지만, 그 영화기획사는 아예 홍보부터 하고 영화를 제작할 심산이었다. 영화를 만들기 전부터 영화를 만드는 과정에도 그리고 영화를 만들고 나서도 끊임없이 영화 홍보가 되는 방법을 찾아달라는 제안을 했다. 남자는 처음에 거절했다. 영화가 끝날 때까지 해를 넘기는 작업을 지속할 수는 없었다. 더구나 영화의 성공 여부에 따라 광고 수익을 주겠다고 제안했기에 일언지하에 거절했다. 그런데 영화에 쓸 여배우를 선택하는 심사위원 자격을 준다는 조건을 내놓았을 때, 남자는 불현듯 푸른 머리털을 가진 여자를 찾을 방법이 생각났다.

병원에서 푸른 머리털 여자를 얼핏 보고 나서 남자는 거의 미칠 지경이었다. 그 여자를 뒤따라 물리치료실을 나갔지만 여자는 온데간데없이 사라져버렸다. 다시 물리치료실로 돌아갔을 때, 강독사는 경사진 판에서 끌어내려지고 있는 중이었다. 그 순간 강독사의 육체에서 유일하게 살아있던 눈이 죽어버렸다는 느낌을 받았다. 물리치료사들은 이런 변화를 눈치채지 못하고 마비된 강독사를 마치 밀가루 포대처럼 양쪽에서 들어 휠체어에 앉혀 싣고 다른 물리치료 기구로 갔다. 남자는 강독사가 왜 '지…식………인'이라는 텔레파시를 보냈는지 곰곰 생각했지만 해답이 없었다. 아마 '머리에서 **지**(쥐)가 나고 **식**도가 막힐 것 같으니 매**인** 곳에서 풀어달라' 라는 식의 말이었을 수도 있었다. 강독사는 며칠 지나지 않아서 병동의 B 라인에서 A 라인으로 옮겨졌다고 들었다.

남자는 영화 기획사의 제안을 받아들였고, 여배우를 공개 모집하기로 했다. 영화 기획사측에서는 남자의 숨은 의중을 모르고 여자 주인공에게 푸른 머리털 가발을 씌우겠다는 제안을 매우 반겼다. 그들은 마치 영화가 대박이라도 난 듯 들떠 있기까지 했다. 그렇지만 영화 기획사가 남자에게 은밀하게 접촉한 것은 다른 뜻이 있어서였다. 제작비를 댄 알콜 회사에서는 영화 속에 몰래 신제품을 숨겨 광고를 하기 원했던 것이다. 그런데 관객 모르게 하는 광고는 거의 범죄 행위나 다름없다. 가령 영화관에서 콜라 선전을 하기 위해 콜라 장면을 영화 장면 프레임 사이에 끼어 넣어 영사기로 돌린다. 관객들은 실제 콜라가 들어 있는 프레임은 보지 못하지만 무의식은 그 영화 장면 사이에 돌아간 3천분의 1초의 콜라 프레임을 지각하고 만다. 그래서 관객은 갑자기 콜라를 마시고 싶은 욕구를 느끼게 되며, 콜라를 마셔야만 될 것 같은 이상한 강박관념을 지니게 된다. 물론 이런 광고 방법은 법적으로 금지되어 있다. 그러니까 알콜회사에서는 영화사에 돈을 지원하되 영화 속에 새로운 맥주제품 '나르시스'를 숨겨 광고하도록 해달라는 것이다.

영화 기획사와 광고주가 서로 짜고 극비리에 벌이는 광고 전략이었다. 그러면 '나르시스'가 들어있는 프레임을 영화 속에 숨겨야하는 것이냐고 물었다. 그쪽에서는 한술 더 떴다. 더 지혜로운 방법을 택하자고 했다. 술병만 찍을 것이 아니라, 술을 마시는 장면을 찍어 영화장면 사이에 끼어 넣자는 것이다. 영화를 볼 때 관람객들은 무의식 속에서 갈급하게 술을 마시는 남자의 이미지를 보게 될 것이라고 했다. 비밀리에 진행하는 광고의 부작용을 줄이기 위해 남자가 숨겨진 광고 모델이 되어달라고 했다. 남자는 어림없는 일이라고 여겼지만, 진짜 푸른 머리털의 여자를 찾아 발탁하고 싶은 욕망을 버릴 수가 없었다.

드디어 푸른 머리털을 가진 여배우 공개 선발대회가 열렸다. 배우가 되고 싶은 전국의 미녀들이 한결같이 머리털을 파랗게 물들이고 나타난 탓에, 작은 강당은 푸른 바다처럼 넘실거렸다. 남자는 미리 준비시킨 유리문 세트 뒤에서 푸른 머리털이 한 사람씩 차례로 들어와 무엇인가를 물어보는 장면을 연출시켰다. 푸른 머리털을 처음 보았던 순간을 재현한 것이다.

　남자는 유리문 뒤에서 나타나는 수십 수백 수천 명의 푸른 머리털 여자를, 그들의 입술이 움직이는 순간을 놓치지 않고 바라보고 있었다. 여자들의 입은 조개처럼 여리고 깊게, 혹은 성기처럼 음탕하고 부드럽게 벌어졌다가 닫혔다. 그럴수록 흥분과 불쾌감이 더해졌다. 더 괴로운 것은, 여자들은 눈 색깔도 푸르게, 손톱도 푸르게, 발톱도 푸르게, 심지어 배꼽에 푸른 하트를 붙이고 나타났다. 그 현란한 푸른 광채가 그를 어지럽혔다. 한 여자가 나타났다가 사라지고 다시 다른 여자가 나타났다가 사라지고 다시 다른 여자가 나타났다가 사라졌다. 이 여자는 저 여자의 그림자였고, 저 여자는 다시 다른 여자의 카피였다. 이 여자는 저 여자였고, 저 여자는 또 다른 여자였다. 그들은 하나이면서 수백 명이었다. 이 여자는 술집 앞에서 호객하는 여자 같았고, 저 여자는 수녀 같았고, 저 여자는 누이 같았고, 저 여자는 어머니 같았다. 그들은 빛처럼 혹은 어둠처럼 왔다가 사라졌다. 그들은 똑같이 유리문 뒤에서 나와서 무어라고 묻고는 사라졌다. 남자는 자신을 유혹하려는 수백 명의 여자 앞에서 마치 포획된 물物처럼 놓여 있었다. 여자들은 남자와 다른 심사위원들의 마음에 들려고 모든 육체적 관능과 유혹의 몸짓을 해보였다. 마치 거미줄에 걸린 나비를 먹겠다고 거미들이 일제히 덤벼드는 순간 같았다. 푸른 머리털의 여자들은 남자를 승복시켜 여배우로 발탁되기 위해 자신을 철저히 광고했다. 미소로, 눈빛으로, 흔들리는 가슴으로, 다리로, 그리고 다리 사이로 들어간 손끝으로, 남자는 자신이 광고 안에 매몰시켜 넣었던 여자의 입술과 미소와 가슴과 섹스가 모두 살아서 현실로 나타난 착각을 느꼈다. 그것들은 두둥 공중에 떠다녔으며 이제는 도리어 남자를 설득하기 위해 철저하게 유혹했다. 나를 선택해 주세요. 나를 선택해 주세요. 푸른 머리털의 여자들은 그가 광고안을 만들 때 사용한 철저한 어법과 테크닉을 구사했다. 남자는 견딜 수 없을 정도로 불쾌해졌고 토악질을 하고 싶은 심정이었다. 결국, 남자는 심사장을 뛰쳐나올 수밖에 없었다.

푸른 머리털들 속에서 푸른 머리털을 찾지 못해 거의 미칠 지경이었다. 그럴수록 그 여자는 점점 더 그의 곁으로 다가오는 듯 했다. 여자는 보이지 않으면서도 존재했고, 존재하지 않으면서도 남자 곁에 있었다. 매일 남자의 발끝을 따라다녔다. 여자는 남자의 주변에서만 맴도는 것이 아니었다. 그녀는 언제든지 그의 몸안을 드나들었다. 가슴을 파먹듯 아프게 하는가 하면, 남자의 몸안에서 속삭이며 말을 걸기도 했다. 때로 몸은 하나고 영혼은 둘이었으며, 때로 몸은 둘이고 영혼은 하나였다. 남자의 몸을 다른 영혼이 차지해버린 듯 했다. 다른 주인에게 자신의 몸을 빌려준 듯한 느낌이 들기도 했다. 그럴수록 남자는 여자의 실체를 만나고 싶은 욕구로 육체가 비틀어지는 느낌이었다.

남자가 미적거리는 동안, 일정에 쫓긴 영화사가 다른 심사위원들의 의견을 들어 여배우를 정하고 말았다. 조지우였다. 아역 배우로 출발해서 섹시 여배우로의 철저한 변신을 통해 이미 영화계 주름잡고 있는 중견이었다. 콧대 높기로 소문이 나 있었으나, 어쩐 일인지 그녀는 남자에게 적극적으로 대시했다. 광고 신지식인 1호가 마음에 든다, 남자의 황금 손이 마음에 든다, 샤프하면서도 부드러운 분위기가 신선하다, 목소리가 아름답다, 조지우는 마치 푸른 머리털을 대표해서 남자를 유혹해야 하는 마지막 주자처럼 날뛰었다. 푸른 머리털 여자의 대용물로 남자는 조지우의 접근을 미미하게 허용했다. 하지만 조지우를 안으면 허전함과 슬픔이 느껴졌다. 애인을 두고 사랑하지 않는 아내를 안는 느낌이었다. 진짜를 두고 대용품을 안는 느낌이었다. 그럴수록 남자는 충족되지 않는 감정과 육체 때문에 조지우를 거칠게 다루고 있었다. 그럴수록 조지우는 열정에 미치는 듯 했다. 남자는 술병 '나르시스'를 들고 마시는 광고 장면을 찍히고 찍었다.

영화 촬영이 계속될수록 남자는 이상한 불안감에 사로 잡혔다. 푸른 머리털의 여자가 남자의 주변에서 사라져버린 듯한 느낌이 들었기 때문이다. 아무리 눈에 보이지 않는 여자일지라도 남자와 조지우와의 정사의 시간을 질투하지 않을 리가 없다. 아니면 반대로 최고 여배우가 가지고 있는 육체적인 매력이 어느 사이 푸른 머리털 여자의 환영을 쫓아냈을 수도 있었다. 사실 남자는 그리움의 깊이나 결핍의 감정에 너무나 철저하게 흔들리고 있었기에, 한시바삐 그 여자에게서 벗어나고 싶다는 생각을 한 적도 있었다. 육체가 없는 여자를 관능적으로 더듬는다는 것은 애달픈 일이었다. 여자의 실체를 느끼고 싶은 몸의 감각은 하루종일 긴장되어 있었고, 신경은 예민해졌으며, 그럴수록 공허와 그리움으로 남자는 피폐해졌다. 그 여자를 잃게 되면 영감의 원천을 잃게 된다는 불안감도 갈증의 상승 요인이었다. 그는 선 자리에서 한 갑의 담배를 피워댔고, 자신이 광고모델이었던 '나르시스' 술을 마셔대기 시작했다. 점점 감정이 괴팍해지면서 몸이 말라갔다. 이런 상태를 계속 견디다가는 미쳐버리거나 광폭해져서 스스로 파멸해버릴 것 같았다.

조지우가 임신을 했다. 은밀하게 뒤처리를 위해 그녀가 잠수를 탄 며칠 동안, 남자는 푸른 머리털의 여자와 담판을 볼 생각이었다. 남자는 푸른 머리털이 이전처럼 자신의 주변에서 맴돌기를, 그리고 그 여자가 이전처럼 잠을 깨워주기를 기다렸다. 하지만 쉽사리 여자는 반응을 보이지 않았다. 여자가 완전히 떠났다고는 생각되지 않았기에 남자는 집요하게 기다렸다. 그러자 마침내 남자의 몸안에서 여자가 미미하게 움직이기 시작했다. 마치 겨우내 몸을 땅속에 숨기고 웅크리고 있던 씨앗이 봄기운에 꿈틀거림을 드러내듯 소리없이 그렇지만 확실하게 나타났다. 그 느낌은 단숨에 남자를 흥분시켰고, 그 여자를 만나고 싶은 충동으로 견딜 수가 없었다. 신이 들린 듯, 남자는 여자와 대화를 시도했다. 결국 그것은 남자가 묻고 여자가 대답하는 식이었으나, 남자의 말이나 여자의 말이나 모두 남자의 입을 통해 나오고 있었다.

"난 너를 단 한번 만이라도 실제로 보고 싶어."

"그것은 매우 위험한 일이야."

"지금 내 상태보다 더 위험할 수는 없을 거야."

여자는 때로 없는 듯이 조용해졌다. 그 침묵은 남자를 놀려주려는 반항같기도 하고 정말 실체를 지닐 수 없는 자의 슬픔 같기도 했다. 남자는 그 침묵의 이유를 알 수 없어 더 초조해졌고, 정말 자신의 의지와 상관없는 주술같은 말을 뱉어내기도 했다. 남자는 자신의 광기에 놀라서 정신을 차렸다가도, 또 다른 열기에 눈이 돌아갔다. 가슴이 타들어가고 안색은 날로 까매지고 기운은 쇠잔해졌다. 남자는 푸른 머리털과 마지막 담판을 벌였다.

"그대를 볼 수 있다면 어떠한 대가를 치러도 좋다."

남자는 정말 그렇게 느끼고 있었다. 사랑하는 여자를 눈앞에서 볼 수만 있다면 정말 어떤 희생도 감당할 수 있을 것 같았다. 심지어 여자가 그에게 주던 모든 영감을 거두어가도 좋다고 생각했다. 광고장이로서 이 세상에서 얻을 수 있는 명예와 부는 충분했다. 남자에게는 이제 돈도 영광도 더 이상 필요 없어 보였다. 여자는 남자의 그런 파격적인 제안에도 별 반응이 없었다. 며칠을 설득하고 애원해도 여자는 불가능하다고만 대답할 뿐이었다.

"꼭 한번만이라도 좋으니 모습을 보여주시오."

아무리 설득하고 간청하고 애원해도 푸른 머리털 여자는 대답하지 않았다. 그 사이 '나르시스' 광고를 영화 속에 은밀히 매몰시키는 작업이 끝났다. 영화 시사회 날짜가 이틀 후로 잡힌 날, 조지우가 다시 돌아왔다. 두 사람이 대면하는 순간, 남자의 변한 모습에 조지우는 본능적으로 겁을 먹은 듯했다. 배우로서 치명적인 스캔들이 될 수 있는 임신을 했다는 사실과 며칠 사이에 타인이 되어버린 듯한 남자의 태도에 조지우는 심리적으로 후퇴해 있었다. 조지우는 그 이전처럼 남자에게 매달리지도 집착하지도 않았고, 남자와 눈을 마주치는 것조차 두려워했다.

시사회 날, 화면 속에는 푸른 머리털로 분한 조지우가 나타났다. 남자는 영화를 보면서 조지우도 아니고 푸른 머리털의 여자도 아닌 어떤 괴물을 보았다. 그 괴물은 또한 조지우인 동시에 푸른 머리털을 가진 여자이기도 했다. 아! 눈에 보이는 영화 속에는 눈에 보이지 않는 남자가 술을 마시고 있을 것이다. 영화를 보면서 남자는 술을 마시고 싶었다. 아마 관객들 모르게 매몰시킨 '나르시스' 술 광고 때문에, 다른 관람객뿐만 아니라 남자 자신도 무의식적으로 그렇게 술 갈증에 휩싸이는 모양이었다. 남자는 광고아이디어를 자신이 직접 고안하고, 자신이 실제 광고 모델이 되고, 자신이 그 광고의 효과를 경험하는 관객이 되었다는 사실을 깨달았다.

남자는 비로소 '광고의 진리'가 무엇인지 깨달은 것 같았다. 진리란 판매고만 올릴 수 있다면 언제나 뒤집을 수 있으며 색깔을 바꿀 수도 있는 것이었다. 진리란 가리고, 꾸미고, 날조하고, 과장하고, 마음대로 다듬고, 후려치고, 욕하고, 까불어대고, 또 재건할 수도 있었다. 일단 그것이 텔레비전이나 인터넷의 푸른 바다에 실려 나가 제멋대로 소비자를 현혹하기만 하면 그만이었다.

시사회는 대 성공이었다. 시사회 후, 기획사 사람들의 일부와 배우들이 이구동성으로 술을 마시고 싶다고 했다. 아마 알콜 광고 효과 때문인 것 같았다. 알콜회사에서는 '나르시스'를 부족하지 않게 충분히 제공했다. 조지우는 시사회에 나타난 모 신문사 기자에게 꼬리를 치며 함께 사라져 갔다. 남자는 자신의 몸 내면에서 타오르는 열정과 푸른 머리털 여자에 대한 결핍과 그리고 술 광고 효과에서 나온 여러 가지 충동에 마시고 또 마셨다. 남자는 술이 취한 상태에서도 여러 번 되풀이했다.

"모습을 드러내주면 무엇이든지 가져도 좋아."

그 대사를 마지막으로 남자는 결국 필름이 끊겨버렸다.

잠을 깨고 보니, 침대 위였다. 남자는 몹시 갈증을 느꼈다. 남자는 일어나 냉장고에 넣어둔 물을 벌컥벌컥 마셨고, 방광에 가득 찬 오줌을 화장실에 가서 비웠다. 화장실을 막 나오려다가, 남자는 고개를 홱 돌렸다. 흐릿해진 직사각형의 거울 속에 이상한 푸른 점 하나가 꿈틀 움직였기 때문이다. 그는 거울을 뚫어져라 바라보았다. 남자는 너무 놀라 저절로 뒷걸음질을 쳤다. 거울에 남자의 얼굴이 보이지 않았다. 얼굴을 알아볼 수 없는 그림자같은 것이 비칠 뿐이었다. 남자는 등뒤를 돌아보려고 했으나 마비된 듯 목이 잘 움직여지지 않았다. 물 표면에 비친 그림자처럼 여자의 형상이 거울 속에 있었다. 결코 잘못 본 것이 아니었다. 내 얼굴은 어디에 있는가. 공포와 열기가 섞인 이상한 공기 때문에 남자의 등에 열기가 후끈 올랐다. 그는 온 힘을 다해 등뒤로 고개를 돌렸다. 아무도 없었다. 그는 다시 자신의 얼굴을 거울에 비추어 보았다. 자신의 얼굴은 없고 여자가 푸르스름하게 웃고 있는 듯했다.

"너, 너는 누구냐?"

거울 속의 여자가 따라 말했다.

"너, 너는 누구냐?"

"나는 김태환이다. 너는 누구냐."

그러자 거울 속의 여자가 똑같이 따라했다.

"나는 김태환이다. 너는 누구냐."

순간 남자는 그 여자를 알아보았다. 푸른 머리털이었다.

여자가 들어있는 거울은 일렁이는 물 표면처럼 보였다. 거울 안에는 그토록 그리워하던 푸른 머리털 여자가 들어 있었다. 푸른 머리털 여자가 지금처럼 뚜렷한 형체로 모습을 드러낸 것은 여자를 처음 본 날 이후로 처음이었다. 그녀가 다시 사라질까 봐, 남자는 조바심이 났다. 그는 물거울 속의 여자 쪽으로 냅다 고개를 들이밀었다.

순간, 쨍!, 거울이 큰 파열음과 함께 산산조각이 났다. 물속으로 들어가듯, 그는 거울이 깨진 화장실 타일 벽에 계속 고개를 처박으며 그 안으로 들어가려 했다. 화장실의 타일 벽은 액체처럼 단단하지도 고통스럽지도 않았다. 영화 프레임 속에 몰래 들어가듯 이 벽속으로도 들어와 봐요. 여자는 웃으며 속삭였다. 깨져, 바닥에 미처 떨어져 내리지 못한 거울 한 조각이 그의 얼굴을 그었다. 붉은 피가 얼굴선을 타고 뚝뚝 떨어졌다. 거울 속의 푸른 머리털 여자가 말했다.

"당신은 광고 지식인 1호잖아요. 이리 몰래 들어와 봐요. 내 안으로도 들어와 보라니까요."

남자는 푸른 머리털이 일렁이는 물벽 속으로 자신의 머리를 강하게 처박아 넣었다. 퍽, 두개골 깨지는 소리가 난 것은 바로 그 순간이었다.

쥐식인 7

세상에 존재하지 않는 것

 화살촉 모양의 공원 철책 끝부분에 태양이 은빛으로 반사되고 있었다. 공원 입구, 세 개의 쓰레기통이 나란히 자리 잡고 있는 지점에서 그는 걸음을 멈췄다. 가운데 '일반 쓰레기'라고 적힌 통 위에 둘둘 말린 신문이 꽂혀 있었다. 꺼내보니, 신문은 끝부분이 조금 젖어 있다. 빗물이었다면 전부 젖었을 테지만, 한쪽만 젖은 것을 보면 음료수 찌꺼기거나 어린아이 배설물 따위다. 그는 젖어 더럽혀진 한쪽을 쭉 찢어 버리고 나머지 부분을 챙긴 후, 꺾어 신은 낡은 운동화를 끌며 공원 안으로 들어갔다. 멀지 않은 곳에 나무 벤치가 보인다.

아직도 빠지직 종이소리를 내는 신문을 한 장 한 장 넘기며 훑어보던 중, 〈오락과 연예란〉에 나온 커다란 여자 사진이 눈에 들어왔다. 머리를 뒤로 모아서 땋고 물방울 모양의 귀고리를 달고 있다. 순간, 몸 안에서 뭔가 근질근질한 감정이 올라오고, 가슴팍의 꼭지가 옷에 스치는 듯 했다. 근육 안의 소용돌이 비슷한 움직임은 몸의 갈증과 관련이 있었지만, 그런 육욕 때문에 여자 사진에서 눈을 떼지 못한 것은 아니었다. 그 여자도 미묘한 시선으로 그를 뚫어져라 바라보고 있었고, 그들의 시선이 마주치자, 그 사진에서 빛나는 안개 같은 것이 나와 그의 내부로 들어오는 듯 했다.

그 여자는 탤런트 강은지였다. 그녀의 사진 옆에는 굵은 글씨로 〈12% 시청율, 원치 않는 죽음의 주인공〉이라는 타이틀이 붙어 있었다. 그는 귀찮은 나머지 신문 내지들을 모두 벤치에 내려놓고, 강은지 사진이 박힌 페이지만을 양손으로 마주 쥐고 기사를 읽기 시작했다.

지난 15-16일 양일간에 걸쳐 방영된 UBS 수목드라마 〈사랑의 이중주〉는 예상과 달리 시청률 12%에 그치고 말았다. 첫 방영이 나간 직후 드라마 작가가 곧장 호출되었고,

새로 구성한 시나리오에 따라 강은지가 결국 도중에 하차하게 되었다. 강은지는 그러한 결정에 대해 처음에는 출연거부를 선언했으나, 결국 시청자들을 위해 앞으로 2회 방영분에서만 더 모습을 나타내기로 하였다. 다음 주 2회분 동안 강은지는 위암으로 죽어감으로써 그 드라마에서 모습을 감추게 될 것이다. 요즘 젊은이들의 우상인 정미라가 새로 구성된 트랜드 형식의 시나리오에 등장하게 되어 앞서와는 전혀 다른 분위기를 연출할 것 같다.

그는 하얀 바다에 인쇄된 글자들이 우르르 새들처럼 모여드는 것을 느끼고 놀라 고개를 들었다. 햇살과 바람이 잠깐 신문의 끝자락을 흔들다가 놓았다. 신문지에서 잉크 냄새가 확 올라왔다. 신문 속의 여자 얼굴을 다시 내려다보았다. 무슨 이유인지 강은지의 기사는 그를 몹시 불쾌하게 만들고 있었다. 그는 쥐고 있는 신문의 앞뒤를 들여다 보았지만 다른 아무 것도 없었다. 마치 자신이 꺼림칙한 물건을 쥐고 있는 듯한 느낌이었고, 손의 감촉도 미지근하였다. 뻣뻣한 종이가 물렁물렁해지면서 만져서는 안 될 것을 만진 듯 기분이 나빴다. 그 이상한 감촉 때문에 그는 손가락을 벌려서 신문을 잡고 있었다.

불쾌감의 원인을 알아내지 못하고, 그는 계속 신문 속의 강은지 사진만을 뚫어져라 바라보았다. 〈사랑의 이중주〉의 시청률이 12%였다면 그도 그 퍼센티지 안에 드는 사람이었다. 하루종일 집에 있다시피 하는 그는 첫 방영부터 2회까지 착실하게 그 드라마의 리얼리티를 따라갔던 것이다. 드라마는 나름대로 갈등구조도 있었고, 즐겨 사용된 대각선 구도 영상도 깔끔했으며, 특히 담쟁이가 감고 가는 골목길 계단의 씬들은 가슴이 설레도록 아름다웠다. 그런데 방송사측은 그 드라마를 착실하게 시청해준 12%를 아예 무시하고, 그 프로에 전혀 관심 없는 나머지 88%를 위해 과감하게 시나리오와 여주인공을 바꾸기로 결정한 것이다. 그는 이 묘한 불쾌감이 그 드라마의 이야기를 흥미롭게 따라갔던 12%가 받아야 하는 부당한 대우 때문이라는 생각이 들었다. 그 처사는 아무래도 불공평한 것이었다.

시청률 12%, 그 책임을 왜 강은지 혼자 떠맡게 되었는지 그는 당장 이해할 수 없었다. 강은지는 드라마 속에서 이미 결혼에 한번 실패하고 재혼 준비 중에 있는 30대 중반의 여자로 분해 있었다. 쌍꺼풀 없는 가녀린 동양적인 눈매와 뚜렷한 서양식 얼굴선의 배합은 20대의 청순함에 비해 성숙한 아름다움이 있었다. 그녀의 상대는 오랫동안 알고 지내던 대학 선배로 연민과 우정이 그들 인생의 새로운 출발점이었다. 그 드라마의 갈등구조는 강은지 주변에 새로운 남자가 나타나면서 시작되는 듯이 보였다. 잡지사에서 늦게 퇴근하던 강은지는 취재 시 찍은 사진 뭉치를 돈 뭉치로 안 소매치기로부터 기습을 당하게 되는데, 그 위험한 순간에 미지의 젊은 청년이 모터사이클을 타고 나타나 그녀를 구했던 것이다. 그 청년은 20대 후반의 젊은이로 언제나 밤의 어둠 속에서 빠른 속도의 모터사이클과 함께 나타나곤 했지만 정확하게 그의 신분을 알 수는 없었다. 강은지는 그 젊은 미지의 남자를 처음 본 순간부터 거대한 폭포수 아래로 추락하여 소용돌이처럼 빠져들었고, 재혼의 상대인 대학선배 사이에서 고민하기 시작했다. 지난 주 수요일과 목요일에 방영된 내용이었다.

  그는 공원을 빠져나와 집으로 가는 골목길로 접어들었다. 공원을 나서면서 손가락 사이에 있던 물큰한 느낌의 신문뭉치를 쓰레기통에 다시 던져 버렸다. 사거리 모퉁이를 돌아가자 키작은 여약사가 유리문 뒤로 앉아 있는 것이 보였고, 그녀가 그를 물끄러미 바라보는 것이 느껴졌다. 그녀의 시선에 따라 그의 몸도 조금씩 굳어 들어가 목까지 뻣뻣해지는 것 같았다. 그 여약사는 이 길에 지나가는 모든 사람의 움직임을 체크하는 듯이 보였다. 몇 시에 누가 지나가는지, 누가 누구와 함께 나가고 들어가는 지도 알고 있을 것이다. 그녀는 그의 행동반경도 아주 잘 알고 있다는 듯 희미한 웃음을 띠었다. 그녀는 그를 마치 드라마에서 곧 제거된다는 소식을 접하고 돌아오는 강은지처럼 측은하고 호기심 있게 바라보는 것 같았다.

그는 다세대주택의 계단을 올라가기 시작했다. 시멘트의 단단한 촉감이 확실하게 발에 닿았고, 그것이 그를 안심시키기 시작했다. 왠지 공원 안에서 신문을 읽고 난 다음부터 그는 주변의 사물들이 낯설어지기 시작했다. 심지어 사방이 물컹물컹해지는 듯하면서 그를 혼란스럽게 만들었다. 조금 전 곁눈으로 바라본 여약사의 얼굴이나 유리문도 나무에 박힌 옹이처럼 둥글게 휘어져 보였었다. 하지만 이 계단만은 확실하게 단단했고, 위로 올라가는 그의 발길을 친숙하게 받아들이고 있었다. 계단만은 변함없이 삶의 질서 속에 탄탄하게 자리 잡고 있었다. 그는 다시 기분이 좋아졌.

그는 집안으로 들어섰다. 오후 네 시밖에 되지 않았지만 실내는 어두웠다. 그는 스위치를 켜고 작은 방으로 들어갔다. 형식적으로는 민지의 방이었지만 실제로는 그의 방이었다. 왼쪽 벽에 찢어진 포스터가 보였다. 민지가 좋아하는 신데렐라의 포스터였다. 그 애는 줄곧 아내와 같이 잠을 자면서 이 방을 별로 사용하진 않았지만 신데렐라의 커다란 포스터를 붙여 놓음으로써 그 방이 자신의 것임을 자타에게 확인시켰다.

 민지는 신데렐라 발음을 제대로 하지 못해서 언제나 '렐라'라고 불렀다. 하지만 이제 포스터에서 렐라라는 글자는 공주의 가슴과 폭넓은 노란 치마와 함께 찢겨 없어졌고, 도리어 '신데'라는 글자와 그녀의 손만이 남아 있었다. 남아 있는 포스터 조각은 누런 벽의 소용돌이 무늬와 애초에 없던 새로운 관계를 맺고 있었다. 그 벽지에는 연필로 그려놓은 머리 묶은 여자아이의 그림도 있었다. 민지가 그린 것인데, 민지를 닮아 보였다.

 저 포스터처럼, 아내도 민지도 그에게서 찢겨나가 버린 것 같았다. 신데렐라의 순수하고 아름다운 꿈이 찢겨 전혀 다른 누런 벽지와 엉뚱한 연결 상태를 이루듯, 지금 그들의 관계도 애초와는 아주 달라져 있었다. 아내와 민지가 이 곳으로 한시라도 빨리 돌아와야 한다는 생각이 더 이상 들지 않았다. 산책을 나갈 때만해도 작은 신발을 신으면서 항상 따라다니던 민지가 눈에 밟혔으나, 이제는 그 애도 아주 멀리 그의 의식 뒤쪽으로 넘어가 버린 듯 했다. 다른 모든 것

세상에 존재하지 않는 것

은 변해도 민지와 그 사이에 맺어져 있는 필연적이고 운명적이고 절대적인 끈은 끊어질 수도 변할 수도 없다고 확신했는데, 그 확신이 더 이상 없어져버린 것이다. 아내나 민지에게 자신이 없어서는 안 될 존재라고 언제나 생각해 왔던 것이 이제는 도리어 이상스럽게 느껴졌다. 그들을 위해 무언가를 할 수 있다는 생각도 참으로 어리석은 것이었다. 이러한 심정의 변화는 공원 산책 후에 갑작스럽게 온 것이었다.

그는 갑자기 허기가 느껴졌다. 무언가 먹어야겠다고 생각했다. 냉장고에는 커다랗고 허연 플라스틱 김치통이 들어 있었다. 아내가 한꺼번에 많이 담궈 놓은 배추김치였으나, 이제는 마지막 양념 찌꺼기와 김치 국물만이 남아 있었다. 냉장고는 미미한 진동 소리로 그의 신경을 건드리고 있었지만, 그 여분 때문에 냉장고의 코드를 뽑을 수가 없었다. 그는 아침부터 거의 먹은 것이 없다는 것을 깨달았고, 지금 당장 무엇이든지 먹지 않으면 기분은 더 나빠질 것 같았다. 그는 싱크대 아래 두 짝 문안에서 라면을 하나 찾아냈다.

그는 냄비에 물을 담은 후 가스 불 위에 올려놓았다. 냄비의 손잡이는 젖고 기름진 느낌이었다. 그는 라면 봉지를 뜯어 라면살을 끄집어내었다. 물이 끓기를 기다리면서 라면

살을 손에 쥐고 있었는데, 갑자기 그 구불구불한 라면살들이 그 손안에서 꿈틀거리는 것 같았다.

놀라서 다시 바라보니, 딱딱한 덩어리였다. 황금빛 라면 봉지에서 나온 라면의 내용물 덩어리는 마치 옷을 벗은 벌거숭이 같았다. 라면 봉투에는 라면을 끓이는 법, 더 맛있게 먹는 법, 그리고 몇 가지 그림들도 보였다. 그 기호와 그림을 봉지와 함께 제거하자 라면은 마치 칠이 벗겨진 어떤 재료 덩어리처럼 보였다. 그 덩어리는 모든 화장과 내숭을 제거한 여자처럼 헐벗고, 유기체적이고, 심지어 음란하기까지 했다.

그는 라면을 먹고 나서 남아있는 찌꺼기를 바라보고 있었다. 라면이라는 이 희한한 음식이 어떤 과정을 통해 이 세상에 나타나기 시작했는지, 언제부터 그의 주변에 있어 왔는지, 어쩌면 조금 전 싱크대 아래 문을 열었을 때 그곳에 없을 수도 있었던 라면이 왜 그곳에 있었는지, 그리고 지금 그의 위장 안에 들어간 라면이 다른 사람의 위장에 들어갈 수도 있었다는 데 생각이 미쳤다. 그러고 보면 라면이라는 존재는 참으로 우연히 이 세상에 들어왔고, 그의 집 안에 들어왔으며, 그의 위장 안에 들어온 셈이었다. 그는 그 생각에 갑자기 우울해졌다. 라면뿐만 아니라 그 자신이 세상에 어떻게 왔는지, 왜 이 공간 안에 들어오게 되었는지, 왜 이렇게 쇠약한 상태로 라면을 소화시키면서 흔들거리고 앉아 있는지 알 수 없었다. 라면과 함께 자신이 점점 소화당하고 있는 것 같았다.

……다시 수요일이 돌아왔다. 수, 목, 무슨 요일인지 그 날짜의 이름이 중요해진 것은 참으로 오래간만이었다. 요즘 그에게는 월요일도 없고 일요일도 없었다. 나날은 거대한 파도처럼 그를 덮칠 듯이 무질서하게 밀려오고 있을 뿐이었다. 그는 '사랑의 이중주'를 기다리며 앉아 있었다. 신문 기사 내용대로라면, 앞으로 2회 방영분에만 강은지가 나타나게 될 것이므로, 강은지가 어떻게 그 드라마에서 주인공의 역할을 상실하는지, 어떠한 모습으로 그 드라마에서 사라져 가는지 보고 싶었다.

그는 왜 강은지만이 12%의 시청률에 책임을 지고 이 드라마에서 제거 당하게 되었는지 그 동안 나름대로 분석도 해본 상태였다. 제작팀은 30대 중반의 강은지와 20대의 모터사이클 남자 사이의 열렬하고 맹목적인 사랑이 설득력이 없다는 결론을 내린 것 같았다. 사실, 폭주족 냄새를 풍기는 미지의 남자인 박세기는 언제나 가슴에 커다란 목걸이를 달고 다니는 한창 인기 절정의 남자 탤런트인 반면, 강은지는 한때 브라운관을 화려하게 휩쓸던 탤런트였으나 나이 30이 넘고 트랜트 풍의 드라마가 기세를 부리면서부터 점점 뒤로 밀려나 있었다. 한국 경제가 나빠지고 사회 분위기가 다시 60-70년대의 서정적인 분위기로 돌아오자 제작팀은 과거 인기 탤런트인 강은지를 다시 끌어들인 것이었다. 하지만 과거의 영광과 현재의 인기는 다른 것이어서 시청률은 12%에 머물렀고, 그 12%의 책임은 강은지에게로 돌아간 것 같았다.

〈사랑의 이중주〉가 시작되고 있었다. 화면 속에 나타난 강은지의 화사한 얼굴을 보니 신문의 기사가 잘못된 것이라는 생각이 들었다. 강은지의 표정은 고뇌스럽기는커녕 사랑에 빠진 여자처럼 촉촉하게 젖어 있고 입술은 살아있는 꽃 같았다. 마치 빵과 장미 사이를 드나드는 것처럼, 그녀는 두 남자 사이를 오가며 갈등하는 역할로 드라마 줄거리를 탄탄하게 이끌고 있었다. 한마디로 그녀는 그 드라마의 견인차였다. 곧 이 드라마에서 사라져 갈 주인공이라기에는 너무나 태평했고, 그녀는 도리어 재혼으로 새로운 삶을 시작해 보겠다는 유혹에 흠뻑 빠져 있었다. 폭주족 남자와의 짜릿하고도 갈등스런 만남도 계속되고 있었다. 결혼을 약속한 선배에게 가책을 느껴 다시 그에게 돌아가기로 결심

했지만, 그녀는 모터사이클의 적극적인 사랑 앞에서 점점 흔들리고 있었다.

"사랑은 의지가 아닙니다. 의지로 되는 것이라면 저는 사랑을 하지 않을 것입니다. 그것은 사랑을 하는 것이 아니라 사랑을 이용하는 것이니까요."

모터사이클 남자의 대사는 대부분 시적이고 당돌하고 멋진 구석이 많았다. 그런 대사는 누구나 생각할 수 있는 것도 아니고, 생각한다 해도 누구나 표현할 수 있는 것도 아니었다. 더구나 스피드맨이 그런 서정적인 표현을 구사한다는 것은 쉽지 않은 일이다.

"사랑을 물건들처럼 언제나 사용하고 나면 도로 제자리에 놓아둘 수 있는 것으로 여기지 마십시오. 사랑은 제자리가 없어 오는 그 순간에 경험하지 않으면 영원히 잃게 되는 것입니다."

두 남녀는 눈을 바라보며 서로의 감정을 확인하는 듯했다. 하지만 둘다 함부로 가까이 다가서지는 못했다. 선배가 강은지를 만나러 오다가 그들이 길에서 만나고 있는 모습을 우연히 보고 말았다. 하지만 그는 조금 떨어진 곳에서 그들을 바라볼 뿐이었다. 본래 이 시나리오의 의도는 이 두 남자와 한 여자 사이에 일어날 사랑의 이중주였을 것이다. 여기까지는 고쳐지지 않은 시나리오임에 틀림없었다.

갑자기 화면에 어둠만이 가득 찼다. 모든 것이 조용했다. 이제부터다! 신문에서 읽은 대로 개작된 새로운 이야기가 시작되고 있는 것이다! 틀림없다. 정말 가늘게 여자의 신음소리가 어둠 속에서 들리기 시작했다. 그 신음소리는 점점 더 커졌다. 강은지의 신음 소리가 확실했다. 드디어 강은지가 침대 옆 스탠드의 불을 밝히는 것이 희미하게 보였다.

화면이 갑자기 밝아졌다. 강은지는 침대에 지네처럼 몸을 오그리고 있었다. 그리고 몹시 괴로워하면서 몸을 비틀었다. 개작된 시나리오의 시작이었다. 강은지는 간신히 전화기 쪽으로 손을 뻗어 전화를 걸었다. 그녀의 얼굴은 수척하고 우울하게 젖어 있고, 고통으로 일그러져 있었다. 그 전화를 받은 것은 곤하게 자고 있던 선배이자 약혼자였다. 그는 아무 소리없이 그 전화를 받더니, 급하게 옷을 챙겨 입고, 차를 몰아 달려가고 있었다. 정말 사랑하는 약혼녀에게 무슨 일이 일어났을 때 할 수 있는 재빠르고도 민첩한 행동이었다.

아프다는 여자의 전화를 받고 전속력으로 차를 몰고 가는 이 남자! 드라마 속에서 약혼녀가 다른 남자에게 감정을 빼앗기는 것을 알면서 고뇌하는 역할이었다. 모터사이클 남자보다 드라마에서 그 비중이 낮게 잡힌 것은 확실했다. 그런데 12%의 시청률 때문에 그 약혼녀가 이 드라마에서 영원히 사라져야하기 때문에 아마 그의 역할도 더 작은 비중으로 정리될 것이다. 그녀의 그 영원한 삭제를 위해 각본대로 그녀는 중병에 걸렸다. 지금, 차로 달려가면서 저 남자는 실제 어떤 생각을 하고 있을지, 저 심각하고 슬픈 약혼자로서 아픈 여자에 대한 걱정과 근심에 빠져 있는 것이 아니라면, 내일이면 이 드라마에서 사라져 갈 여자에 대한 지극한 연민, 또는 더 비중이 작아진 자신의 운명에 대한 처절함에 휩싸여 있을 것이다. 강은지는 병원 침대에 누워 있었다.
"요즘 너무 무리했대."
침대 한 쪽에 앉은 선배가 다정하게 강은지의 얼굴을 내려다본다. 그녀는 암에 걸렸다. 의사를 통해 알게 된 병명을 선배는 강은지에게는 알리지 않는다. 두 사람은 서로를 마주 본다. 강은지는 암에 걸린 것으로 시나리오가 수정되었다는 사실을 알고 있고, 또 자신이 암에 걸린 사실을 모르는 것으로 연기해야 한다는 것도 알고 있고, 그리고 그 병은 이 드라마에서 자신을 제거하기 위해 임시방편으로 만들어진 것도 알고 있다. 그 모든 복잡한 감정을 지니고도 그녀가 드라마 속에서 약혼자를 바라보는 모습은 의외로 희미한 미소였다.

그는 그녀의 희미한 미소 뒤에 숨겨진 고뇌를 꿰뚫어 본 느낌이 들었다. 그녀는 수척하다 못해 얼굴이 반쪽이다. 홀쭉하게 살이 빠진 그녀의 오른쪽 뺨에는 멍처럼 푸르스름한 기운이 감돌고 있었다. 그것은 암에 걸린 환자의 모습을 연출하기 위한 분장 때문이 아니라, 어쩌면 자신의 지금 처지를 괴로워하면서 생겨난 분노나 수치가 그녀의 얼굴에 드러난 것인지도 몰랐다. 강은지는 12%의 시청률 때문에 드라마에서 쫓겨나야 한다는 사실을 알고 있으며, 또한 그 사실이 신문에 알려져 모든 사람들이 그 사실을 알고 있다는 것도 알고 있다. 드라마 내에서도 암 때문에 죽음의 선고를 받고 있지만, 탤런트라는 사회적인 역할에서도 사형선고를 받은 것이나 다름없었다. 그는 침대에 누워 있는 강은지의 머리를 쓰다듬으며 한없이 위로해 주고 싶었다. 화면 속에서는 그의 선배가 침대 옆에 앉아 그녀의 손을 쥐고 있다.

한편, 모터사이클 남자는 사랑하는 여자가 갑자기 자취를 감추자 당황하며 달밤에 들판을 쏘다니는 늑대처럼 여자를 찾아 헤맨다. 그는 몹시 그리워하고 고통스러워하고 괴로워한다. 그의 모터사이클 속도가 무제한으로 빨라지고, 배경음악으로 브라암스의 '주제와 변주곡'이 장엄하면서도 애절하게 깔린다. 그는 모터사이클 남자의 고뇌에 찬 표정을 보면서 상대역의 암과 상대역의 퇴출에 대한 나름의 슬픔을 표현하고 있다고 느꼈다. 그의 가슴에 매달린 커다란 주화 목걸이가 밤의 불빛들을 받아 반짝이곤 했다.

그런데 박세기(모터사이클)가 갑자기 환한 대낮에 나타났다. 그는 여태 밤에만 눈빛을 반짝이며 등장하는 올빼미였다. 직업도 신분도 알 수 없는 미스터리한 인물이었다. 갑작스런 그의 낮 등장은 드라마에서 뭔가 심상치 않은 변화가 일어날 것을 예고하고 있는 듯하다. 그는 환한 대낮에 번쩍이는 중형차를 타고 선글라스를 낀 채로 현대식 건물 지하 주차장을 나서고 있다. 건물 입구의 수위가 그 차를 보자마자 깜짝 놀란 듯 거수경례를 한다. 저건 무슨 시추에이션인가? 여기서 방영분 1회분이 끝났다.

그는 TV를 눌러 껐다. 〈사랑의 이중주〉는 서서히 구조조정을 하고 있다. 너무나 잘나가던 안방 프로듀서와 드라마 작가와의 만남이었기에 그들은 자신만만했고, 드라마가 이런 중병에 걸릴 줄 상상하지 못했을 것이다. 12% 비상사태, 드라마를 진찰해보니 적절치 못한 종양같은 인간이 자리 잡고 있었다. 일단 확인한 이상 제거해야만 한다. 그 수술은 이미 시작되었다. 시나리오는 고쳐졌다. 그것을 시술

하는 프로듀서는 물론 다른 배우들과 그 첫 번째 희생자인 강은지까지 모두 마음을 정한 듯 보였다. 이 수술이 성공적으로 이루어지길 기도하며 모두들 협조하고 있었다.

"모두 한꺼번에 침몰할 수는 없는 노릇 아니오."
 과장은 그에게 정리 해고자를 통보하면서 그렇게 말했었다. 그도 강은지처럼 처음에는 간단하고도 무력한 저항을 했다. 소용없는 일이었다. 그 역시 암같은 존재였다. 서둘러 잘라내지 않으면 곳곳으로 전이되어 회사를 쓰러뜨릴 수도 있었다
 그는 방바닥에 누워 있다. 방 안에는 꺼진 TV가 거대한 덩어리처럼 웅크리고 있고, 낡은 가구, 사진, 자명종, 행거, 아내의 솔, 오래된 신문지 따위가 가득 차 있고, 방바닥에는 개미가 기어 다니고 가끔씩 날벌레가 공간을 가로지른다. 이 하찮은 것들을 보관하고 진열할 공간을 위해 그토록 열심히 일했었다. 바닷가에 밀려온 물결 위의 거품같은 공간! 언제 터져 사라져버릴지 알 수 없는 공간이다. 모든 일이 그렇게 은밀하게 진행될 수가 없었다.
 집 주인은 이 건물을 담보로 맡기고 융자를 얻어 사업을 했고, 그 사업은 초기에 망해 버렸다. 건물의 소유권이 은

행으로 넘어갔고, 은행은 이 건물을 경매에 내놓았다. 그가 쥐고 있던 전세 등기는 순위상 아무런 보상도 받을 수 없었다. 아내가 민지를 데리고 나가 버린 것은 집안의 물건들과 마찬가지로 그 자신들조차도 정돈해 둘 장소가 곧 사라지기 때문이었다. 그런 점에서 아내는 삶에 있어 그보다 더 본능적이었다.

하룻밤 사이에, 아마 병이 난 모양이다. 아침에 일어나니 손이 뻣뻣하고, 얼굴은 창백하다. 나중에는 시퍼렇게 질린 입술까지 떨렸다. 어젯밤 먹은 찬밥이 밤새 소화되지 못하고 위쪽에 그대로 퍼지르고 앉아 있는 느낌이다. 체온도 많이 내려가 있다. 여름인데도 한기가 느껴진다. 처음에는 피부 거죽에 소름만 돋더니 점점 빙산같은 한기가 뼛속까지 스며든다. 몸이 싸늘하게 식어가는 느낌이다. 몸 내부에 어떤 회오리기 같은 움직임이 일어나는 것을 느꼈고, 화장실로 달려갔다. 변기에 입을 대고 토해내기 시작한다. 위안에서 딱딱하게 굳어 있던 모든 내용물들이 물처럼 쏟아져 나온다. 몸은 그들을 받아들이지 않으려는 듯 필사의 노력으로 그들을 바깥으로 밀어낸다. 어제 먹은 밥이 약간 쉬었던 모양이다. 그는 쉰 냄새를 맡은 것 같기도 하다. 하지만 곧 그 냄새는 사라졌기에 그는 그것을 먹었다. 식중독인 모양이다. 변기에는 불어터진 밥알과 소화되다만 벌건 김치 양념이 뒤섞여 한가득 담겨 있다. 그 토사물들을 보자 비위가 거슬려 다시 토해낼 수밖에 없었다. 몸안에 있는 내장이 모두 뒤집혀 입 밖으로 올라오는 듯 했다. 그는 서둘러 변기 꼭지를 내렸다. 벌건 토사물이 변기 구멍 속으로 내려가면서 순식간에 맑은 새 물이 채워졌다.

 이 시각이라면 다른 동료들은 이미 출근했을 것이다. 그들은 '좋은 아침!'을 외치며 각자 자기 자리를 찾아 앉고, 지금쯤 그들의 책상 위에는 향기로운 모닝커피가 놓여 있을 것이다. 그가 회사를 떠나야 한다는 결정이 났을 때, 동료들은 한결같이 양손으로 커피잔을 감싸듯이 그의 손을 감싸주었다. 그는 주변에 그렇게 구름같이 많은 휴머니스트들이 있는데 놀랐다. 사장은 그의 등을 두드리며 사정이 좋아지면 제일 먼저 부르겠다고 굳게 약속했고, 선배는 집안의 맏형처럼 그를 굽어보며 책임감을 토로했으며, 노조는 그를 보호해야 한다며 사자의 머리처럼 큰 소리를 쳤고, 미스 김은 그가 좋아하는 양념통닭집을 차려 이 회사보다 더 큰 사업주가 될 뿐 아니라 한국의 양념통닭을 세계에 수출해서 맥도날드를 능가하는 대기업을 이끌게 될 것이라는 거대한 미래의 이상과 비전을 창조해냈다. 갓 입사한 미스 유는 연

세상에 존재하지 않는 것

약한 몸을 이끌고 새벽 5시면 교회에 나가 그를 위해 간절히 기도를 했다. 그를 떠나 보내기 위해 마지막 회식 비슷한 자리 (사실 그 자리는 미스 김의 득남을 축하하는 자리였다)에서는 가뜩 준비한 웃음 보따리를 열어 우울한 그를 즐겁게 해주려고 애썼고, 그것이 다 떨어지자 마치 상가에서 만난 문상객들처럼 슬프고 어쩔 수 없는 얼굴들로 그를 다정하고도 열렬하게 위로했었다. 그러면서도 그들은 조금씩 조심하고 경계하고 눈치를 보았다. 그가 빠진 함정에 자신들도 휩쓸리게 될까봐 경계심을 늦추지 않았다.

그는 다시 위의 발작을 느끼며 화장실로 내달았다. 음식물이 아니라 맹물이 쏟아져 나왔고 쉰 냄새만 코를 찌른다. 붉은 토사물 속에 아는 사람들의 얼굴이 뭉개져 보인다. 방으로 돌아오는 도중에도 떨리는 몸을 주체할 수가 없었다. 입천장이 바짝바짝 말라가고 있었다. 그는 벌벌 떨면서 찬물을 벌컥벌컥 마셨다. 뼈속까지 냉기가 흘러들었다. 저녁 9시 40분, 〈사랑의 이중주〉가 시작될 때까지 그는 이불을 돌돌 말은 채로 쓰러져 있었다.

그는 좀비처럼 누운 채로 TV를 보았다. 한 화장품 광고 모델이 눈 아래에 주름방지 제품을 바르며 "나는 안 변해! 내가 왜 변해!"를 외치고 있었는데, 오래간만에 보는 그녀는 많이 늙어 있었다. 그 다음에는 얼굴이 뭉개진 철인이 죽자살자 달려오더니 시커먼 펩시병을 내밀었다. 그리고 "아이 캔! 아이 캔은 로열티를 지불하지 않는 순수한 우리 제품입니다"라는 CF가 지나갔다.

박세기가 이젠 고급 승용차를 타고 강은지를 찾아 헤매고 있었다. 그는 그 애타는 과정을 연출하면서도 수정된 시나리오에 따라 교묘하게 자신을 탈바꿈시키고 있었다. 밤의 모터사이클 남자로 등장했을 때의 그의 역할은 어둠의 자식이었다. 길들여지지 않은 야성, 가난에 의해 약간 뒤틀리고 고집 세고 자존심 강한 남자, 바로 강은지의 감성을 건드리는 남자였던 것이다. 그의 존재는 강은지가 무난한 선배와 새로운 삶을 시작하는데 갑자기 끼어들어, 여자로 하여금 평범한 삶을 영위하기 위해 재혼을 할 것인지 아니면 여자의 감성과 본능에 따라 어둠의 벽을 타고 돌아다니는 위험하고도 자극적인 연하의 남자와 새로운 관계를 맺을 것인지 갈등하도록 하는 역할이었다. 아마, 애초의 시나리오에는 박세기가 고아로 설정되었을 것이다. 처음 2회가 방영되는 동안 그의 집이나 가족이 한 번도 나타나지 않았기 때문이다.

박세기는 한 손에 핸들을 다른 한 손에 핸드폰을 쥐고 전화를 걸고 있었다. 한 고층 빌딩의 아름다운 비서가 운동장만큼이나 큰 회장실의 재벌 총수에게 그 전화를 연결하였다. 박세기는 다짜고짜 "아버지" 하고 말했다. 그 한마디로 박세기는 수정된 시나리오에 의해 새로운 역할을 떠맡을 준비가 끝났다. 그는 고아에 가난하며 밤을 떠도는 어둠의 자식에서 재벌 총수의 자식으로 탈바꿈한 것이다. 박세기의 어머니도 우아하고 부유한 모습으로 등장했다. 그녀는 호텔 커피숍에서 아주 귀엽고 철이 없을 정도로 발랄한 젊은 여자와 차를 마시고 있었다.

"오빠가 유학하고 돌아온 지도 3주쯤 됐죠? 빨리 보고 싶어요."

"조금 기다려. 이제 서로 만나면 어른이니 신중해야지. 그 애 마음을 확 잡아 보라구."

그 젊고 아름다운 여자가 강은지를 대신해서 박세기와의 사랑을 이끌어갈 새로운 주인공이었다.

강은지는 줄곧 병원 침대에만 누워 있었다. 누워 있는 그녀 주변으로 의사, 간호사, 그리고 그의 약혼자가 왔다갔다 했다. 이제 그녀는 더 이상 생각하는 여자로 보이지 않고, 단지 고통을 느끼는 신체를 지닌 어떤 것으로 보였다. 그녀는 이제 일어나 연기할 필요가 없었다. 그녀는 침대에 누워 있는 살덩어리 그 자체였다. 그 살덩어리는 침대 옆에 있는 물병, 커튼, 약병, 다른 물체들처럼 그곳에 있으면 되는 것이다. 그녀는 그렇게 있었고, 나머지가 열심히 움직였다. 의사는 약혼자에게 고개를 좌우로 흔들고 "마음의 준비를 하십시오"라고 말했고, 그녀의 늙은 어머니도 딸을 만나러 와 울면서 "팔자 센 년!" 하고 말했다. 강은지는 그냥 누워 있었다. 그녀가 침대 위해 누워 있지만 침대를 사용하고 있는 것 같지도 않았다. 침대는 매트리스와 용수철과 솜으로 만들어져 그곳에 있었고, 강은지는 흩어진 머리카락과 피부와 뼈로 만들어져 그곳에 있을 뿐이었다. 강은지는 의사, 간호사, 그리고 약혼자들이 있는 인간의 세계에 더 이상 속해 있지 않았고, 도리어 화면 속에 그냥 놓여 있는 다른 물체의 세계에 소속되어 있는 것처럼 보였다. 이제부터 이것이 침대이고, 이것은 강은지라는 인간이라는 구분이 더 이상 없어 보였고, 그들은 마치 고집스러운 어떤 물건들처럼 그곳에 놓여 있을 뿐이었다. 그들의 모습은 때로 그로테스크하고 대책이 없어 보였다.

강은지의 갈색 눈동자와 갈색 얼굴, 표정은 축 늘어지고 팔은 그녀의 어깨에 찰싹 달라붙어 있다. 그녀는 마치 병원 유리 창문에 주름잡혀 있는 커튼처럼 조금씩 떨었다. 커튼에 묻은 얼룩처럼 그녀의 얼굴은 얼룩지고 작은 종기도 나 있었다. 그녀는 한줄기 어두운 선을 가진 의자처럼 그곳에 있을 뿐이었다. 그녀가 약혼자에게 희미하게 미소지었지만 그것은 그 의자에 난 검은 선처럼 신비롭고 장난기를 띤 표정이고, 또한 그것은 표정도 아니었다. 강은지가 인간에게서 물건으로 넘어가는 과정은 그렇게 간단하고 충격적이었다.

'사랑의 이중주'를 그대로 내버려둔 채, 그는 모든 것을 잊고 잠들고 싶었다. 몸은 얼음처럼 차가와지고 있었다. 등을 대고 누워 있는 방구들을 도리어 그가 지고 있는 것처럼 중압감이 느껴지면서, 몸이 아래로 내리깔렸다. 정신을 차리면 그도 병실의 강은지처럼 누워 있었다. 하지만 그의 주변에는 따뜻한 인간들의 소리도 손길도 냄새도 없었다. 몇 개월 전만해도 아내나 민지는 확실한 실체들이었고 그의 소속이었다. 아내가 표면적으로 맺어져 있는 그들의 관계를 뒤집어 자신으로 돌아간 다음에도 그는 그녀의 존재를 가끔씩 바람에 실려오는 레몬 향기처럼 느낄 수 있었다. 하지만 지금 아내와 민지는 그의 모든 감각망을 빠져 나가는 투명 인간들이다. 어떤 식으로도 그들이 감지되지 않는다. 그가 그들과 맺어온 관계는 텅 빈 것이었으며 아예 처음부터 있지 않았던 것이다.

드디어 박세기가 강은지가 입원해 있는 병원을 찾아낸 모양이다. 그는 하얀 양복을 입어 가슴의 구릿빛 목걸이를 감춘 채 멋진 걸음걸이로 대학 종합병원 안으로 차를 몰고 들어간다. 그는 병원의 안내계로 가지 않고 곧장 병원의 원장실로 올라간다. 하얀 가운을 걸친 인상좋은 원장이 그를 매우 반긴다. 갑자기 출현한 병원장은 "자네가 기억하는 것보다 내가 자네 어린 시절에 대한 기억을 더 많이 가지고 있을걸세."라고 말하고, "이제 돌아왔으니 아버지의 힘이 되어 드려야지."라고 말한다. 박세기는 강은지의 병에 대해 묻고, 원장은 놀란 눈으로 그를 바라본다.

"우연히 알게 된 사람입니다."

"내 조카년이 자네를 보고 싶어하니. 언제 한번 집으로 들르게나."

그렇다. 시나리오는 이렇게 고쳐졌다. 병원장 조카가 새로 등장한 정미라였다. 병원의 한 입원실에서는 주인공인 강은지가 죽어가고 있었고, 다른 한 장면에서는 화려한 배경과 가족 관계를 기반으로 정미라가 새롭게 등장하고 있었다. 그녀는 강은지의 죽음을 밟고 일어난 새로운 재벌가의 딸이다.

박세기는 강은지의 병실을 찾아내려간다. 다행히 병실에는 그녀의 약혼자가 잠시 자리를 비운 상태이다. 그녀가 몸을 달팽이처럼 감고 혼자 누워 있다. 그녀는 잠이 든 상태이다. 그의 눈에 눈물이 핑그르르 물팽이처럼 돈다. 최소한 그의 슬픔은 거짓이 아닐 것이다. 그는 드라마속 남자 주인공으로 정말 암에 걸려 죽어가는 여주인공을 사랑하는 역할인데다가, 드라마 시청률 때문에 이미 만신창이가 되어 드라마 밖으로 사라져갈 이 가련한 탤런트에 대해 적어도 연민이 있을 것이다. 박세기는 잠들어 있는 강은지의 입술 위에 자신의 입술을 대려다가 한순간 망설였고, 결국 가만히 갖다 대었다. 슬프고 아름답고 짧은 입맞춤이었다. 그녀는 여전히 하얀 종이처럼 잠들어 있었다. 투명한 물기가 묻은 빛이 그의 눈가에 매달렸고, 강은지는 물 같은 침묵 곳에 빠져 있다. 박세기는 병실의 문을 조용히 열고 나선다. 병실에서 나오던 그는 맞은편 복도에서 걸어오는 강은지의 선배와 마주친다. 병실 안에 있는 강은지의 눈이 스르르 열린다. 그녀는 손으로 자신의 입술을 가만히 만져보더니 다시 조용히 눈을 감는다. 그녀의 얼굴이 힘없이 옆으로 꺾인다. 그녀는……

그는 죽은 듯 누워 있었다. 천장의 튜울립 모양의 전등,

소용돌이 무늬의 벽지, 그 위에 묻어 있는 곰팡이, 공기 속에 감도는 여름날의 끈끈하고 척척한 열기, 땀 냄새, 그리고 그의 숨소리, 이 모든 것이 반수 상태였고, 그가 토해낸 토사물처럼 불그죽죽하게 삭아 있었다. 이 모두 남아도는 것들이었다. 아무짝에도 쓸 수 없는 너무나 주체할 수 없는 거북한 사물들이었다. 아내는 정말 영리하게도 민지와 꼭 필요한 것들만을 챙겨 갔다. 저 오래된 비닐 가방, 칠이 벗겨진 행거, 저 검은 쥐! 아니 검은 전화기는 그를 위해 새벽 기도까지 하던 미스 유와 맞벌이하던 '미스 김' 까지 잘렸다는 소식을 전하고선 쥐 죽은 듯이 웅크리고 있고, 벽시계, 그리고 '그'라는 인간, 이 모든 것이 잉여물이었다. 이 방 안에 남아 있는 것들은 더 이상 어떤 용도도 가지고 있지 않았다. 더 이상 정리할 필요도 없는 잡동사니들이었다. 그들은 각자 잘려 나간 헝겊조각이며 필름 조각이고 잘려나간 손톱, 잘려나간 머리칼 또는 암덩어리, 어떤 것이든 좋았다. 이들 각자는 이제 어디에도 다시 유입될 가능성이 없는 홀로이고 자유였다. 그는 그렇게 부글거리며 넘치는 사물들과 뒤섞여 있었다. 그와 그 사물들의 만남은 우연 그자체였다. 뒤죽박죽이 바로 그들 사이의 질서였다. 그가 지금 누워 있는 방은 거대한 하나의 쓰레기통이었다.

그는 그 쓰레기통 속에 누워서 이상야릇한 경험을 하기 시작했다. 그것은 황홀감이었다. 그는 점점 자신의 몸에서 비늘이 벗겨지면서 끝없이 미끄러지는 것을 느꼈다. 그 끝없는 해체, 그 황홀감 가운데서 자라나고 있는 것은 역할을 벗어버린 인간이었다. 그는 공원의 쓰레기통 속에 처박혀 젖은 신문지처럼 누워 있었다. 그는 분비물인지 찌꺼기인지 축축하게 젖어 있던 어떤 물질이었다. 그의 얼굴이 울퉁불퉁 변하여 마치 신문 속의 강은지처럼 피부가 변하는 것 같았다. 그는 강은지가 되어 신문지의 펄프 속에 누워 있었다. 방 안의 후즐근한 공기가 더러운 쓰레기통의 내부처럼 시각과 후각과 미각을 초월한 공감각의 상태로 그를 몰아갔다. 그는 감각의 경계가 파열된 쓰레기통 속에서 혼란이라기보다 차라리 풍요로움을 만끽하고 있었다.

그는 이제 자신의 형체도 의미도 지워 버렸다. 그는 아무것도 아니었다. 그의 눈은 텅 비어 있었다. 몸도 텅 비어 있었다. 그는 몸이 빠져 나간 유령처럼 가벼워졌다. 그는 자신의 그런 해방을 자축하고 있었다. 자살을 하지 않은 것은 다행이었다. 그럴 필요도 없었다. 그는 죽어서 버려질 자신의 시체를 생각해보았다. 그의 희멀건 시체, 그의 살, 그의 뼈, 그의 머리카락, 그의 상념, 그의 존재 자체가 불필요한

데, 그것을 죽이는 것은 더 불필요한 찌꺼기였다. 삶도 죽음도 그를 토해내고 있었다. 그는 영원한 토사물이었다.

이런 절대적 존재의 경험을 통해 그는 서서히 자신을 사랑하는 감정을 느끼게 되었다. 그리고 강은지도 사랑하게 되었다. 강은지는 죽음의 이중주를 통해 이 사회의 가엾고 초라한 역할을 벗어버림과 동시에 충족한 인간으로 돌아왔을 것이다. 그녀는 이제 사용되기보다 존재할 것이다. 그것뿐이었다. 그녀는 존재하면서도 존재하지 않고, 존재하지 않으면서 존재하는 것, 남도 도는 것, 찌꺼기, 그리고 도처에 존재하는 잉여물로 살아갈 것이었다. 관계, 근원, 기능, 모든 것에서 벗어난 자신의 그 존재, 그 풍부함, 그 아찔하고 어리둥절한 존재, 있으나 없는 듯한, 없으나 있는 듯한, 꿈의 여인 그레타 가르보처럼 그녀는 살아갈 것이다.

〈사랑의 이중주〉는 아직도 끝나지 않고 있다. 일류 호텔 커피숍, 스포츠카, 그리고 절벽 위 산장, 두 남녀의 만남은 병원의 칙칙하고 우울한 분위기와는 전혀 다르게 밝고 화려하게 펼쳐졌다. 새로 등장한 정미라는 가슴이 놀라우리만큼 솟은 글래머에 건강미가 넘치며 언제든지 남자를 유혹할 수 있다는 자신감을 가지고 있는 여자처럼 보였다. 그녀는 박세기 앞에서 어질어질한 애교를 보였다.

"정말 안 돼요?"

"그래 당분간은."

"오빠 왜 그래요, 난 그 이유를 알아야겠어요. 으응."

박세기는 아주 우울하고 괴로워하는 역할을 하고 있었다.

"오빠, 혹시 다른 여자가 있어요?"

"그래. 잊을 수 없는 사람이 있어. 그 사람을 잊기 전에는 아무도 받아들일 수 없어. 그런데 그 사람은 영원히 잊어질 것 같지 않아."

옛 여자의 추억에 사로잡힌 남자의 역할로 박세기는 새로 등장한 정미라와의 갈등 구조를 다시 형성하고 있었다. 그의 대사는 여전히 시적이고 낭만적이었다. 정미라는 물러서지 않을 태세였다. 예전에는 박세기가 강은지에게 매달렸다면, 이제 그 입장이 바뀌어 정미라가 박세기에게 매달리고 있었다.

"그렇게 자신만만해 할 필요없어요. 나는 오빠를 결국 내 사람으로 만들거예요."

그녀는 정열적으로 달려들어 박세기에게 키스했다. 정미라는 강은지가 죽어간 것에 대해 아무 것도 모르는 것으로 설정되어 있었고, 그 역할이 차라리 그녀를 속 편하게 하는 듯 보였다. 정미라는 수정된 시나리오 속으로 갑자기 침입해 들어왔으면서도 박세기와 오래 전부터 서로 알고 지냈다는 과거의 믿음 위에 굳건하게 서 있었다. 그 연속성 때문에 그녀의 감정도 정당해 보였다. 하지만 그들의 과거는 시청자들에게 전혀 드러나지 않았고, '과거'라는 단어만이 시청자들에게 그들의 관계를 믿게끔 묶어 놓고 있었다. 정미라는 사랑에 빠진 사람의 역할을 하는데 자기보다 더 잘할 수 있는 사람은 없다고 생각하고 있었다.

드라마 속에 살아 남은 사람들 중에서 가장 측은하고 가엾은 사람은 강은지의 약혼자였다. 강은지를 위해 참으로 사려 깊고 정이 많았던, 그러면서도 평범했던 남자는 이 새로운 재벌들의 연결 고리와 사랑 관계 앞에서 변질되었다. 나중에 알고 보니, 그가 몸담고 일하고 있는 회사는 바로 박세기 아버지의 것이었다. 박세기는 아버지의 사업을 돕고 그것을 이어받기 위해서 외국에서 공부를 마치고 돌아왔으며, 단번에 그룹의 사장으로 부상하였다. 그 사장 밑에서 일하게 되면서 그는 사랑하는 여인의 마음을 빼앗긴 질투나 배신, 자신의 아내가 될 여인을 여러 사람의 공모에 의해 잃은 슬픔이나 분노, 이 모든 감정을 잊기라도 한 듯 머리를 굽실거리는 비열한 직장인으로 천천히 변모하고 있었다. 그는 그 회사에서 살아남아야 한다는 강한 생존 본능과 욕

세상에 존재하지 않는 것 245

망을 가지기 시작했다. 그는 그가 지니기 시작한 그 연약함, 무력함, 그리고 그 흐느적거림 앞에서도 분노가 생기지 않았다. 그나 그나 이미 풀이 죽고 피로하고 오그라든 음경같이 변해 버렸다.

"나는 아직 그 사람을 잊지 못하고 있어. 내 마음속 그녀의 자리에 너를 받아들일 순 없어."

무조건 사랑한다고 고백하며 따라다니는 정미라에게 박세기는 그는 이런 유사한 표현을 끊임없이 되풀이했다. 강박관념 같은 이 표현들 때문에 하마터면 그는 박세기에게 잊을 수 없는 여자가 있다는 착각에 빠질 뻔 했다. 점점 모든 것이 몽롱해졌다. 그는 혼미 상태에서 박세기가 말하는 그 사람이 누군가하고 한동안 생각에 잠겼다. 그는 누워서 검은 쥐가 꿈틀거리는 것을 보았고, 갑자기 굳은 시체같은 몸을 벌떡 일으켜 앉았다. 그 사람은 강은지가 아닌가? 쓰레기처럼, 종기처럼, 암처럼 잘라서 버린 강은지가 아닌가? 그런데 이게 어떻게 된 것일까? 강은지 때문에 저렇게 젊고 아름다운 재벌의 딸을 받아들일 수 없다고 말할 수 있단 말인가? 박세기는 저 말을 하면서 어떻게 자신을 용서할 수 있단 말인가? 어떻게 저런 어마어마한 거짓 드라마를 계속 이어가면서 시청자들의 시청률을 계속 요구할 수 있단 말인가?

정미라는 그래도 그를 사랑한다고 말하고 있었다. 이 우스꽝스러운 장면에 하마터면 그는 웃을 뻔했다. 그는 이 드라마가 얼마나 자신을 처음부터 희롱하고 있었는지 깨닫기 시작했고, 냉기로 이를 빡빡 갈았다. 12% 시청률의 책임은 모두에게 있었다. 그 드라마에 참가한 모든 사람들이 그 사실을 알고 있었다. 드라마 작가와 그 시나리오를 연출한 프로듀서, 그리고 그 시나리오에 따라 움직인 모든 탤런트들도 12%의 책임에서 벗어날 순 없었다. 드라마 제작팀뿐만 아니라 심지어 시청자들에게도 책임이 있는 것이었다. 〈사랑과 이중주〉를 보지 않고 다른 채널에 관심을 고정시켜버린 그 무관심과 흥미의 독선도 결코 책임에서 벗어날 순 없었다. 12%에 전혀 가담하지 않았으면서도 자신의 권리를 찾아 챙긴 새로운 시청자들, 그들은 지금 이 모순과 허위에 가득한 드라마의 시청률을 높이면서 웃고 앉아 있는 것이다. 아니 처음 12%에 가담했던 그 자신조차도 이 거짓 행진을 계속 보고 앉아 있지 않은가!

그는 채널을 돌려 버렸다. 한순간, 그는 찢어진 필름을 본 듯했다. 그가 다시 고정시킨 바로 그 채널에서는 새로운 일일 연속극이 진행되고 있었다. 〈사랑의 이중주〉처럼 화려하고 낭만적인 분위기와는 달리, 비루한 삶의 일상과 소소한 갈등을 그린 가족 드라마였다. 한순간, 그는 얼굴을 찡그리며 화면을 바라보았다. 그럴 리가 없었다. 그는 갑자기 소리를 내질렀다. 그를 놀라게 한 것은 바로 그것, 고통에 젖어 물렁물렁한 잼처럼 침대에 누워 있던 그 물체, 거부와 소외로 자신의 역할에서 벌거벗겨졌던 인간, 영원한 잉여물로 다시 돌아온 인간, 그레타 가르보처럼 이름만 있고 그 실체를 감춰버린 인간, 이 세상에 존재하지 않는 것, 바로 강은지가 그 화면에 있었던 것이다. 그녀는 빠글거리는 머리칼을 하고 입술을 새빨갛게 칠하고, 아이의 손을 잡아끌고 소리를 지르는 조악한 중년의 여자 역할을 맡고 있었다. 죽은 자가 살아 돌아 온 것 같았다.

순간, 그는 이 세상에 존재하지 않아도 되는 것이 존재하는 것을 보았고, 그 이중적 죽음의 공모에 누구보다도 적극적으로 가담한 마지막 인간이 바로 그녀였음을 깨달았다.

그는 갑자기 12% 시청률의 권리를 되찾고 싶어졌다. 그는 창백한 얼굴이 매달린 뻣뻣한 장작개비같은 몸뚱아리를 일으켜 세웠다. 그는 방을 나서기 시작했다. 한 발씩 발을 내려디딜 때마다 계단이 물컹물컹 내려 앉았다.

공원 입구에는 쓰레기통 두 개가 나란히 놓여 있고 캔과 종이류가 구분되어 들어 있었다. 오른 쪽 통 속에는 접혀진 여러 장의 신문이 들어 있었다. 그 신문의 제일 윗장에는 커다랗게 남자의 사진이 구겨져 나와 있고, 그 위에 '강은지 피살'이라고 적혀 있었다. 그 사진 옆의 글에 따르면, 범인은 유경민(38살)으로 ㅇㅇ광고회사에서 대리로 있다가 6개월 전 정리 해고를 당했으며, 이에 충격을 받은 아내가 아이를 데리고 가출을 해버렸고, 주변 사람들에 의하면 그는 심한 우울증에 빠져 있었고, 그가 살인을 저지른 것은 그가 살던 건물에 집달리가 찾아간 날이었고, 그는 지금 거의 정신 이상 상태를 보이고 있었다. 그리고 범행 후, 경찰의 모든 질문에 대해 그는 같은 대답만을 하고 있다고 적혀 있었다.

"누가 이 세상에 존재치도 않는 것을 죽일 수 있겠어?"

신문은 그곳에서 찢겨져 있었다.

쥐식인 8

쥐식인의 외출

 길쭉하고 거무스름한 형체가 먹구름처럼 떠오고 있었다. 말짱하게 갠 하늘에 그 어두운 형체가 일정한 속도로 계속 날아오자 사람들은 비행기라고 생각했다. 그러다가 비행기의 날개도 소음도 발견할 수 없게 되자 희귀한 모양의 기구氣球라고 추측했다. 마침내 그것이 떨어진 산기슭에 도달했을 때, 사람들은 여태 한 번도 보지 못한 한 생물체를 발견하게 되었다. 사람들은 요리조리 뜯어보기도 하고 막대로 이리저리 찔러보기도 했다. 꿈쩍도 하지 않았다. 결국, 그것은 그 무엇의 사체였다.

뇌검 1, 몇 층의 뇌를 가졌나

 날아온 사체는 사람들에게 여러 가지 추측과 상상을 몰고 왔다. 땅을 파헤치다가 나왔다거나 바다의 물결에 떠밀려 온 것이 아니어서 의문은 당연히 증폭될 수밖에 없었다. 비행 물체나 날개도 없이 사체가 어떻게 홀로 날아 왔는가, 특히 지금은 숨을 쉬지 않지만 어떤 목적을 위해 위장된 죽음의 상태는 아닐까, 혹시 정찰이나 정보 수집을 위해 보내진 첩보 로봇은 아닐까 등등 다양한 주장이 나왔다. 화면에 공개된 사체는 마모된 듯한 회색 머리칼, 둥근 머리와 가는 목 그리고 몸통, 그리고 두 개의 팔과 두 개의 다리(아니면 네 개의 다리)가 달려 있었다. 얼굴에는 아직 신념어린 표정이 남아있는 듯 보였다.

 사체가 어디서부터 왔는가? 어느 비밀스럽고 은밀한 연구기관의 실수로 튀어나간 사체가 허공을 헤매게 된 것이라는 추측이 가장 유력했다. 결국 정부 차원에서 뇌검(뇌를 검사하는 것)을 진행하기로 하였다. 부검은 육체적인 죽음을 관찰하는 것이지만 뇌검은 정신적인 죽음까지 확인하는 작업이었다. 정부에서 의문시하는 죽음의 경우 안보의 이유에서 뇌검을 실시하여 뇌에 남아있는 정보나 기억을 모두

회수하게 되어 있었다. 그 경우 뇌에 남아있는 기억이 더 이상 없어야만 최종적인 죽음을 선고할 수 있기 때문이다. 물론 사체의 머리를 절개할 필요도 없이 Z선만으로 이런 확인 작업은 충분히 가능하였다.

그 사체의 뇌가 1층(뇌간)으로만 이루어졌다면 아주 본능적인 욕구만 가졌던 생물체였을 것이다. 음식을 먹거나 마시거나 잠을 자고 교미하는 등의 원시적인 삶의 형태를 사는 파충류에 속한다고 볼 수 있다. 뇌 위에 또 다른 뇌가 위로 겹쳐져 있다면, 다시 말해 2층(구피질)의 뇌를 가지면 이 생물체는 본능 외에도 '감정'을 지니고 살았던 하등 포유류에 속한 것이다. 공포, 분노, 두려움, 기쁨, 슬픔을 느끼고, 후손을 위해 교미만 한 것이 아니라 이성을 만나면 가슴이 두근두근 뛰고 얼굴이 붉어지는 것을 경험했을 것이다. 만약에 3층(신피질)의 뇌를 가지고 있다면 그 생물체는 말하고 듣고 추론하고 계산하는 능력이 있었던 고등 포유류였던 셈이다.

1차 뇌검 결과, 이 사체는 3층의 뇌를 가지고 있다고 밝혀졌다. 그리고 사체의 외모나 뇌의 구조로 보아서 〈외계에서 온 인류人類가 거의 확실하다〉고 했다.

뇌검 2: 어느 공간과 시간의 기억을 가졌나

 그 사체는 어느 별에서 온 것일까? 2차 뇌검은 사체의 기억에 남아 있는 시공간 감각에 대한 것이었다. 육체적인 생명이 끊기고도 남아있는 이 기억이야말로 그 존재의 정체를 추적해나가는 가장 빠른 방법이기도 했다. 사체는 자신의 존재가 땅이나 벽 위에 있다고 느끼는 2차원적인 면面 감각도 아니고, 허공을 날아다니며 느끼는 3차원적인 입체적 감각도 아니고, 입체적 감각에 시간까지 지나가는 구球 감각을 지니고 있었다. 즉 그가 살던 별은 둥글다는 뜻이다.

 시간에 대한 인식도 마찬가지였다. 그의 뇌 기억 흔적에는 1963년, 1985년, 2005년과 같은 시간의 지표가 나와 있었고, 가장 최근의 것은 2033년이었다. 하등동물은 시간을 생명을 이어가는 물질로 기억하기 마련이었다. 시간을 숫자로 기록하는 것도 고등 인류의 한 특징이었다. 뇌검자들은 사체가 지구라는 별에서 온 인류일 가능성이 많다고 했다.

 그 사체가 지구에서 왔다는 사실을 확인하기 위해서는 생전에 사용한 의사소통의 방법이나 언어 체계를 파악할 필요가 있었다. 그의 뇌에 맨 처음 나타난 기호 뭉치는 바로 'TIME IS GOLD'라는 표기였다. 하지만 뇌검자들은 당장 그 뜻을 파악할 수는 없었다. 잠을 자던 자리(나중에 침대라고 밝혀짐)에는 SIMONS, 잠에서 깨어날 때 입고 있던 옷(파자마)에는 PUMA, 그가 이빨을 점검할 때 사용한 도구(칫솔)에는 LUCKY라고 새겨져 있었다. 'TIME IS GOLD'도 이빨 점검을 하기 위해 바라보던 거울에 새겨진 기호였다. 기호 전문 분석 컴퓨터가 내놓은 자료에 따르면 이런 기호는 지구에서 인류가 한때 가장 많이 사용했던 영어라는 것인데, 특히 서양국가가 주로 사용하는 언어라고 되어 있었다. 그 사실이 밝혀지자, 'TIME IS GOLD'라는 기호도 해독할 수 있게 되었다.

2차 뇌검 결과는 다음과 같이 발표 되었다. 〈지구인 중에 영어를 사용하고 시간을 황금으로 여기는 서양인으로 추정됨.〉

뇌검 3: 한국인은 어떤 상태로 실존하는가

뇌검 3에서는 뇌검2의 결과를 뒤집어야 하는 새로운 사실이 발견되었다. 사체의 뇌가 기억하고 있는 공간, 다시 말해 자신이 살았던 곳은 막연하게도 동쪽으로 127도 정도 치우쳐 있는 곳이었다. 3층의 뇌를 가진 인류人類는, 특히 지구의 서구인들은 자신들이 항상 중심이라고 느끼고 있었다. 더구나 지구는 둥글기 때문에 어디를 중심으로 잡느냐에 따라 그 주변이 생기고 중심과 주변이 언제든지 바뀔 수도 있었다. 자신을 중심으로 느껴야 주변에 대한 좌우나 상하가 정확하게 잡히는 법인데, 이 사체 인간은 '어떤 중심'에서 동쪽으로 127도나 치우친 곳에 자신이 살고 있다고 느껴 참으로 고독하고 위태로운 존재감을 보여주었다.

더구나 사체가 사용했던 언어 기호가 영어가 전부가 아니었다. '월간 NEXT'라는 책자가 포착되었을 때, '2005년 북한 핵무기 개발 위기' '2020년 날개달린 여성들의 정권 진출' '2023년 남북통일' 등 새로운 기호의 사용이 현저하게 나타났다. 이 사체는 ABC라는 영어 체계와 ㄱㄴㄷ 한글 체계를 같이 사용한 것을 알 수 있었다. 결국 동경 127.5도에 한글을 자국어로 가진 대한민국이라는 나라가 있다는 사실이 밝혀졌다.

지구인에 관한 자료들 중 대한민국이라는 나라에 대한 정보는 그렇게 많지가 않았다. 그 나라는 단군신이 만들었다는 신화를 가지고 있었으나, 단군신이 태어난 시점인 단기檀紀를 사용하지 않고 서양에서 예수가 태어났다는 서기西紀를 사용하고 있었다. 주변국인 일본은 국제적으로는 서기를 사용하지만 국내에서는 천황의 즉위를 기준으로 한 독특한 연호를 많이 사용하고 있었다. 사체는 공간이 127.5도 기울어지고 시간은 2000년이나 잘라먹은 이상한 나라의 인간처럼 보였다.

대한민국에서 온 듯한 사체는 자신을 '한국인'이라고 인식하고 있었다. 하지만 한국인의 특성을 알아볼 수 있는 특성은 그렇게 많지가 않았다. 그의 기억에 남아 있는 2005년의 '하루'를 추적해 보면, 7시 30분쯤 자명종에 실린 'Good Morninig!'의 반복 멘트로 침대에서 눈을 뜨고, 모차르트 음악을 틀고, 파자마를 입은 채 욕실로 들어가 칫솔에 치약을 묻혀 물고, 거울을 들여다보며 이를 닦았다. 침대, 파자마, 치약, 칫솔, 심지어 샴푸와 린스까지 모두 영어가 적혀 있다. 처음에 이 사체가 서양인일 것이라고 착각하게 만든 이유가 바로 이것이었다. 하지만 한국인이라는 사실을 처음 알게 해주는 것이 바로 식탁이었다. 같은 식탁에 앉았던 한 사내아이는 빵과 우유를 먹고 사라졌지만, 사체의 주인공은 밥과 국 그리고 한국 고유의 음식이라는 김치를 먹었다. 그는 아내와 말 한마디도 하지 않고 김치를 씹으면서 생각에 빠져 있었다.

그는 'Grandeur' 라는 이름의 자동차를 타고 나갔다. 길거리에도 Paris Baguette, Buy the Way 등 영어 간판이 즐비했고, 마트, 마켓 등 영어를 한국어로 옮겨 적은 곳이 넘쳐 났다. 그는 학교에 도착했다. 그는 영문학과의 교수였고 수많은 학생들이 교실에서 그를 기다리고 있었다. 그는 미국의 약국에서 영어로 약 사는 법을 학생들에게 몇 번 따라하게 한 뒤, 자신의 유학시절에 겪은 에피소드들을 농담처럼 지껄이며 시간을 보냈다. 그래서 뇌검자들은 그의 기억을 따라 서양 국가와 도시들을 찾아 헤매다가 다시 한국으로 돌아오기를 반복할 수밖에 없었다.

그 사체가 가졌던 미적 의식도 매우 서구적이어서 가슴이 풍만한 여자와 '롱다리' 를 매우 아름답게 여기고 있었다. 학문이름도 서양 의학을 그냥 의학이라고 부르고 대한민국식 전통 병원은 한의학이라고 불렀다. 그는 대한민국을 '조용한 아침의 나라' 라고 혹은 신비한 나라로 인식하고 있었다. 그러나 그렇게 조용한 나라는 아닌 성 싶었다. 술과 노래가 넘치는 나라였다. 장갑차에 깔려죽은 여자아이들에 대한 기억, 헤아릴 수 없이 많은 사람들이 붉은 옷을 입고 거리로 뛰쳐나와 소리쳤고, 국회에서 정치가들이 서로 밀고 당기며 싸우는 장면도 보였다. 남한과 북한을 가로막는 철조망이 걷히고 떠들썩하게 서로를 껴안고 우는 장면도 그렇게 조용하거나 신비해 보이지 않았다.

뇌검자들이 특히 주목한 것은 그 사체가 신토불이라 하여 대한민국 음식을 고집하고 있는 이유였다. 다른 모든 생활양식은 서양화 되었음에도 음식만은 그 나라 전통 음식을 고집하고 있었다. 종갓집 김치, 순창 고추장, 곱돌솥으로 지어낸 햇반, 가마솥 원리 그대로 지은 고슬고슬한 밥통, 고향만두 등. 외국의 수입고기보다 두 배 이상 비싼 한우만 먹었다. 콜라나 주스보다 쌀, 매실, 팥, 홍삼으로 만든 음료수를 더 많이 마시기도 했다. 한국인의 신토불이를 조사하는 과정에서 조류독감 등 지구를 휩쓰는 수많은 전염병에도 굳건하게 버티는 나라가 바로 대한민국이라는 사실도 알게 되었다. 어떠한 전염병에도 피해 없이 지나가는 아주 강력한 항체를 형성하고 있는 것이 바로 한국인의 몸이었다. 한국인이 그런 강한 저항력을 지니게 된 것은 바로 마늘과 고추가 뒤섞여 발효한 김치라는 음식 덕분이라고 믿고 있었다.

사체의 뇌검 3의 결과는 다음과 같이 발표되었다. 〈사체

의 정체는 지구인, 33% 한국인!〉

뇌검 4: 한국의 지식인은 어떤 존재인가

도대체 지식인이란 어떤 존재인가? 처음에는 사체의 신분을 '교수'라고 정리했으나, 사체가 너무나 강하게 자신을 지식인이라고 인식하고 있었기 때문에 뇌검자들은 그냥 지나칠 수가 없었다. 뇌검자들은 지식인을 많은 지식을 보유하고 기억하는 컴퓨터 기능을 가진 인간으로 상정했으나, 사체가 지식인의 기능을 제대로 하지 못한 것에 강한 절망감을 보여서 당황스러웠던 것이다. 죽어서도 이렇게 많은 정보를 보유할 수 있는 뇌를 가지고도 그렇게 자신의 존재를 부정하고 있는 사체, 뇌검자들은 시간이 많이 걸려도 지식인이 어떤 존재인가에 대한 추적 작업을 계속해 보기로 하였다. 한 기억의 흔적이 드디어 포착되었다.

그는 강가의 벤치에 앉아 63이라고 쓰인 고층 빌딩의 그림자가 물위의 비친 모습을 오랫동안 바라보고 있었다. 그때 그가 앉아 있는 벤치의 다른 끝 쪽에 한 젊은이가 와서 앉았다. 그 젊은이는 자리를 먼저 차지한 늙은이에게 말 한마디 없이 앉아 있더니, 긴 밤 지새우고 풀잎마다 맺힌 ~ 곡조를 매우 아름답고 맑은 휘파람 소리로 불기 시작했다. 그 소리에 끌린 늙은이가 젊은이를 물끄러미 바라보더니 휘파람이 끝났을 때 물었다.

"자네 이름이 무엇인가?"

"김건식이요."

"자네는 영문학을 전공하겠군. 광주에서 서울로 유학 와서 계단 난간에 노란 장미가 휘감고 있는 이층집의 2층에서 하숙을 하고 있지 않나?"

"그걸 어떻게 아세요? 그 철책 난간에 튀어나온 부분이 있는데 다리가 걸려 살을 찢었죠. 이렇게 상처가 남아 있어요."

"내 다리에도 같은 부위에 그 상처가 있지."

두 사람 사이에 침묵이 한동안 계속 되었다.

"할아버지기 낯설게 느껴지지가 않아요. 하지만 정말 할아버지가 내 하숙집을 알아요?"

"2층 하숙방의 책꽂이 맨 위쪽에는 원어로 된 셰익스피어 전집이 가득 차 있지. LP판을 수집하고 있는데 그 중에서 가장 아끼는 것이 바하지. 하지만 한가하게 셰익스피어나 읽고 바하의 음악을 들을 기분이 아닐 거야. 창에는 나비 모양의 커튼이 있지만 햇빛은 잘 가려지지 않고, 대학교 근처에 있는 하숙집 안은 항상 최루탄의 매운 공기가 맴돌아 네코는 콧물로 뭉개질 정도니까. 하지만 아래층 하숙집 딸이 그 공기를 참고 견디게 해주지. 두 살이 많았지만 짝사랑하고 있을 거야."

"사실은 그녀 때문에 하숙집을 옮기지 못해요. 그런데 할아버지는 누구세요?"

"내 이름은 제임스 김, 김건식은 대학교 때 내 이름이지. 나는 지금 2033년 새로운 수도 판문에 있지. 2023년 통일이 된 후 생긴 수도야."

"저는 지금 1982년 서울에 있어요."

"자네는 아직 통일은 꿈도 꾸지 못하는 1982년의 대학생이지. 자네는 지금 매우 특수한 정치적인 상황에 있을 거야. 군사 정권은 좌익 사상과 퇴폐 문화를 근절한다는 명목으로 각종 사상과 문화 활동을 통제하고 억압하고 있는데, 대학생들은 이러한 정치적 억압에 저항할 수밖에 없게 되었을 거야. 그 다리의 상처는 데모하다 도망 온 친구들을 급하게 숨겨주려다가 계단에서 굴렀기 때문이지."

"정말 할아버지가 내 미래예요? 와우! 내가 꿈을 꾸고 있는 건가요?"

"나는 오랜 동안 꿈을 꾸어왔지. 지금 자네가 생각하는 것처럼 나는 우리 사회의 중요한 몫을 차지하는 지식인인 줄 알았어."

"할아버지는 직업이 무엇이었어요?"

"영문학 교수였지."

"영문학 교수라고요? 정말 내가 할아버지의 과거면 좋겠군요. 그러면 저는 미래에 영문학 교수가 될 테니까요. 영문학 교수라면 최고의 지식인이죠."

"지식인? 내가 살고 있는 2033년엔 지식인이라는 단어도 거의 사라졌지."

젊은이는 별로 수긍하지 않는 눈으로 늙은이를 쳐다보았다.

"자네는 지금 스스로 지식인이라고 자처하고 있지만 지식인의 진정한 의미를 생각해 본 적이 있나?"

"지식인은 전문적인 지식과 교양으로 사회를 이끌어가는 엘리트 아닌가요?"

"그 사회를 어디로 이끌고 가고 있나?"

"영문학 교수가 되신 것을 후회하세요?"

"일제 시절 계몽주의자였던 내 아버지는 전통학문을 한 할아버지를 고리타분한 한학자漢學者라고 속으로 은근히 무시했고, 미국에서 공부한 나는 일본 식민지 시절의 지식인이었던 내 아버지를 몰아내면서 신지식인이 되었지. 우리는 항상 외부에서 들어오는 새로운 힘과 이념에 야합하면서 지식인의 기반을 형성했던 거야. 그런 과정에서 지식인들은 우리의 정체성을 스스로 거부하는 행위를 해온 셈이야. 결국, 스스로 몰락할 수밖에 없었지. 앞으로 새로운 지식인이 나타나면 그 배후에 누가 있는지 항상 경계해야만 하네."

"만일 할아버지가 나였다면, 1982년에 2033년의 한 할아버지가 미래의 자기라며 나타난 것을 어떻게 설명하시겠어요?"

"글쎄. 자신 있는 대답을 할 수는 없구먼. 하지만 한반도 통일을 기념하기 위해 국가에서 특별히 발행한 주화 하나를 자네에게 주겠네."

1982년의 젊은이는 동전 하나를 받아 들었는데, 그 동전에는 확실히 2023년이라고 되어 있었다.

사체의 뇌검 4의 결과는 다음과 같이 발표되었다.

〈1. '33% 한국인'은 스스로 지식인이라고 주장하고 있으나 자신의 역할에 좌절하는 모습을 보여주고 있다. 이유는 신지식인이 자국의 새로운 사상이나 움직임에 의해 형성된 것이 아니라 항상 외국에서 들어온 새로운 학설이나 풍습에 의해 과거의 정체성을 부정하면서 만들어졌기 때문이다. 그래서 다시 신지식인이 나타나면 경계해야 한다고 주장하고 있다.

  2. 과거의 자신과 만나는 이 부분은 실제 기억이라기보다 지구인의 머릿속에서 만들어진 환상의 기억으로 여겨지는데, 이는 지구의 아르헨티나 작가 보르헤스의 소설 '타인'을 재현한 듯한 느낌이 있기 때문이다. 지구인은 그 소설을 읽고 자신의 체험처럼 재구성해서 뇌 속에 저장한 듯한데, 그 증거가 '타인'의 마지막 부분처럼 과거의 젊은 자신에게 미래의 동전을 주는 행위이다.〉

마지막 뇌검; @의 비밀 보고서

뇌검 4까지는 공개할 수 있으나, 이 @의 비밀 보고서는 일반인에게 공개할 수 없다.

한국에서 지식인이라는 개념이 형성된 과정을 파악하면서, 우리가 앞으로 지구에 안착하게 될 한 가지 방안을 찾게 된 것 같다. 다시 말하면 일본 식민 정책이나 6·25이후 미국 체계에 의해 한국에 도입인 신지식인이라는 개념은 전통적인 학문이나 기득권층을 억압하고 소멸시켰으며, 한국의 전통적 지식인을 떠받치고 있던 사회적 기반을 붕괴시키는 역할을 했다. 그러므로 지구에 정착하기 위해서는 신지식인이라는 개념으로 기존 지식인과 그 학문을 밀어내고 우리의 문화와 지식을 섭렵케 할 방안을 찾으면 되는 것이다. 우리가 고안한 새로운 문화 체계에 혹하는 사람을 신지식인으로 만들면 되는 것이다. 이는 우리에게 매우 고무적인 사실이다. 점령하는 쪽에서 새로운 문화 환경을 마련해서 기존 지식인을 당황하게 만들면 기득권층은 힘을 잃게 되고, 반대로 @의 새로운 문화 환경을 익히면서 신지식인이 되려는 자들이 생겨날 것이기 때문이다.

한국인들이 신지식인 혹은 계몽주의자라는 이름으로 일제 식민지하에 그렇게 쉽게 동화되고, 신지식인이라는 이름으로 그렇게 쉽게 미국의 문화에 동화되어 한국을 미국화한 것은 그들의 잘못만은 아니다. 그것은 바로 우리가 한국의 지식인들을 실험쥐로 사용했기 때문이다. 우리는 지속적으로 한국인의 뇌 속에 눈으로는 감지할 수 없는 여러 가지 초미니 칩을 박아왔다. 그 대표적인 것이 @의 비밀 계획이다. 한국의 지식인들은 1990년 이후에 점점 그 역할이 무의미해진 것에 대해 그 원인을 사회 구조에서 대부분 찾고 있지만 진실은 그렇지 않다. 우리는 한국의 지식인들이 쥐구멍처럼 집 안에서 책만 들여다보고 가끔씩 나와 먹을 것만 챙겨 들어가게끔 뇌의 작동을 조작해왔다.

그것은 그들이 이메일에 @를 사용하면서부터 더욱 심해졌을 것이다. 그들은 @가 단순히 전자우편을 주고받을 때 사람의 주소를 나타내는 문자 가운데 사용자와 도메인 이름을 구분해주는 기호로 알고 있다. 하지만 @기호를 사용하는 사람은 제일 먼저 활동성을 잃게 되어 있다. 과거에 편지를 써서 우체통에 가서 붙이던 활동성이 의자에 웅크리고 앉아 글자 몇 자만 적으면 전 세계 어디든지 '날아 갈 수' 있도록 만드는 과정과 같다. @는 달팽이도 골뱅이도 아니다. @는 바로 방 안에 웅크리고 있는 쥐가 꼬리를 늘어뜨리고 있는 모습이다. 이 기호는 우리가 지구를 점령해 들어갈 첫 프로젝트의 비밀기호이다. 이 @를 사용한 사람들은 우리의 감시 하에 들어있는 사람들이다. 그들은 자신도 모르게 새로운 전자 문화의 신지식인을 자처하면서 열심히 @기호를 세상에 퍼뜨리고 있다. 그러나 그 기호의 비밀을 아는 사람은 여태 아무도 없었다.

한국인은 육체적으로는 어떤 전염병에도 강한 항체를 가지고 있지만 정신적으로는 새로운 문화에 대한 항체가 없는 민족이다. 그러므로 우리가 지구로 간다면 제 1의 목표물은 바로 우리에게 강한 항체를 가진 몸을 제공해 줄 한국인, 특히 자신의 정체성이 허약해져 저항 없이 기꺼이 신문화를 받아들일 한국의 지식인이 될 것이다. 우리가 한 한국인의 사체를 불러들인 것도 그 때문이다. 항상 웅크리고 있던 한국 지식인의 과감하고 외로운 이 외출은 바로 우리 @ 프로젝트가 거의 성공단계에 왔다는 것을 의미한다. 지금 지구에서 @를 사용하는 모든 지식인들은, 그래서 방 안에서 웅크리고 앉아 @ 기호를 사용하며 열심히 정보와 소식을 전하고 있는 그들은, 우리가 @ 기호를 통해 그들에 대한 모든 정보를 가져간다는 사실을 알지 못하고 있을 것이다. 나라가 나라를 점령하는 시대는 끝났다. 앞으로 무엇에 의해 점령당했는지도 모르고 그들은 복종할 것이다.

뇌검의 비밀 보고서의 마지막 줄에는 이렇게 적혀 있었다. 〈그는 비밀리에 진행되고 있는 @ 프로젝트의 실험 대상이었던 쥐식인이다.〉 끝.

해설

어느 가난한 예술가의 초상 혹은 자본의 이면

김석준(문학평론가)

해설

어느 가난한 예술가의 초상 혹은 자본의 이면

김석준(문학평론가)

> 가난은 이 세상에 존재한다.
> 그러나 그에 대항하여 싸울 줄 알아야 한다.
> 『체 게바라 평전』 중, 장 코르미에

인간학이란 결핍의 운동이다. 예술은 결핍에서 시작해서 결핍으로 재귀하는 지난한 운동이다. 만약에 삶―시간―세계가 자족적이거나 완벽하게 구비된 그 무엇으로 표상된다면, 더 이상 인간에게 산다는 것은 그 자체로 무의미할 뿐만 아니라 예술과 같은 그 무엇인가를 욕구하지 않게 된다. 미란 결핍에의 운동이다. 비록 모든 미적 욕구들이 진리와 선이 총체적으로 결합된 완전을 지향하지만, 그 완전은 항상 불완전으로 휘어져 새로운 미지의 형식을 추동하게 된다. 따라서 결핍 내부에 삶이 있고 예술이 있다. 인간에게 결핍은 항상 욕망으로 휘어져 미지의 세계에 당도하게 되는데, 그게 바로 예술이고, 삶이다. 저 유명한 헤겔의 주인과 노예의 변증법이 그렇고, 조르주 바따이유의 소모와 축적의 경제학적 지평이 그렇다. 그런데 이 수많은 교의적 테제에도 불구하고 인간학의 밑면을 지배하는 선험적 가정은 인간이 평등하지 않다는 점이다. 불평등은 생래적으로 주어졌을 뿐만 아니라, 해결이 불가능한 인간학의 심연이다. 왜냐하면 인간학의 앞뒷면에 욕망이라는 미정형의 실체가 자리 잡고 있기 때문이다. 다시 말해서 인간의 내부를 지배하는 욕망의 변증법적 운동은 타자성 위에서 현동하는데, 그것은 바로 나에 의한 너의 지배이거나 너의 힘에 의한 나의 굴복을 의미한다.

따라서 세계를 지배하는 궁극적인 기제는 힘이다. 자본도 힘이고, 지식도 힘이고, 미에 관한 욕망도 힘이다. 마르크스의 『자본론』이 그렇고, 서로우의 『지식의 지배』가 그것을 예증하고 있다. 그런데 욕망이 현동하는 힘 내부에 언제나 모순이라는 아포리아가 작동하고 있다. 모든 것이 떠밀린다. 힘에서 떠밀리고 삶이라는 거대한 바다로부터 떠밀려 나락으로 추락하게 된다. 역시 모순이 요동친다. 아니 소설가 김다은의 『쥐식인』은 자본주의 현실 내부에 도사린 모순적 현실성을 죽음본능으로 체현하면서 예술이 처한 현사실적 사태를 예의주시하고 있다. 자본적 현실 앞에 예술은 어떠한 방식으로 존재해야 하는가. 모든 미적 가치들이 자본의 구조에 종속된 냉혹한 21세기를 어떠한 미적 기호로 건널 때, 가장 잘 살아낸 예술가적인 삶인가. 우리 모두는 지식인이 아니라 "쥐식인"이 아닌가. 생에의 형식을 시간이라는 미정형의 실체로 종주하는 한, 우리는 언제나 비루한 기식자에 다름 아니다. 설령 그것이 새로운 미적 형식을 추동하는 예술가의 삶을 살아간다손 치더라도, 일고의 생산력을 겸비하지 못한 예술가의 삶은 바로 소모적인 "쥐식인"이다.

그런 의미에서 볼 때, 김다은의 신작소설 『쥐식인』은 문제적인 작품이라 하겠다. 왜냐하면 김다은의 그것은 자본의 논리가 지배하는 후기산업사회를 살아가는 예술가의 초상을 가감 없이 그려내고 있기 때문이다. 현대성 내부에 존재하는 예술가의 삶이란 어떤 의미이며 무엇을 위해 존재하는가. 작가는 어느 무명 예술가의 삶이 처한 현실적 지평을 가난, 즉 "배고픔"이라는 지극히 본능적인 욕망의 체계로 서

술하고 있는데, 그것은 바로 디지털 혁명을 이룩한 후기산업사회의 모순적 현실에 다름 아니다. 풍요로움을 구가하는 21세기에 기아에 허덕인다는 것은 타당한가. 아니 우리가 살아가는 공간 한편에서는 사치와 향락이, 그 다른 편에서는 기아에 허덕이는 이 모순적 현실을 어떠한 시선으로 바라보아야 하는가. 물론 다니 라페리에르가 자신의 소설 『슬픔이 춤춘다』에서 가난이나 배고픔에 관하여 소설을 쓴다는 것이 가능하지 않다고 말하고 있지만, 따라서 가난이나 배고픔은 특발적인 서사성을 지향하는 소설이라는 장르 내부에 그리 새로운 모티프로 작용하지 않는 것이기는 하지만, 작가 김다은은 한 예술가의 비극적 죽음을 통해서 미적 현실성 내부를 투시하고 있다. 그런데 문제는 인류 역사를 통해서 가난의 문제가 해결이 된 적이 한번도 없다는 사실이다. 헤겔이 『역사철학』이나 『정신현상학』에서 말한 것처럼, 인간학을 표상하는 내면세계가 자기의식의 자장 내부를 벗어나지 못하는 한, 따라서 삶―시간―세계를 대변하는 인간학적인 형식이 욕망으로 표상되는 한, 이 세계 공간은 불평등으로 휘어지게 된다. 저 피터지게 싸우는 주인과 노예의 변증법이 인간학적 현실성을 대변하는 한, 우리는 절대로 평화의 세계를 맞이할 수 없다. 따라서 천년왕국도 기만이고, 유토피아도 가상이다. 우리는 그저 모순의 현실을 욕망의 체계로 건너면서 모순이 요동치는 비극적이고 부조리한 현실과 맞닥트리게 된다. 굶어 죽게 된다.

덩샤오핑에게 가난은 국가적 죄악이고, 체 게바라에게 가난은 불평등이 자행되는 자본주의와 싸워 극복해야할 적이라면, 김다은의 그것은 궁핍한 예술가가 처한 미적 현실성이다. 그런데 김다은의 소설 『쥐식인』이 의미 있는 것은 자본의 논리가 지배하는 21세기의 척박한 현실을 예술가의 심혼으로 응결시키고 있다는 점이다. 비록 김다은의 그것이 한 시대의 정신성을 표상하는 예술가적 인간형을 "쥐식인"이라는 알레고리로 표현하기는 했지만, 따라서 작가의 그것이 예술계 전체가 처한 암담한 현실을 대변하는 것처럼 보여지기도 하지만, 기실 두개의 서사를 가로지르는 말의 운동은 문화산업 전반에 걸쳐 비판적 성찰을 감행하고 있다 하겠다.

'예술가의 80%가 한 달에 백만 원 미만의 돈으로 살아간다.'는 이야기며, '보험을 들려고 했더니 시인은 폐병이나 우울증도 많고 위험직종이니 보험료가 훨씬 비싸서 가입도 할 수 없다' 등. 어디선가 이미 들은 내용이었지. 마치 자신

들의 이견처럼 말하고 있지만, 실상은 언론에 이미 나온 것
을 입으로 옮겨놓은 것들뿐이었지. 예술가의 열악한 형편에
대해 이야기할 때마다 들고 나오는 단골메뉴.

― 김다은 『쥐식인』에서

한 시나리오 작가의 죽음은 예술 일반이 처한 현주소이
자, 더 이상 예술의 생산적 지평이 지극히 즉발적인 현실과
조응하지 못한다는 사실을 예증하고 있다. 이제 문화산업
내부에서 예술은 투자의 대상이거나 잉여 자본의 먹잇감이
다. 잉여가 더 큰 잉여를 낳고, 가난이 가난을 낳는다. 더 이
상 예술은 정신적인 것을 표방하지 않는다. 자본이라는 마
물을 통과한 미적 가치는 환원된 자본의 가치의 총량에 비
례한다. 더 이상 예술은 미적인 것을 추구하지 않는다. 미적
가치가 자본의 구조에 편입되어 있는 한, 예술성은 더 이상
문제의 중심에 위치해 있지 않다. 읽히지 않고 관객이 들지
않은 예술성은 그저 하나의 지루하거나 진부한 기호記號에
지나지 않다. 유일한 목적은 향유, 즉 소비의 기호嗜好이다.
호르크하이머와 아도르노가 『계몽의 변증법』에서 말한 것
처럼, 정신성을 표방했던 문화는 더 이상 존재하지도 않고
존재할 수도 없다. 그저 속물화된 키치나 가제트화된 현란

한 이미지가 예술로 포장된다. 상품화가 가능하지 않은 예술은 더 이상 예술이 아니다. 유통의 구조에 편입되지 않는 예술은 더 이상 예술의 자격을 부여받을 수 없다.

그런데 김다은의 『쥐식인』은 소설가 지망생과 연극배우의 지난한 삶의 초상을 "배고픔"이라는 지극히 본능적인 차원에서 그려내고 있는데, 그것이 바로 우리 예술계가 처한 현주소이다. 어느 시나리오 작가의 죽음 혹은 가난한 예술가의 초상. 우리는 무엇을 위해 예술계에 몸을 담고 있는가. 지식인으로 표상될 수 있는 예술가가 기식자와 같은 "쥐식인"으로 표상될 때, 예술은 이 세계에 존재 가치를 지닌다고 할 수 있는가. 아니 아무런 생산력도 겸비하지 못한 예술가들을 "백수"로 취급하게 될 때, 진정 우리는 어떤 자존감을 지닌 채 새로운 예술을 정초해야 하는가. 참 쉽지 않은 문제다. 물론 『쥐식인』의 서사 구조가 어느 시나리오 작가의 죽음 내부에서 현동하는 것이기는 하지만, 문제는 "우울의 쓴맛", 즉 "아! 배고파. 정말이지 배가 고파."라는 당면한 현사실적 사태에 고스란히 응고되어 있다. 서사의 주체인 소설가 지망생 "나"도 굶주려 있고, 나의 친구이자 연극배우인 "성동"도 굶주려 있기는 마찬가지이다. 예술의 저변에 굶주림이 깔려있다. 한 예술가의 죽음은 한 사회의 정신적 죽음이거나 속물화된 이 세계의 자화상이다. 자본의 구조가 점점 더 확대일로에 접어들어 유사 이래로 물질적 풍요로움을 구가하고 있지만, 정작 그 풍요로움의 반비례로 정신적인 가치는 고사위기에 놓여있다.

어쩌면 이러한 현상은 너무도 당연한 것인지도 모른다. 왜냐하면 21세기의 지상과제들 모두는 자본적 가상이 통제 지배하고 있기 때문이다. 따라서 인륜성을 표방했던 예술이나 인간학이 자본으로 시작해서 자본으로 재귀 순환하는 그 운동 내부에 물화되는 한, 우리는 물신적 자본에 종속된 노예로 전락하게 된다. 자본 앞에 에미도 없고 애비도 없다. 21세기에 자본은 절대적 힘이다. 부익부빈익빈이 실현되고, 불평등이 자행된다. 정신적 가치를 표방하는 예술계 전반이 점점 고사되어가고 있다.

> 내가 왜 여태 소설가로 성공하지 못했는지 그 이유를 섬광처럼 깨닫게 된 거야. 너무나 간단하면서도 중요한 것을! 나에게 간절한 것. 인간에게 간절한 것을 여태 비켜나갔던 거야.
>
> — 김다은 『쥐식인』에서

소설가 김다은은 화자인 "나"를 통해서 프랑스의 권위 있는 메디치상 수상작가인 다니 라페리에르가 『슬픔이 춤춘다』에서 고민했던 기아문제를 소설의 역사가 "여태 비켜나갔던" 중차대한 문제라고 여기면서 "배고픔"의 "쓴맛"을 서사화하고 있다. 카프카의 『변신』의 주인공 그레고리 잠자가 굶주려 죽기를 자초했던 것처럼, 죽음본능이 체현되지 않는 기아는 그리 극적이지 않을 뿐만 아니라, 예술적이지도 않다. 그렇다면 작가는 왜 굶주림을 소재로 하나의 서사를 추동했는가. 그리 자극적이지도 그렇다고 그렇게 극적인 것으로도 읽혀지지 않는 배고픔을 서사의 중심 모티브로 채택하게 되었는가. 모든 예술가에게 굶주림은 인생의 우울한 "쓴맛"이다. 도스토예프스키의 소설들이 돈(도박과 알코올)을 벌기 위해서 씌어졌듯이, 악화가 양화를 구축하여 위대한 소설을 탄생시키는 경우도 있다. 물론 도스토예프스키의 경우를 일반화하는 것은 무리가 따르기는 하겠지만, "작가의 허기증", 즉 결핍은 예술이 태동할 수 있는 가능적 조건이라 하겠다.

  다시 말해서 소설가 김다은에게 있어서 글쓰기란 "쓴맛"이 체화되는 가장 극적인 순간이자, 말이 존재하는 인간학적인 공간이다. 문학의 공간은 삶―시간―세계가 만든 "우울의 쓴맛"을 육화시킨 공간이자, "가난한 예술세계"를 견딜 수 있는 마성적인 공간이다. 발터 벤야민의 그것이 그렇고, 모리스 블랑쇼 또한 그러하다. 마치 김다은이 언표한 배고픔을 대리표상하는 "쓴맛"이 "영혼과 예술가의 생명력을 유지시켜줄 DNA"로 창조적으로 질적 전환이 된 것처럼, 문학의 공간은 지난한 고통 속에서 길어 올린 그 무엇인가를 말―공간에 안치시키는 행위라 하겠다. 말하자면 작가 김다은에게 있어서 굶주림으로 표상되는 배고픔이라는 본능은 일종의 예술적 엘랑비탈이 일어날 수 있는 "간절한 것"이다. 한 조각의 빵이 인간학적인 전회의 순간을 일으키듯이, 인생의 우울한 "쓴맛"은 삶이 되고 예술이 된다.

비록 『쥐식인』의 서사가 어느 전도유망했던 시나리오 작가의 죽음이라는 실화를 바탕으로 전개되기는 했지만, 따라서 사건의 중심이 한 가난한 예술가적 인간형의 죽음인 것처럼 보여지기도 하지만, 기실 서사의 중심이 되는 사건은 말이 육화될 수 있는 기아체험 내부에서 욕동하게 된다. 빌헬름 딜타이가 『문학과 체험』에서 말한 것처럼, 글쓰기의 공간은 체험이 육화된 공간이다. 마치 화자인 "나"가 굶주림이라는 고립의 공간 속에서 홀로 자기와의 싸움을 벌이는 것처럼, 소설의 서사적 전개는 "문"의 이쪽과 저쪽 사이에서 벌어지는 팽팽한 긴장 관계를 유지하고 있다.

> 나는 결국 문을 열지 않았고, 가족 중의 누구도 내 방문을 열지 않았지. 이번 싸움도 무승부야. 문을 사이에 두고, 밖에는 식탁과 가족과 세상이 대치하고 있고, 안에는 배고픔과 나홀로와 소설이 대치한 채 말이야.
> ─ 김다은 『쥐식인』에서

문학의 공간은 대치의 공간이다. 문학의 공간은 너와 나의 분열이 일어나거나 갈등을 불러일으키는 공간이다. 특히 소설 『쥐식인』은 치열하게 삶을 영위하는 세계 공간과 문학의 공간을 대비시키면서 진정한 예술가가 무엇인지를 성찰하고 있는데, 그것은 바로 문학의 공간 전체가 그리 안온하지 않다는 말과 같다. 문을 경계로 두개의 인간학적 문양이 대치하고 있다. 문의 저쪽이 우리가 살아가는 삶―시간―세계의 다양한 문양들이 공존하는 공간이라면 문의 안쪽은 고독한 문학의 공간, 즉 "영양실조와 아사의 감정" 사로잡힌 작가의 존재론적인 공간이다. 마치 "아사 과정의 어두운 통로를 관통하고 나면 눈부시게 빛이 가득한" 새로운 소설의 공간이 현시되듯이, 화자인 나에게 문의 안쪽은 무의식의 심연에 자리한 미적 공간이자 새로운 서사가 현동하는 미지의 공간이다.

　나는 굶는다, 고로 소설가다. 나는 배고프다, 고로 예술가다. 어쩌면 소설가 김다은이 『쥐식인』에서 언표한 서사는 예술가이면 누구나 직면하는 가장 본질적인 문제를 총체적으로 건드리고 있는지도 모른다. 왜냐하면 당면한 실존은 본질에 앞서기 때문이다. 비록 예술이 삶―시간―세계를 정신적 가치로 승화시키는 숭고한 성과물이기는 하지만, 한 조각의 빵이, 일용할 양식이 삶을 만들고 생을 지속시킨다. 이러한 현실적 문제에 직면한 화자인 나는 양가감정에 휩싸이게 되는데, 그것이 바로 문의 안과 밖의 정체이다. 따라서 문의 안쪽에 위치한 나는 스스로를 성찰하는 자이자, "쥐구멍"에 빠진 무기력한 기식자이다. 설령 그것이 새로운 문학의 공간을 정초하는 행위로 휘어져 있기는 것만은 분명하지만, 문의 이쪽과 저쪽은 전혀 다른 이질적인 공간이다. 삶과 꿈의 불일치 혹은 인간학적인 고뇌. 바로 이 지점이 소설 『쥐식인』이 위치하는 자리이자, 예술가라는 누구나 겪게 되는 존재론적 함정이다. 어쩌면 자본의 기호嗜好가 지배하는 21세기를 문학의 기호記號로 건넌다는 것은 그리 쉬운 일이 아닐지도 모른다. 왜냐하면 후기산업사회를 지배하는 문화적 표징 전체가 자본에 종속되어 있기 때문이다. 자본 앞에 우리 모두는 너나할 것 없이 비루하고 저열한 "쥐식인"이다. 우리는 점점 자본의 기식자가 되어간다. 정신적 표상이었던 문화도 죽고 예술가 또한 죽는다. 다만 굶어 죽어갈 뿐이다.

계간 〈예술가〉 2010년 겨울호

이 도서의 국립중앙도서관 출판시도서목록(CIP)은 e-CIP 홈페이지
(http://www.nl.go.kr/ecip)에서 이용하실 수 있습니다.
(CIP 제어번호 : CIP2012004954)

쥐식인 블루스

2012년 11월 5일 초판 1쇄 인쇄
2012년 11월 15일 초판 1쇄 발행

지은이 | 김다은
펴낸이 | 孫貞順
펴낸곳 | 도서출판 작가
　　　　서울 서대문구 북아현3동 1-1278 (우-120-866)
　　　　전화 | 365-8111~2　팩스 | 365-8110
　　　　이메일 | morebook@morebook.co.kr
　　　　홈페이지 | www.morebook.co.kr
　　　　등록번호 | 제13-630호(2000. 2. 9.)

편집 | 손희 김지숙

디자인 | 오경은
영업 | 손원대
관리 | 이용승

ⓒ김다은
ISBN 978-89-94815-23-7 (03810)

* 잘못된 책은 구입하신 서점에서 바꾸어 드립니다.
* 지은이와 협의하에 인지를 붙이지 않습니다.

* 이 책은 2012학년도 추계예술대학교 특별연구비 지원에 의한 것입니다.

값 12,000원